光文社文庫

鬼棲《す》むところ
知らぬ火文庫

朱川湊人

JN031498

光 文 社

目次

第一話　鬼一口

伊勢物語《いせものがたり》「芥川《あくたがわ》」／今昔物語《こんじやくものがたり》「在原業平《ありわらのなりひら》中将の女、鬼に噉《く》らはるること」より

一

すでに遠い古《いにしえ》──桓武帝《かんむてい》が山城国《やましろのくに》の北に平安京《たいらのみやこ》を定め、長岡《ながおか》より都遷《みやこうつ》りして五十年ばかりが過ぎた頃の出来事。

春の宵、一人の若い男が背に何やら大きなものを背負い、人里離れた山道を駆けていた。涼やかな目をした、美丈夫である。年の頃は二十歳を過ぎていようが、髪は垂髪《すいはつ》のままで、長く一本に束ねた髪が顎の動きに合わせて、右に左にと揺れていた。

背にした荷には全体を覆《おお》うように蘇芳色《すおういろ》の布が掛けられ、その下に隠れている唐紅《からくれない》が、時折ちらちらと覗《のぞ》く。さらに上の隙からは白く美しい指が延び、男の肩を摑《つか》んでいた。

「懸想丸《けそうまる》さま……懸想丸さま」

やがて、か細い声と共に、その手が男の肩を柔らかく叩《たた》く。

「山道を、そんなに急いでは危のうございますえ……木の根などに足を取られては大ごとです」

「姫君、この懸想丸、さまでの粗忽者《そこつもの》ではありませぬぞ。それよりも、いつ何時や追手が来るかも知れませぬ故《ゆえ》、今は都より少しでも離れるが専一《せんいち》です」

「おっしゃることは、判《わか》りますが……実は先ほどから、浮きぬ沈みぬと揺られております故、いささか目が眩《くら》んで参りまして」

その言葉を聞いて、ようやく男は足を止めた。確かに半刻《はんとき》ばかり走り通しで、決して楽ではない背の上では、それもやむを得ぬことだ。

「やっ、これは気付きませなんだ。やはり、この懸想丸、救いようのない粗忽者でしたな」

そう言いながら男は、背に掛けていた蘇芳色の布地を、はらりと取った。その下から現れたのは、年の頃十七、八と思《おぼ》しき姫――身に纏《まと》った唐紅の小袿《こうちぎ》の豪華さ、緋色《ひいろ》の長袴《ながばかま》の上質さを目にするだけで、相当に富裕な貴族の娘であると知れる。

「今少し、お待ちくだされ」

辺りに人影のないのを十二分に確かめた後、近くにあった腰の高さほどの大石の上に、男は手にした布を二折三折して据えた。

「さぁ、こちらに」

男の背から降りた姫は、その上に静かに座し、安んじたように息を吐《つ》いた。

「なかなかに心地好《よ》い茵《しとね》でございますな」

「茵とは畏《おそ》れ多い。私は童《わらわ》の頃から、こういうものを刈薦《かりこも》と申しておりましたが」

「誤ってはおりませぬが、少々古い言葉です」

白い顔にかすかな笑みを浮かべながら、何でもないことのように姫は言ったが——その言葉に男はささやかに感銘した。こんな小さなことからでも、やはり雲の上の人と感じる。

「御水《みもい》などは、如何《いかが》でしょう」

「少々頂きとうございまする」

その言葉に応え、男は腰に下げた錦の袋から竹でできた小筒《ささえ》を取り出し、その栓を外して姫に差し出した。少々と答えたはずの姫は、竹の節に開けられた穴に口をつけ、かなりの量をよよと飲む。

「ふぅ……生き返る心地です。懸想丸殿も、如何ですか」

そう言いながら、自らが口を付けた小筒を差し出してくる姫に、男はたじろいだ。

「姫君と同じ小筒より水を飲むなど、畏《かしこ》くも恐ろしゅうございます。私は、こちらの水を」

そう言いながら、もう一本腰に下げていた粗末な小筒を手に取ると、姫の白い顔があからさまに曇った。

「あな、あさましきことを口走る懸想丸殿ではある。館《やかた》より我《わ》を盗み出しておいて、今さらに物遠しい持て成しよ」

年下の姫に、他人行儀は、よせ……と戒められているのだ。

「これからは天上天下、ただ二人きりなのではありませぬか？　父上からも都からも遠く逃げて、懸想丸殿が我に、広い世を見せてくださるのではないのですか？」

「それは……仰《おお》せの通りにございますが」

男は思わず姫の前に片膝をつき、深々と頭を下げた。

「そうとなれば懸想丸殿は、まごうかたなく我が夫《つま》。口まで吸いおうた仲で、何を今さら」

「姫君、さすがにお言葉が過ぎまする」

昨夜のその行為を思い出しながら、男はひたすらに恥じ入った。やんごとなき家の姫が、軽々と口にしていい言葉ではない。

「ふふふ、こんな山道で、耳を欹《そばだ》てているのは、森の中の馬酔木《あせび》や堅香子《かたかご》くらいのもの。お気になさいますな。そも懸想丸殿は、我のかようなところがお気に召したのでありましょうや」

「いや、それは確かに、左様にてございまするが」

それとこれとは違う話……と言おうとしたところで、姫が話の穂を別の方に接《つ》いでしまう。

「おや、そこにぼんやりと見える言わぬ色の霞《かすみ》は、もしや菘《すずな》では」

「言わぬ色とは……この濯《すす》いだような黄色のことでございましょうか」

男は道から数歩入った森で揺れている菘の花に近付くと、ほんの一つまみ分ほど千切り取って、姫の顔の前に捧《ささ》げ見せた。

「左様でございます。菘の花の色は、鮮やかなものが多いのですが……こんなに薄いものは、言わぬ色と呼ぶに相応《ふさわ》しいでございましょう。やはり館の外には、目新しいものがありまするな」

言わぬ色――さすが都の姫君、なんと雅《みやび》やかな言葉を、事もなげにお使いになるものか。

男は感じ入ったが、同時に姫の目の覚束《おぼつか》なさも改めて思い知った。

日の届かぬ部屋の中で、書ばかり読んでいたせいだ……と、自身は言うが、姫は人より目が覚束なく、あまり遠くまで見通せぬらしい。だから自分が当り前に見ている風景と、姫の目にしている風景が如何《いか》に違っているのかは不明なのだが――七尺ほどしか離れておらぬのに、菘の花が霞のようにしか見えぬというのは、思っていた以上だ。

（やはり学を得るということは、大変なのだな）

他家の姫御《ひめご》のことは知らぬが、この姫は自分よりも遥《はる》かにものを知っている。女性《にょしょう》はあまり手を出さぬ漢籍なども読みこなし、普通には手に入れられぬような珍しい書も、父君の威光を以《もっ》て借り受け、写本を作ったりするのを好んでいるらしい。

それでいて、世の姫御たちが好む雅やかな遊びなどには興味が薄く、自らを飾るのにも熱心ではないので、世間では僻者《ひがもの》扱いされている……という評判を耳にしたことがある。少なくとも、やんごとない方たちに褒《ほ》めそやされるのは、絵に描いたような貴族の姫御である姉君たちばかりで、この姫は、女性としては一段か二段下がったところにいると考えられているらしい。

そんな世の連中は、この姫の素晴らしさを知らないだけなのだと、男は思っていた。

少なくとも自分が知っているどの女性よりも、この姫は素晴らしい。深い学識があり、年に似合わぬほどに知恵がある。姉君たちに比すれば、多少容貌は劣るのかもしれないが、低い身分の自分にでも優しく微笑《ほほえ》みかけてくれる、おおらかな優しさがある。

（やんごとなきと言われている方々も、実は大したものではないのだな……寺の畜生坊主共と、何も変わらぬわ）

言わぬ色の菘の花を見ながら男が考えていると、姫が声をかけてくる。

「それで……もう、どのくらい参ったでしょうか？　懸想丸殿の背で揺られていたばかりの我には、見当が付かぬのですが」

「ずいぶん来るには来ましたが、まだ先は長《なご》うございます」

姫の目を盗むように自分の小筒から一口水を飲んでから、男は答えた。

「ならば、我も自分の足で歩きたいものじゃ……この衣では、少しばかり勝手が悪いが」

姫の召している衣は、小袿《こうちぎ》だ。普段着ではあるものの、あまりに裾が長く、外出には

――ましてや山歩きには、まったく適さぬものだった。

「けれど、まさか旅支度をして出て参るわけにも、行きませせなんだから……ふふ、盗まれる身というのも、何かと難儀なもの」

「申し訳ございませぬ……お許しあれ」

男が頭を下げると、姫は再び笑った。

「先ほどから懸想丸殿は、許しを乞うてばかり」

その言葉にも恐縮しながら、男は心の別の場所で考えていた――何と豊《ゆた》けく、素直な心をお持ちなのだろう。その姫を館から盗みとるとは、我ながら大それたことをしたものと思うが、今さら戻る道はない。

館から出て、広い世の中を見たい……と、初めに持ち掛けてきたのは、当の姫である。

このまま年を経て、家の力をより強くするための結婚をさせられ、ただ夫の言いなりになって身を過ごしていくくらいなら、いっそ尼にでもなって、好きな書物に囲まれて暮らしたい。いや、できることなら、自らの足で国のあちらこちらを見て歩いて、多くのことを知りたい――姫にそう囁《ささや》かれた時、男はそれを実行に移してやりたい衝動に駆られたのだ。

そもそも今までの二十余年のうちで、そんなことを言う女性を初めて見た。

少なくとも自分の知る女性というものは、身分の高い低いの別なく、少しでも富貴で、よい家柄の男との結婚を夢見ているものだ。そうすることが生涯の幸いに繋《つな》がるのだから、当然と言えば当然なのだろう。

けれど、この姫は、そういうことにまったく興味がないようだった。だからこそか、普通は禁じられている下人《げにん》たちと直《じか》に話すことにも抵抗なく、まわりから何度諫《いさ》められても、自らの思うままに振る舞っていた。それ故に、男との身分を超えた結び付きも成ったのである。

男は今年二十一で、姫の館の下人であった。

普段は姫御たちの前に姿を見せぬように気を配りながら、主に力仕事や警護の役に就くのが常であったが、稀《まれ》に牛飼い童を務めることもあった。それは専門の職掌で、心得の薄い者がその役に就くのは、普通はあることではない。けれど男だけは特に任ぜられて、主人や姫御たちが牛車《ぎっしゃ》で外出する折に、牛飼い童の一人として車副《くるまぞい》の役を果たしていたのだ。

それと言うのも——男が類《たぐい》稀な美貌の持ち主だったからである。

彫りが深く、鼻筋の通った面《おもて》は、都ではあまり目にせぬ異相ではあったが、どこか唐《から》めいた風情は、ただ牛の横を歩んでいるだけでも人目を引き付けた。さらには主人の身分上、装飾を施すのにも限りある八葉車《はちようのくるま》までも、華やかな佇《たたず》まいに変えてしまうのだ。男だろうと女だろうと見目麗《みめうるわ》しい者は、如何に精緻《せいち》な飾りにも勝る。

だから主人は、男を館の中で下人として働かせるよりも、牛飼い童として人目に触れさせることを好んだ。そのために、疾《と》うに烏帽子《えぼし》を被《かぶ》ってもおかしくない年を過ぎているのに、男は元服せず、未《いま》だ童の体《てい》であった。むろん名も幼名のままであったが——しきりに姫が男を呼ばわる際に用いている〝懸想丸〟という名は、彼の本来のものではない。

しかし当の男は、やたらと褒めそやされる己の容貌が好きではなかった。

こんな顔をしているばかりに、普通とは異なる生き方をしなくてはならなかったのだ……と、恨みに思ってさえいたほどだ。少なくとも人目を集めるような容貌さえしていなければ、気色の悪い畜生坊主に体を舐《な》めまわされるようなこともなかったろうに。

「姫君……お気持ちは判りますが」

自分の足で歩きたいと言った姫に、控えた姿のまま、男は言った。

「ご自分の足でお歩きになるのは、今しばらく、御辛抱くだされ」

「馴《な》れぬ山道で、我が足を痛めるとでも考えておいでか……やれ、気苦労の絶えぬこと」

「それも、ありまする。この道がもう少し平たければともかく、かような尖《とが》り石の混ざった坂道を登るのは、姫君には決して易《やす》いことではございませぬ。今しばらく、この懸想丸めの背に負われるを堪《こら》えてくださいませ」

「それもある……ということは、その他にも何か訳が？」

姫に問われて男は顔を上げ、少しばかり大げさに鼻を鳴らしてみせた。

「実は先ほどから風に雨の匂いが混ざり込んで、時が経《た》つにつれて濃くなっております。おそらくは、あと半刻もせぬうちに雨が……それも、かなりの大雨が降りおりて参りましょう。ことによっては、神鳴《かみな》りなども」

「おぉ、神鳴り」

その言葉を聞いて、姫は恐ろしげに眉を顰《ひそ》めた。

「御心配には及びませぬ。もう少し行けば国境《くにざかい》の川がありまするが、以前、旅の途中にそこを通った際、古い館があったのを見た覚えがありまする。今では人も住まぬ荒れ家でございますが、確か頑丈そうな蔵も備わっていたはず……そこならば、強い雨も凌《しの》げましょう。

むろん神鳴りなども、恐るるに足りませぬ」

　雨が降り出せば、今日は先に進めなくなる。この身一つならば、雨の降る夜の道を駆けるのも造作《ぞうさ》ないが、まさか姫をしとどに濡《ぬ》らすわけにはいくまい。

　そう思えばこそ、まだ日があるうちに、その荒れ家に着いておきたかった。激しい雨となれば、館からの追手も来ぬかとも思えるが、油断はできない。

「摂津《せっつ》との国境の川と言えば……もしや芥川《あくたがわ》でございますか」

　男の言葉に、姫は思い出したように尋ねた。

「はて、そのような名だったか否かは、もの知らずの私には判じかねますが……まさか清げな川に、そんな名は付けますまい」

　芥とは、辛子菜《からしな》の意もあるが、たいていは塵芥《ちりあくた》――つまりは、小さなごみくずを指す言葉だ。

「いえ、川の近くには住吉大神《すみよしのおおかみ》をお祀《まつ》りする阿久刀《あくと》神社がありまする。おそらくは、その名が川の名になり、やがて変じたものでございましょう」

「なるほど、さすがは姫君、如何ようなことも存じておられる」

「それに、前にも申しましたが……美しいものに美しい名を付けるとは限りませぬ。大切に思えばこそ、わざと耳に馴染《なじ》まぬ名を付けることもあるのです」

「それは……心得ております る」

男は深々と頭《こうべ》を垂れて答えた。

実は男が親から付けられた名は、〝外道丸《げどうまる》〟――あまりと言えば、あまりである。少なくとも、愛《いと》しく思う我が子に与える名前ではない。

しかし、それとても鬼の類に連れ去られることのないよう、わざとそんな名を付ける習わしが昔からあるのだ……と彼に教えたのは、やはり姫であった。

「外道丸殿の親御様は、きちんと我が子を愛しく思っておられたのでございましょう……それも知らずに恨めしく思うのは、情けない話にてございまするぞ」

何かの折に男がこれまでの来《こ》し方を語った際、姫はそう教えてくれたのだが――その後のことを思うと、その心優しい諭《さと》しを、容易に受け入れる気にはなれなかった。やはり父は、母を死に至らしめた自分を憎んで、そんな名前を付けたようにしか思えなかったからだ。

「ならば私は、違う名でお呼びしましょう。外道丸殿ではなく、懸想丸殿というのは如何ですか」

「懸想丸……でございますか」

いささか気恥ずかしくもある名だが、姫からの賜《たまわ》りものと思えば、有難く頂戴しなくてはならないだろう。

以来、姫は二人でいる時だけ、男をその名で呼んだのであった。

二

その川のほとりに辿《たど》り着いたのは、かろうじて空に明るさの残っている頃合いだった。

「姫君……この森を出れば、すぐに川でございますぞ」

「なるほど、せせらぎの音が聞こえて参りますな」

その頃には男は走るのをやめて、足元を踏みしめるような足取りで歩いていた。森の中の土は湿っていて、滑る恐れがあったからだ。

「おや、懸想丸殿……あの木々の間で光っているものは、何でございます?」

雨が近くなって雲の流れも速くなったのか、空の明るさはめまぐるしく変わっていた。それに合わせて、森の暗がりも薄くなり濃くなりを繰り返していたが——森の出口近くで、男の肩を叩いて姫が問いかけてくる。

「光っているもの……で、ございますか?」

その場に立ち止まり、男は辺りを見回してみたが、姫の言っているものが何を指しているのか、すぐには判らなかった。そもそも川近くの森というのは、絶えず水の気を吸っているせいか、木肌までもが湿り気を帯びて、強い光が当ると、ぼんやり光って見えるものだ。

「ほら、あちらこちらの葉の上に、小さく光る粒があるではありませんか。私の目には真珠のようにも見えますが、まさか違いましょうな？」

そこまで言われて、ようやく姫の言葉の意味を理解した。男には当り前すぎて、目に入らなかったのだ。

「姫君……あれは、ただの露でございまする」

生真面目に答えた後、つい笑ってしまう。

何でも知っている姫なのに、そんな当り前のことが判らないとは——目の覚束なさもあるのやもしれないが、館の中で書に向かう時間が多いので、朝露にも夜露にも縁が薄いのだろう。ことによると、本当に見たことがないのやもしれぬ。

（なるほど……こうして見れば、真珠のように見えなくもない）

紙のように目を細めて森の暗がりを眺めると、小さな露の光が、何やら高貴なもののようにも感じられた。

「この辺りは水の気が他より多いので、昼でも露を結ぶのでしょう。まことに真珠の生《な》る木があれば、その地こそが蓬莱《ほうらい》でございまする」

蓬莱——その夢のような国の名前も、男は姫に教えられた。

何でも昔、光る竹から生まれたという美しい姫君がいて、何人もの貴公子たちに求愛されたが、まったく気のない様子であった。けれど、どうしても諦めない者たちがいたので、姫君はそれぞれに、ある宝を探してくるように……という無理難題を申し入れた。その中の一つが、根が銀、茎が金で、真珠の生る〝蓬莱の玉《たま》の枝《え》〟であったという。

貴公子たちは誰も姫君の欲しがるものを手に入れることができず、泣く泣く諦めざるを得なかったが、その姫は最後には、迎えが来て天に帰ってしまったらしい。つまり姫は、元から当り前の人ではなかったのだ。

その話を聞いた時、男は胸が躍るのを感じたものだ。

貴公子たちに対する態度は情け知らずなまでにつれないが、それも当り前の人でないのならばやむを得まい。何せ姫は天上の人であったのだから——そう思った時、なぜだか無性に嬉《うれ》しくなった。

それはつまり、このつまらぬ世界の他にも世界があって、その気になれば行き来もできるということだ。誰やら知らぬが、学もあって、自在に文字も書ける偉い方が書物に残しているくらいなのだから、きっと本当にあったことなのだろう。

別の世界が本当にあるのなら、いつか我が身がそこに至れることも、十分にあり得るのではないか——そう思えることが、男には不思議と嬉しかった。もし、そんなところに行けるのならば、昔のすべてをやり直して、新しく生きることもできるやもしれない。

「さぁ、参りましょう」

尚《なお》も露の光を眺めていたそうな姫を促し、男は足早に森を抜けた。

そこには国境にしては細い川があり、角ばった岩の間を水が勢いよく流れていた。それを右手に見ながら川沿いにしばらく歩くと、覚えのある館が見えてくる。

（やはり……前に見た時よりも、一層朽ちているな）

男は思ったが、最後に見たのが三年も前の話となれば、それも当然のことだろう。館を囲う築地《ついじ》の半分以上は破れ、人の腰ほどの高さがある草の中に埋もれかけている。館や門の板がところどころ剝がれているのは、おそらくは通りかかった旅人や近隣の者が薪《たきぎ》にでもしてしまったからに違いない。さらに五年もすれば、きっと築地の欠片《かけら》だけになっているのではないだろうか。

その門を抜けたところで、男はようやく姫を背から降ろす。

「ここは、どなたのお館です？」

姫は不思議そうな顔で、朽ちかけた館を眺めた。

「おそらく、名のある方の別宅ででもあったのやもしれませぬが、ご覧の通り、今はこの有《あり》様《さま》にて、誰も住む者がないと聞いております。今宵《こよい》はここの蔵を借りて、休ませていただくことにいたしましょう」

「蔵……でございまするか」

「館がこの有様では、おそらくは蔵の方が凌ぎやすかろうと思いまする」

さらに言えば蔵は出入口が一つなので、守るにも便利だ。

館の裏手に回ると、思った通りに蔵らしき建物があった。牛車を三つ並べたくらいのこぢんまりとしたものだが、やはり丁寧に作ってあるのか、館ほどには朽ちていなかった。中に入ってみると、埃《ほこり》の匂いが籠《こも》ってはいるものの、仄《ほの》かに暖かい。さらに言えば粗末で薄汚れた品とは言え、六曲一隻の屛風《びょうぶ》が残されていたのは僥倖《ぎょうこう》であった。これ一つあるだけで、隙間風を防ぐのに大いに役立つ。

「やぁ、本当に一足違いでございましたな」

二人が蔵の中に入ってから間もなく、激しい雨が降ってきた。雨粒が太いのだろう、屋根を叩く音が鼓のようだ。

「息苦しい場所ですが、あの雨に打たれずに済むと思えば、有難くもありましょう」

開け放したままの蔵の扉越しに降り落ちて来る雨を見ながら、男は呟《つぶや》いた。

「今宵《こよい》はここで過ごし、夜が明けましたら、出立《しゅったつ》いたしましょうぞ」

男が言うと、ふと姫が黙り込んだが——その面に含羞《がんしゅう》のような色がわずかに見えた。その意味に気付いた時、男も思わぬ気恥ずかしさを覚える。

男と姫が身分を超えて思い合うようになってから、すでに三月《みつき》ほどの時が流れている。

主人は無論のこと、他の家人《けにん》に見られぬよう短い言葉を交わすところから始まって、ついには夜、庭の釣殿《つりどの》などで束《つか》の間の逢瀬《おうせ》をする仲になった。そうは言っても、見つかれば男が館から放逐《ほうちく》されることになるのは間違いないので、いつでも偶然に行き会ったと言い張れるよう、ごく短い時に限られた逢瀬だった。だから口を吸い合ったことこそあるものの、一つところで共に夜を過ごすのは、今宵が初ということになる。

思い合った二人が共に夜を過ごすとなれば、体を重ねるようなことにもなるやもしれぬが――けれど男は、その覚悟がまだ決められずにいた。

むろん姫を思う心に嘘《うそ》も揺らぎもない。しかし、故に自分のような穢《けが》れた人間が、清らかな姫に触れていいのか否か、迷っていたのだ。そう、男は幼い頃から、自分は穢れていると思っていた。

やがて屋根を叩く激しい雨の音が蔵の中に響き渡り、言葉を交わすのもままならぬほどになる。男は先刻まで腰に下げていた包みの中から火打石と小さな紙燭《しそく》を取り出すと、器用に火を灯《とも》した。館で使っているものの半分もない長さであるが、明かりがあるだけで人は落ち着くものだ。

「では……私は外で物見に立っております」

苦し紛れに男が言った時、まるで雲の上で大きな岩が転がるような音が響いてくる。

「懸想丸殿、神鳴りが……」

姫は埃だらけの天井を眺めながら、怖げに眉を顰めた。

「姫君、確かに恐ろしゅう感じられますでしょうが、少しの間、御辛抱くだされ。なに、神鳴りが長く続くことはありませぬ。雨も一時は激しく降り注いでも、すぐに止《や》むことでございましょう」

春の神鳴りというものは、往々にしてそういうものであると男は知っていた。

それよりも用心せねばならぬのは、その雨に紛れて追手が近付いて来るのを許してしまうことだ。また川が近いので、その瀬音の変化にも気を配るべきだ。よもや川が溢《あふ》れ狂うことはないだろうが、姫の御身を守るために、どんなことでも用心すべきだろう。

それらのことを男が説明すると、姫は不安な面差しのまま、半ば無理やりに頷《うなず》いた。おそらくは、男が共に夜を過ごす覚悟ができていないのを見抜いているに違いないが――むろん姫の方から、それを求めることはなかった。

「この雨の中を、どこで見張るというのですか」

「なに、館の庇《ひさし》の下におります。すぐ近くですから、万に一つでも何かありましたら、いつでも呼ばわってくだされ」

そう言いながら男は隙間風が忍び込んで来る北側に屏風を立て、持っていた蘇芳色の布を姫の肩に掛けた。ついでに包みの中から、干飯《ほしいい》の袋を取り出す。

「さ、今日はさぞや、お疲れになったでしょう……こんなものしかありませぬが、少しでも召し上がってくだされ。その後は、早めに休まれるとよいでしょう。明日は、姫君の御御足《おみあし》で歩いていただかねばなりませぬので」

「懸想丸殿」

どういうわけか姫は、今にも泣きだしそうな顔をしていた。否、いつの間にか目が澄んだ池のように潤んでいて、やがて一粒、森の中で見た露の如《ごと》き涙が頰を滑った。

(やはり、神鳴りに怯《おび》えていらっしゃるのだ)

そのいたいけな面差しを見た時、いっそ外の見張りはやめて、共に夜を過ごしたいという気持ちも起こったが——それでも、どうしても心が決められない。

「ご安心召され……何があろうと、この懸想丸がお守りいたします故」

そう言いながら男は、姫の体を強く抱きしめた。

三

それから半刻もせぬうちに、雨は滝のように激しくなり、凄《すさ》まじい神鳴りの音が響いた。

男は館の破れ庇の下に立ち、辺りに目を配り続ける真似事《まねごと》をしていた。

やはり……というべきか、いつまでも追手の姿など現れはしない。

そもそも激しい雨の中、濡れ鼠《ねずみ》になってまで役目を果たそうとする気骨のある者が、館にいるとも思えない。仮に追手が放たれていたとしても、今頃はどこかで雨宿りしているか、今日の追跡を諦めて帰途についているに違いない。

ふと主人の顔を思い出すと、申し訳なさで胸が苦しくなる。

自分のような人間を雇い入れてくれただけでも有難いのに——主人は一度も、自分を弄《もてあそ》んだりはしなかった。もともと男色に興味のない方だったのだ。

もし主人が前の主人の元から、その地位を利用して自分を強引に貰《もら》い受けてくれなかったら、今でも寺にいた時と同じような暮らしを続けていたことだろう。だから、たとえ牛車の飾りにするためでもいい。連れ歩いて人目を引くためだけでもいい。今の主人が選んでくれたおかげで、自分は救われた。

それにも拘《かか》わらず、その恩を仇《あだ》で返そうとしている――主人の大切な姫君を盗みとって、畏《おそ》れ多くも自分のものにしようと企《たくら》んでいるのだから。

（姫……お寒くはありませんか）

男は蔵に面した館の庇の下に立ち、蔵の中に目を向けながら思った。さっき灯した紙燭の火は、まだ消えずに揺れている。

（神鳴りが、恐ろしゅうございませぬか）

まさに神鳴りを孕《はら》んだ雲が頭上にいるのか、さっきよりも音が大きくなっている。できることなら姫の傍《そば》に控え、少しでも安堵《あんど》させて差し上げたいところだが――事ここに至っても、男は幼い日に刻まれた桎梏《しっこく》から抜け出すことができなかった。

男はもともと越後《えちご》の生まれである。

生家は鍛冶屋を営んでいたが、母の顔は知らなかった。何でもかなりの難産だったらしく、母は男を産むとすぐに亡くなってしまったのだ。

そのせいで、父は男に冷たかった。

妻の命と引き換えに生まれて来た子だからこそ、一層慈《いつく》しんで育てる……という思いを持つ親もあるやもしれないが、男の父は真逆であった。妻への思いが深過ぎたのか、その命を食って生を得た子が忌《い》まわしくてならないらしく、露骨に疎《うと》んじたのだ。

だから〝外道丸〟という名も、姫が慰めてくれたように、大切に思えばこそ……の名ではないと男は知っていた。〝思った〟のでも〝感じた〟のでもなく、知っていたのだ。

親に疎まれた男は、幼い日々を寂しく生きざるを得なかったが——けれど幸か不幸か、男には生まれついての大きな才能があった。

その類稀な美貌である。

むろん望んだことではないが、男は幼少の頃から近郊の女性たちの間で、嬉しくもない評判を取っていた。成長すれば、如何な美少年になるか……と囁かれ、実際に十歳を過ぎる頃には、年上の女性からの文や進物などが、飽きるほどに届けられたのである。少年だった男は、それが父の目に触れて怒りを買うのを恐れ、受け取る傍から火に投じて始末するほどだった。

やがて男は、稚児《ちご》として国上寺《こくじょうじ》という寺に入った。父に「自分の代わりに命を失った母の供養をせよ」と言い含められてのことだったが——何のことはない、その実、ある高僧が金を積んで、父から男を買い取ったのである。

稚児となった男は、生真面目に仏道修行に励もうとしたが、経の何たるかを教わる前に、男色の道に引きずり込まれた。女人《にょにん》禁制の寺では、たびたび稚児が女性の代わりを務めさせられる――そんな知識もなかった男は、その行為に深く傷付いた。

「そう恨めしげな目で見るものではない……おまえが思うほどに、大したことではないのだ。やんごとない方々の間でも、当り前に行われていることなのだぞ」

鹿爪《しかつめ》らしく高僧は言ったが、それで男の心が救われるわけではなかった。どこの誰が同じことをやっていようと与《あずか》り知らぬ。ただ自分は厭《いや》なのだ。

（こんな畜生坊主が、如何にして人を救うというのだ……仏など、まったく莫迦《ばか》らしい）

幼い肌を恍惚《こうこつ》の表情で舐めまわす高僧の顔を見ながら、男はいつも思ったものだ。

やがて十五歳になった男は、夜の闇に乗じて寺を抜け出し、そのまま故郷を捨てた。頼るべき親に売られ、縋《すが》るべき仏の裏側を見てしまった男には、何の救いもなかった。

それから諸国を流転《るてん》しながら、三年ほど前に都に流れ着いたのである。むろん、その当てどない旅を助けてくれたのは、やはり持って生まれた美貌であった。

美しいものに、なぜだか人は媚《こ》びたがる。

どこを彷徨《さまよ》っていようと、ちょっとばかり大きな市のある村にでも行けば、頼みもせぬのに食い物や金を恵んでくれる女や男がいる。男も少しは情けを返したりもしたが、それは言わば男なりの商売のようなものだった。そうすることで大きな悪に手を染めることもなく、生きて行くことができたのだ。

それでも男は流浪の旅の中で、多くの美しい光景や、珍しいものを見た。その果てに日輪《にちりん》が出現する刹那《せつな》の海と空の美しさ、数え切れぬほどの桜に覆われた山、奇妙な形の岩が果てなく続く浜、激しい地吹雪《じふぶき》の中で大仏のような姿で立っている巨木――若くして人嫌いになった男にとって、それらのものが何よりの慰めとなった。もし己に思い通りに文字を書く力があれば、そんな珍しいものを記した書などを残してみたいと思うことも少なくなかったが、それは叶《かな》わぬことだった。自分を買った高僧は男を女性のように飾り立てることにばかり腐心して、ろくに文字を教えてはくれなかったからだ。

やがて男は都に上り着いたが、そこは鄙の地よりも、一層暮らしやすかった。やはり美少年を好む貴族に拾われ、その口利きで別の貴族に家人として雇われ――それを二度ほど繰り返した後に、今の主人に雇われるに至った。

幸いなことに主人に男色の趣味はなく、ようやく男は苦行から解放された。一介の下人として熱心に働き、時には牛飼い童の役さえ務めれば、主人は喜んでくれたのだ。

そして姫君と出会った時――男の心に不思議と温かな風が吹いた。

この姫は今まで関わってきた、どの女性にも似ていない。何より、いつお会いしても、ろくに男の顔を見ていない。のちにそれは目の覚束なさのせいと知れたが、もともと姫は人の見かけなどにまったく興味がないのだ。姫が何より興味を持っているのは、学問――あるいは知識なのだ。

　その姫に、男は初めて恋をした。

　どんな形でもいい、この姫の近くに控え続け、その言葉と笑みに接し続けることができれば、どんなに幸いであろう。むろん自らの身分を思い知っていた男は、それ以上を望みはしなかった。

　けれど姫自らの口から、広い世の中を見てみたいという言葉が出て来た時、男は不覚にも夢を見てしまった――越後の寺から逃げ、都に辿り着くまでの流浪の日々で見た美しい風景を、また都人《みやこびと》も知らぬような珍しいものを、姫に見せたくてならなくなったのだ。

　自分のような穢れた人間でさえ、たびたび心を洗われるような思いをしたものばかりだ。もし姫が同じものを見たとしたら、何と言うだろう。きっと自分には思いもよらない言葉で、その美しさを賛ずるに違いない。

　その夢を心の中で転がしているうちに、恋はより強いものに姿を変えた。

　下人の自分が、やんごとない身分の姫と添い遂げることなど、この世ではあり得ない。それは骨身に染みて理解しているのだが――日が経つほどに、素直に納得できなくなった。

　やがては姫がどこかの貴族のものになってしまうのを、黙って見ていなくてはならないだろう。いや、通って来た夫が後朝《きぬぎぬ》の別れの後に帰っていくのを、畏まって見送ることさえあるやもしれぬ。

その夫となる方が心麗しい方ならば、堪《た》えることもできよう。僻者扱いされている姫を愛し、真から慈しんでくださる方ならば、自分のような人間が口を挟むことなど何もない。

けれど——幼い自分の肌を舐めていた高僧や、かつての主人たちを思い出すと、そう望むことが虚《むな》しいことのように思えた。この世では褒めそやされている者ほど下種《げす》なことが、往々にしてあるものだ。

そんな人間に姫を取られるくらいなら、一思いに自分が連れ去ってしまいたい。そして、自分が見てきた美しいものを、すべて見せて差し上げたい——そんな二つの思いが高じて、ついには姫の身を盗み出すという暴挙に出るに至ってしまった。

(姫……)

恋しさが募って蔵に目をやれば、紙燭の火は消えていた。気付かぬうちに、一刻《いっこく》近い時が過ぎていたのだ。

けれど、雨はかなり弱くなっていた。まだ遠くに神鳴りの音は響いているが、先刻までの激しさと比べれば、眉を顰めるほどのことはない。雲が速く流れているので、もう少しすれば、どちらも遠ざかってしまうだろう。

ただ、お顔を拝したい……という思いで、男は蔵に戻る。

「姫……お休みでございますか」

暗がりの中で、姫が身を横たえているのが判る。あの神鳴りの響きの中でもお眠りになれるとは、さぞやお疲れだったのだろう。

男は姫の傍に控え、顔にかかった髪を指先で払おうとした。

その時、ようやく蔵の中が静か過ぎるのに気が付く。外で風が草を撫《な》でている音は聞こえるのに——姫の息遣いが、まったく聞こえてこない。

「姫……姫君」

不躾《ぶしつけ》と思いつつも、控えめに肩を揺すってみる。けれど姫が目を覚ます気配はなかった。

「姫！」

今まで以上に激しく揺すった時、ちょうど蔵の明かり取りから、わずかな光が差し込んできた。おそらく神鳴りの雲が流れ去って、朧《おぼろ》な月が顔を出したに違いない。

その青白い光に映し出された姫の顔は、口を細く開いて前歯を半分ほど覗かせていた。また目は三分《さんぶ》ほど開き、その隙間から瞳が見える。

けれど、その瞳は——蔵の隅の暗がりと同じように、何の光も映していなかった。

(まさか……)

あり得ぬはずの想像が心をよぎった時、背中の皮を一度に剝がされたような寒さが、男を貫いた。

「姫っ！　目をお覚ましくだされ！」

同じような目をした人間を、今までに何度も見たことがある。また都の中でも羅城門《らじょうもん》辺りを歩けば、たまに見てしまうことがある——病か飢えで行き倒れた者たちの亡骸《なきがら》を。どうして姫が、そんな可哀《かわい》そうな者たちと同じ顔になっているのだろう。目から光を失い、息まで止めてしまっているのだろう。

「目をお覚ましくだされ！　姫！　いったい何があったというのです！」

男は震える手で、横たわった姫の体を揺さぶり続けた。

四

暗がりの中で、男は獣のように吠《ほ》えた。自分の頭を掻《か》きむしりながら暗い蔵の中を転げまわり、その手に触れるものをすべて壊した。

男は何も考えられなくなっていた。たった一つの事実を受け入れることができず、そこで心のすべてが止まっていたのだ。

「どうして……どうして！」

すでに外は白みかけているというのに、男は同じ言葉を繰り返し続けた。むろん、その言葉には続きがある——どうして、姫君が身罷《みまか》られておるのだ。

けれど最後まで口にしてしまうと、姫の死を認めることになりそうで、体が拒んでいた。

無理に続けようとすると腹の底から苦いものが込み上げてきて、そのまま臭《くさ》い湯を吐き出してしまう。

だから男は、吠えることしかできなかった。すでに涙と鼻水で顔がふやけてしまっているのに、嗚咽《おえつ》が止まる気配はない。

さらには何度か、気を失った。けれど、すぐに目が覚めて、再び吠える。

(どうしてなんだ……なぜ、姫君が)

やがて、わずかながらに狂乱が冷めてきて、その信じがたい出来事を無理にでも信じるために心が動き出す。いったい何がいけなかったのか、何が姫の命を儚《はかな》く消し去ったのか、その答えを見つけようとする方向に、心が向いていく。

昨夜、自分が外に出るまで、姫には何の変調も見られなかった。激しい神鳴りの音に眉を顰めてはいたものの、当り前に息をしていた。

それなのに自分が外にいた間に、突然に身罷られてしまうなんて——そんなことが、あり得るのだろうか。

もしかすると、館から連れ出してしまったからだろうか。

あるいは長い時間、背中におぶって揺さぶり続けてしまったからだろうか。

さもなければ神鳴りの激しい音に、姫の身が耐えられなかったのだろうか。

そのどれもが当っている気がするし、どれも違う気がする。けれど、そのどれもが、煎じ詰めて行けば原因は自分……というところに辿り着く。

もしかすると自分と出会ってしまったために、姫の寿命は突然に尽きてしまったのだろうか。仮にそうだとすれば、自分はどこまで呪われているのだろう。

やがて、別の答えが唐突に浮かぶ。

(もしかすると……鬼の仕業《しわざ》か)

以前、自分の名前について語り合った時、姫は言っていたではないか——鬼の類に連れ去られることのないよう、わざと子供に耳に馴染まぬ名前を付ける習わしが、昔からあったと。

その時、自分の〝外道丸〟という名前については、決してそうではないと男は思ったが、それに加えて、もう一つ疑問に感じたことがあった。そんな子供を連れ去っていくような鬼が、本当にいるものか否か……ということだ。

たとえば蓬萊については、偉い方が書き残しているのだから、きっと在るのだろう。けれど鬼は、本当に在るものなのだろうか？

男が尋ねると、どんなことでも知っている姫は、いとも容易《たやす》く答えてくれたものだ。

「鬼について記した書物も、ちゃんとありまするえ。たとえば出雲《いずも》に阿用《あよ》という郷《さと》があるそうですが、その名は、その地で目一鬼《まひとつのおに》と呼ばれる一つ目の鬼に食べられてしまった男が、最後に発した言葉が〝あよ〟だったことに因《ちな》む……と、言われております」

「あよ……ですか」

少しばかり間の抜けた言葉だと男は思ったが、さらに姫の話を聞くと、逆に悲しくなった。

何でも山田《さんでん》で男が襲われた時、父母も一緒にいたのだが、二人は素早く竹藪《たけやぶ》の中に逃げ込んでしまったらしい。男は鬼に食われながら竹の葉が動くのを見て、そこに父母が隠れているのを知った。そして自分が見捨てられたことを嘆いて、「あよ」と呟いたのだ。

男は絶望しながら死んでいった息子を哀れに思ったが――その一つ目の鬼とは何なのだろう。別の世から来た者なのか、あるいは、この世界に元から在る者なのだろうか。

その答えを姫に尋ねることは、すでに叶わない。けれど、激しい雨と神鳴りに紛れてやって来た鬼が、男には判らぬ方法で、血も流すことなく姫の命を奪ってしまった……と考えれば、わずかに心が軽くなるような気がした。いや、そう考える他に、この身が裂かれるような悲しみに耐える術《すべ》はないとさえ思える。

おそらく外で見張っている自分の目を盗んで鬼が現れ、一人で神鳴りの音に怯えていた姫の命を、一口に飲み込んでしまったのだ。

(姫……申し訳ありませぬ。私は姫をお守りすることが、できませなんだ)

体の温《ぬく》もりを失った姫の横に力なく控えて、男は再び嗚咽を漏らした。

やがて朝が来て、さらに日は高く上ったが、男は微動だにせず、姫の亡骸の横に控えていた。その明け方から何一つ変わっていないようにも見ゆるが、ただ一つだけ異なる点があった――男の傍《かたわ》らに、一振りの短刀が置かれていたのだ。

それは館を出る際、姫と自らの身を守るために携えてきたものであったが、姫の目に触れて怯えさせぬよう、包みの奥深くに忍ばせていた。それを、こんな形で使うことになるとは。

横たわった姫の手に触れると、いつの間にか漆塗りの箱のように硬く、冷たくなっている。きっと死の穢れが体の中に広がってしまったからだろう。そっと手首を持ち上げると、肘や肩も固まってしまっていて、体ごと動いてしまう。もはや姫の体が、一枚の板のようになってしまっている。

やがて姫の御身は、このまま腐り始めてしまうのだろう。やはり都の羅城門近くでたまに見る、行き倒れてしまった者の亡骸と同じように。

(姫……あまりに儚い)

奇妙な模様が浮かび始めている姫の顔を見つめながら、昨日の森の中で見た露の輝きを男は思い起こした。あの露と同じように、己の身も姫と共に消えてしまえたら、どんなにいいだろうか……とも思う。

けれど、ここで共に滅するのは、男の望む道ではなかった。

それならば何のために姫の御身を館から盗み出したのか、判らない。ただ死なせるためだったのなら、それこそ何の意味もない。

「姫君……私たちは、まだ何もしておりませぬ。まだ何も見ておりませぬ」

うっすらと目を開けている姫の亡骸に向かって、男は囁いた。

「私はどうしても、姫君に広い世の中をお見せしたいのです……私たちは、鬼などに負けてはならぬのです」

姫が何度となく教えてくれたように、愛しい我が子に耳に馴染まぬ名を付けるのは、鬼に連れ去られぬようにするためだそうだ。

しかし、そんな鬼が本当に在るのか否かは判らない。もしかすると、その鬼とは儚き運命をただ言い換えただけのことであるのかもしれない。得体の知れないものに連れ去られたと思えば、突然の悲しみにも折り合いを付けることができようから。

けれど男の心は、そんな誤魔化しでは収まらなかった。すべてを諦めるには、姫を思い過ぎていた。目にも見えぬ、得体も知れぬ鬼がやって来て、姫の命を気まぐれに奪い去って行ったのだとは思いたくなかった。

だから決めたのだ——どうあっても、姫との旅を続けよう、と。

「姫君……すでにお判りのことと存じますが、今のままでは、お連れすることも叶いませぬ。むろん昨日のように背負って行けるものなら、背負いもしましょうが……姫君の御身はすでに固まり、御御足を曲げることさえ、ままなりませぬ故」

そう言いながら男は傍らの短刀を取り、鞘《さや》から抜く。

「ですから、せめて御首《みぐし》だけ、お連れ致しまするぞ」

男は震える手で、短刀の切っ先を姫の首筋に押し当てた。

けれど、そこで動きが止まってしまう。そのまま力を入れて押し切ることなど、とてもできない。正気の沙汰ではない。

男は短刀を鞘に納め、深い溜《た》め息をついた。

鬼が在るか在らぬかと論ずることは、思えば莫迦らしいほどに他愛《たわい》ないことだ――鬼に成るか成らぬかに比ぶれば。

やがて男は深い息を何度も繰り返し、再び短刀を抜くと、その切っ先を姫の亡骸の首に押し当てた。そのまま石になりでもしたかのように動きが止まり、長い逡巡《しゅんじゅん》の挙句に「やっ」と小さく叫んで、そのまま押し込む。

やがて苦心惨憺《さんたん》の末、男は為《な》し遂げたが――やはり男は、それを為すべきではなかった。胴から切り離され、ただの物となった愛する者の首など、人が絶対に見てはならぬものだからだ。

大切に包むために、その御首《みぐし》を蘇芳色の布の上に置いた時に、男はそのことを悟った。

(俺は……何をやっているんだ)

すでにそれは、姫ではなかった。いや、かつて姫だったものでもない。ただの女の頭だ。

「ふふっ」

その首を見つめながら、思わず男の口から乾いた笑いが漏れてしまったのは、その口元から舌先が突き出ていたからだ。きっと刃が首を通る時に押し出されでもしたのだろう。

男の心に、今までに一度も味わったことのない虚無が広がる。すでに、生まれて来たことそのものを悔い始めている。

それでも御首を布で包み、固く縛り上げた。

その時、遠くで人の話し声が聞こえてきた。三人の男の声だ。しかも、それぞれの声には聞き覚えがある。

(今頃、来たのか)

それは間違いなく、館からの追手だった。よくも、ここを探し当てたものだ。

「こんな汚らしい場所に、姫君がいらっしゃるとも思えぬが」

「俺もそう思うが、一応見るだけは見てみよう……何せ外道丸が一緒なのだ。奴《やつ》はもともと、流れ者だったから、どんなところにでも潜り込むぞ」

「ちっ、厄介な役目を仰せつかったものだ」

蔵の出入口の陰から外を見ると、同じ家で働いていた男たちが三人、腰に太刀《たち》を差して歩いて来るのが見えた。さすがに分《ぶ》が悪い。

男は身を屈《かが》め、見つからないように外に出る。むろん御首の包みを小脇に抱えてだ。その姿勢のまま草の中を這《は》うように進み、男たちとの距離を取った。

やがて三人のうちの誰かが蔵に入ったのだろう、この世のものとも思えぬ悲鳴が聞こえてくる。

「大変だ！　中に首を落とされた女の亡骸があるぞ！」

「女だと？　まさか、姫君ではないだろうな」

「判らんが……かなり上物の小袿だ。もしかすると」

その声を背に、男は思わず走り出す。

「いたぞ！」

男は渾身《こんしん》の力で走ったが、人の首というものは思いがけず重く、体の重心が取りづらかった。そのうちに長い草が足に絡んで、前のめりに倒れてしまう。

「外道丸！　貴様」

一人の男が太刀を振り上げながら、飛び掛かってくる。しかし、しょせんは下人に過ぎないので、体の前が笑いたくなるほど無防備だった。男はその場に御首の包みを放り出すと、手にした短刀を何も考えずに突き出した。その切っ先は泥に突っ込んだ足先のように、鈍い音を立てて切りかかって来た男の鳩尾《みぞおち》にめり込む。

「よくも……」

恨み言を口にしようとする男が恐ろしくて、思わず短刀を抜くと、凄まじい勢いで鮮血が降りかかってくる。慌てて顔を背《そむ》けたものの、温《ぬる》く鉄臭いものが遠慮なしに体にまとわりついた。

（やられてたまるか）

男は――いや、外道丸は、倒れた男の手から太刀を取り、さらに近くにいた男に切っ先を向けて突き出した。太刀など扱ったことがないから、とりあえず突き出すしかない。

その男は、「待てっ、落ち着くんだ」と言いかけたが、その喉元に切っ先を受けて、まるで溺れているような泡立った声を出したかと思うと、いとも容易く崩れ落ちた。

思えば、この男たちには恨みも何もない。それどころか、昨日までは共に働いていた仲間でもある。それなのに、どうして自分は彼らに太刀を向けるのか――そんなことは考えるまでもない、彼らが太刀を向けてくるからだ。

「やめろ、外道丸、やめてくれ」

最後に残った男が、腰を抜かしたように座り込み、哀願するように言った。

「おまえのことは誰にも言わぬから……このまま、見逃してくれ」

しかし外道丸は、どうするべきか思案する前に、その男の胸元に太刀の切っ先を押し込んでいた。

「貴様……鬼か」

そんな言葉を残して、男は容易くこと切れる。

「なるほど、俺が鬼だったか……鬼とは、こういうものだったか」

外道丸は太刀を投げ捨て、転がしていた姫君の御首の包みを拾い上げる。

体に降りかかった血が早くも乾き始め、肌が引きつるのを感じたが、不思議と清々《せいせい》した気分だった。

「さぁ、姫君、共に参りましょうぞ」

すでに意味の薄れた重い包みを手に、外道丸は国境の川に向かって歩き出す。

それから十数年後、都の遥か北にある大江山《おおえやま》に酒呑童子《しゅてんどうじ》を名乗る鬼が出現し、徒党を組んで一帯を荒らしまわった。その暴虐は百五十年近くも続き、ついに長徳《ちょうとく》元年、時の左馬権《さまのごんの》頭《かみ》源頼光《みなもとのよりみつ》とその四天王によって追討されるまで略奪と殺戮《さつりく》を恣《ほしいまま》にしたが――彼は元は人間で、幼名を外道丸と称したという。

百五十年もの齢《よわい》を保ったのであれば、酒呑童子が人外の鬼であったのは疑いなかろう。

しかし愛しい姫の首を自らの手で切り離した、この哀れな外道丸と何らかの関わりがあるや否やは、もはや手繰《たぐ》る糸だにないことである。

鬼哭啾々《きこくしゅうしゅう》。

第二話　鬼の乳房

今昔物語「猟師の母、鬼となりて子を噉《く》らはむとすること」より

一

遠い古《いにしえ》――ある山深い土地に、鹿や猪《いのしし》を狩るのを生業《なりわい》とする二人の兄弟がいた。

兄を荒弓《あらゆみ》、弟を多智《たち》という。おそらくは同じように猟師を役としていた父が、愛用していた品々から取った名であろう。

その父は、兄の荒弓が十九の冬に猪の牙を受けて命を失くし、以来兄弟は母を守りつつ、山中で獣を射て暮らしていた。すでに兄は三十二、弟は二十八と齢《よわい》を重ねていたが、二人とも未《いま》だ妻《めと》を娶ることもなく、日々を過ごしていたのだ。

兄弟が得意としたのは、〝待ち〟である。

それは高い木の股に足場として横木を括《くく》り付け、そこに身を潜めて、ひたすらに獲物が来るのを待つ……というもので、弓の名手であった亡き父が用いていた猟法でもあった。

木の上で辛抱強く獲物を待ち続けていると、やがて鹿なり猪なりの獣がやって来る。地面に残る人の匂いが薄いので、大した警戒もなく近付いてくるのだ。それが〝待ち〟の利の一つなのだが、さらに言えば、木の上からは獣の急所を狙いやすいという利もある。

むろん如何《いか》なる獣も急所は心《しん》の臓であるが、それぞれに狙いどころが別にある。

たとえば鹿は、脚と胴の繋《つな》ぎ目である肩の部分も、急所の一つと言えよう。そこに矢を射込めば華奢《きやしや》な骨が砕け、その場に立っていられなくなるからだ。即死はさせられずとも、容易《たやす》く動きを止めることができる。

また、野分《のわき》の如《ごと》き疾《はや》さで駆ける猪の心の臓に矢を命中させるのは、手練《てだ》れの猟師でも難しい。体の横から射込むのならまだしも、正面から射貫《いぬ》くのは、地面に伏せでもしない限り不可能だ。しかし、高い位置から無防備な眉間《みけん》に太い矢を射込めば、頑健な獣とて一たまりもない。射込む場所が正しければ、当の猪は身に起こった異変を悟る暇《いとま》さえなく、骸《むくろ》となって地に伏すことになる。

兄弟の〝待ち〟のやり方は、四、五段《たん》ほどの距離を置いて向かい合い、寄って来た獣に近い方が矢を射るのを常としていた。向かい合っていれば、仮に最初の矢を外しても、大方の獣は慌てて離れようと曲がっていき、もう一人が控えている方向に駆けてくることが多い。連中は脇目もふらず走っているので、引き返す余裕がないのだ。

言わば二段構えというわけだが——初めに射るのが兄の荒弓であれば、その用心は無駄に終わるのが常だ。さすがに名に弓の字を持つだけあってか、荒弓は亡き父と並ぶほどに弓の上手《じようず》であった。こと〝待ち〟では、ほとんど仕損じることはなく、一頭の獲物に二本以上の矢を用いることは、まずなかった。

弟の多智とて、凡百の猟師に比べれば秀でた腕であったが、兄には今一歩及ばなかった。惜しいところで急所を外し、矢が刺さったままの獲物を取り逃がしてしまうことも、ままあるほどだ。

「あぁ、俺はどうして、兄者《あにじゃ》のようになれぬのだろう……獲物に逃げられたばかりか、大事な鏃《やじり》まで失って、とても顔向けできない」

獲物を射損じた日の夜は、囲炉裏端で粕酒《かすざけ》を舐《な》めながら、このように多智が嘆息するのが常である。けれど性根の優しい兄は、責めるような言葉を一切口にしなかった。

「そう肩を落とすな、多智……俺はおまえより、四年も長く生きているのだ。それだけ多く矢を射ているし、幸いにして親父《おやじ》から直《じか》に教わる機会も多かった。ただ、それだけの違いだ。さすがに親父に習うのは無理だが、おまえも俺の年になれば、今より上手になっているだろうさ」

「そうかもしれんが、その時は兄者も、今よりさらに上手になって、ずっと俺の先を行っているに決まっている。もしかすると一本の矢で、二頭の獲物を仕留められるようになっているやもしれんな。やれやれ、俺はいつまでも兄者に追いつけない」

そんな言葉を交わしていると、髪が半分白くなった母が、たいてい笑って口を挟む。

「兄者は亡くなった親父さまの才を、そのまま受け継いでいるのだから、僻《ひが》んでも詮ないことじゃ。多智には多智の得意もあるのだから、よいじゃないかえ」

「俺の得意ってのは何だい、母《かか》」

「そうさなぁ……おまえは、物を売るのがうまい。里に下りても、多智はすぐに肉を売り払って、帰って来るではないの」

月のうちに二度か三度、兄弟のどちらかが山を下りて、猪肉や鹿肉、毛皮などを売りに里にいく。以前は母が市《いち》に立っていたが、ここ数年は足腰が弱ったせいで長く歩けなくなり、兄弟たちがやるようになっていたのだが——確かに荒弓よりも、多智の方が早く、しかも高く売ってくる。

「そんなもの、弓の腕には何の関わりもないことじゃ」

せっかくの母の言葉も意に添わぬらしく、不貞腐《ふてくさ》れたように多智は寝転び、ついでに屁の一つもひって笑いを誘うのが常だった。

この囲炉裏端での語らいを人が見れば、母と息子たちの仲睦《むつ》まじさが微笑《ほほえ》ましく感じられることであろう。確かに仲のよい家族ではあったが——おそらくは、この家族の夜を目にする者は、暗い森の中を彷徨《さまよ》う禽獣《きんじゆう》以外にはない。

それと言うのも、親子は〝はぐれ者〟だからである。

実は亡き父は若い日、猟師仲間と酒の上で諍《いさか》いを起こし、酔った勢いで相手に大怪我《おおけが》を負わせてしまったことがあった。郡司《ぐんじ》の元に引き立てられ、断獄されるに至ったが、公には杖刑《じようけい》で済んだのは幸いであった。

それですべて落着となれば、一層に幸いだったのであるが——人の心というものは、そう簡単なものではない。仲間を傷付けた父は、他の猟師たちの信頼を失って輪から弾《はじ》き出され、ついには住んでいた里からも出て行かざるを得なくなった。結局父母は、まだ幼かった兄弟を連れて、山深い地に隠れ住む他になかったのである。

それ以来、親子は人との交わりを、極力絶って生きてきた。

好んでそうしていたわけではないが、父の罪はなかなか忘れられず、彼らが里に近付くだけで、いい顔をしない者が多かったのだ。

だからこそ、本来ならば集団で行うものである狩りにも、彼らは家族のみで臨むしかなかった。人が多ければ、互いに用心し合って危機を回避することも、狙った獣を追い回して罠《わな》に誘い込むこともできように、父と若い兄弟の三人のみとなれば、つまりは〝待ち〟という我慢の必要な猟法を選ぶしかなかったのだろう。

また肉を売るにしても、里ならば猟師から獲物を買い取り、それを捌《さば》いて売るのを生業としている者がいる。猟師は売るのを人任せにし、ただ猟をすることに心を砕いていればよい。だが、その伝手《つて》を持たない兄弟は、自ら捌いて自ら売り歩かねばならない。普段〝待ち〟の猟ばかりしている猟師に、弓矢を置いて市に立て……というのは、なかなかに辛《つら》い話だ。

やがて父が亡くなり、親子に対する風当りも、わずかに緩んだようにも思えたが——若かった兄弟の方にも、里の民を厭《いと》う気持ちがあった。愛する父に悲しい思いをさせ続けた連中に、自分たちの方から擦り寄っていくのは、父に対する裏切りのように思えたのだろう。むろん、兄弟と母は山の奥深くに住み続けることを選び、他人の手を借りずに生きてきた。そのために幾多の面倒を背負い込んできたのは言うまでもないが、それ故に、一層仲睦まじい家族になったとも言えよう。

見ようによっては彼らもまた、穴倉で身を寄せ合っている獣の親子と何ら変わらない、山に生きる家族の一つだった。

荒弓がその女を見初《みそ》めたのは、ある年の春、肉を売りに里まで下りた時のことである。

いつもなら大きな寺の門前で行われている市で、僧侶たちに睨《にら》まれながら控えめに売っていた荒弓だったが、この時は、多智から教えられたやり方を試みてみようと思い立って、隣の里にまで足を延ばしていた。

母が言っていた通り、弟には物売りの才がある。どうすれば、そんなふうに売れるのか……と、荒弓が尋ねた時に、こんな答えが返ってきた。

「兄者、寺の市では、あまり肉は売れまいよ。仏の教えでは、肉を食うのはよくないとされているからな。まぁ、そうは言っても、坊さんたちも隠れて食ってはいるんだが……それでも立場があるから、『殺生《せっしょう》するとは、けしからん』という顔をしているわけだ」

確かに荒弓も、寺の門近くで売っていた時に、不浄なものを近付けるなと追い立てを食ったことが何度もある。だからこそ人の流れから離れて控えめに売っているのだが、それでも通りかかった僧侶に、不快そうな目で見られるのが常だ。

「坊さんに睨まれるようなものを、その目の前で堂々と購《あがな》う人は少なかろう。だから俺は、こっそりと、身分のある人の家に売りに行っているんだよ。人に見られないように裏口から入って直に厨《くりや》に行けば、向こうから売ってくれと言ってくるのさ。あの連中も坊さんと一緒で、自分らが獣の肉を食っていることを、なるべく知られたくないと思っているからな」

生き物の肉を食う罪は、蛸《たこ》だの烏賊《いか》だのを除いて、脚の数が増えるほどに重いらしい。だから、順番としては魚、鳥、鹿や猪……となるわけだ。やはり購うのにも、人目を気にしてしまうのは当り前だろう。

「だから兄者も、市なんかに立つのはやめて、金持ちそうな家に直に売りに行くといい。ただし、他の肉売りと鉢合わせなどしないように、気を配ってな。奴《やつ》らに見つかると、よそ者が勝手をしていると言いがかりを付けられて、ひどい目に遭うぞ」

なるほど、我が弟ながら、頭の回る奴よ……と、荒弓は感心した。

初見の相手と言葉を交わすのが不得手な自分には、いきなり大きな屋敷の厨に入っていくのは難儀に思えたが、試してみる価値はある。特に春先の風の温《ぬく》い時期には、少しでも早く売らなければ、せっかくの肉が悪くなってしまう。

その思いに背中を押されるような気分で、たまたま目についた、立派な造りの屋敷の厨に入ってみた荒弓だったが——やはり性に合わぬことを無理にすると、運にまで見放されてしまうようだ。案内も請わずに引き戸を開けた荒弓を見て、厨で忙《せわ》しげに立ち働いていた女の一人が、まるで夏場の鵯《ひよどり》のような悲鳴を上げた。猿のような顔をした、年嵩《としかさ》の女だ。

「あの……猪肉は要りませぬか」

そう言いながら、すばやく背負った荷の中から竹の皮の包みを取り出し、開いて見せた。緑の葉の上で切り身の猪肉が瑞々《みずみず》しく映え、見るからに美味《うま》そうだ。

「朝、捌いたばかりですから、とても新鮮ですよ」

荒弓は愛想よく笑みを浮かべて言ったが、猿のような顔の女は、こちらの話をまったく聞いていなかった。ただ耳が痛くなるような声を上げて、人を呼ばわるばかりだ。

これはいかん……と、荒弓は肉を竹の皮で挟み、慌てて懐に収めた。その時、女の声を聞き付けた男たちが、四人ほど駆け付けて来る。

「何だ、貴様は。見ない顔だな……誰の許しを得て、屋敷に入って来たか」

「今、何か懐に入れたぞ」

「汚い身なりをして、怪しい奴だ」

腕にものを言わせて、逃げ出せないこともない……と荒弓は思ったが、それが得策でないことにも気付いていた。

「私は猟師でございます。新鮮な猪の肉を、お持ちしました」

「猟師だと？」

「はい、荒弓と申し……」

言葉の途中で思い切り殴られて、最後まで言えなかった。

「貴様、ここがどなたの邸宅であるかを知って、のこのこ入って来たのか。おまえのような怪しげな男が持ってきた物など、我が主《あるじ》が召し上がるはずもない」

それから門の外に引き出されると、四人がかりで殴られた。詳しいことは判《わか》らぬが、どうやら自分は、来てはならぬ場所に来てしまったようだ。

「これに懲りたら、ここには二度と足を向けるなよ」

まったく抵抗しなかったのがよかったのか、折檻《せっかん》はほどほどのところで終わり、荒弓は道の真ん中に放り出された。

（やれやれ、ひどい目に遭った）

やがて身を起こして、辺りに目をやると――背負ってきた荷が放り出され、包みが解《ほど》けて中身が散らばっている。

「あぁ、これはいかん」

荒弓は体の痛みも忘れ、四つん這《ば》いになって拾い集めたが、竹の皮を留めていた藁《わら》が外れ、土にまみれてしまっている肉が二つや三つではなかった。

「あいつら、何ということを」

肉片の一つ一つを拾っては、丁寧に土をはたき落としていると、自然と目の前が曇ってくる。じんわりと、涙が湧いてきたのだ。

それらの肉は、確かに銭に換えなければならぬ大切なものだが――荒弓が涙ぐんだのは、売り物としての価値が下がったからではない。

（この肉は尊いものなのだ。自分の矢を受けて死んだ猪が世に遺《のこ》した、いわば命の塊なのだ。だからこそ、ちゃんと食われなければならない。それを土で汚すなど、これ以上に不遜《ふそん》なことがあるだろうか）

そんな風に言葉にできるはずもなかったが、荒弓は漠とそう感じていた。特に誰かに教わったわけではないが、長い間山で生きていれば、自然と心に染みて来る理《ことわり》なのかもしれない。特に――今日の朝、捌いた猪には乳房があった。それを思い出すと、どうしても涙が止められない。

「はいよ」

ふと頭の上から声がする。

荒弓が顔を上げると、粗末な服を着た女が自分に向かって、いくつもの竹の皮包みを差し出していた。一緒になって、拾い集めてくれたのだ。女の年は判らぬ荒弓だが、弟より少しだけ若いのではないかと思う。かなりの太り肉《ふとりじし》で、腕などは幼子の腿《もも》ほどもあった。

「こんなにしちゃあ、可哀《かわい》そうだよね」

そう言って女は歯を出して笑ったが——〝勿体《もったい》ない〟ではなく、〝可哀そう〟と言ったことが、荒弓の心に響いた。

二

その日の夜、荒弓は囲炉裏端で奇妙な話を切り出した。

「多智、おまえは野猪《くさいなき》が人を騙《だま》すという話を、聞いたことがあるか」

「野猪が？　ははっ、何を痴《し》れがましいことを……奴らは言葉一つしゃべりもせぬのに」

いつものように、たった一つの楽しみである粕酒を舐めながら、多智は嗤《わら》った。

「俺も信じられぬが、どうも本当らしい。今日、里で聞いて来た」

それを荒弓に聞かせたのは、砂にまみれた肉を一緒に拾ってくれた女である。

汚れを手で払っていては埒《らち》が明かぬと、近くの河原に行って流れの水で清めた後、それが猪の肉と知って、女が面白げに話してくれたのだ。

「何でも昔、ある国に俺たちのような二人兄弟がおってな……兄の方は、やはり猟師で、弟の方は京で宮仕えをしていて、時々里に帰って来たというのだが」

「宮仕えか……あれは、どれくらい給金がもらえるものなのだろう」

「そんなことは知らん。とにかく聞け」

話を逸《そ》らしかねない多智の言葉を払うように手を振り、荒弓は続けた。

「ある秋の夜に、この兄が一人で〝照射《ともし》〟という猟をしていたのだ」

「照射？　それはどうやるものだ」

懲りずに多智が口を挟んだが、それも詮ないことと荒弓は思った。何せ自分も弟も、父から教わった猟法は、山の中を歩き回って獲物を求める当り前のやり方と、例の〝待ち〟くらいのものなのだ。耳新しい猟法となれば、詳しく知りたくもなろう。

「よくは判らんが、どうやら松明《たいまつ》を持ち歩いて、獣をおびき出すらしい。連中は、明るいものに寄って来るからな」

「なるほど、それは使えそうだな。俺たちもやってみるか……いや、待てよ、手に松明を持っていたら、弓が射れないではないか」

そう言いながら多智は、見えない弓を引く真似《まね》をした。

左手《ゆんで》で弓を持ち、右手《めて》で矢をつがえる――それでは確かに松明は持てない。どこかに置くにしても、下手をすると周りの木々に燃え移ってしまう恐れがある。

「そういう考えは、俺の話をすべて聞いてからにしろ……その兄は一人だったが、馬に乗っていたのだ。馬なら火串《ほぐし》という道具を使えば、松明を掛けておくことができるらしい」

鹿爪《しかつめ》らしい顔で言ったものの、荒弓は一度も馬に乗ったことがなかったし、その火串なる道具が、どのような形をしているのかも知らなかった。

「それで、その兄が林の中で馬を進めていた時、不意に何者かに名前を呼ばれたのだ。押し殺したような、嗄《しわが》れ声だったらしい」

奇妙に思った兄は馬を取って返して、再び同じ場所を通ってみたが、特に声は聞こえなかった。気のせいかと思い、もう一度馬を回して通ってみると、また自分を呼ぶ声がする。しかし声の主の姿は、どこにも見えない。

これは怪しい、いっそ射てやろうか——そう思ったが、声が聞こえてくるのは自分の右側からなので、弓に矢をつがえることさえできなかった。弓は左手で持つと決まっているが、馬の頭が邪魔をして、そのままの体勢で右側を射ることが叶《かな》わないのだ。

無理をすれば、できうる限り体を捻《ひね》って射れぬこともないが、やはり馬から下りるなり、大きく馬を回してもしなければ、力のある矢を放つことはできないだろう。その間に声の主は逃げてしまうに違いない。

それから兄は照射のために何度もその林を通ったが、怪しい声はそのたびに聞こえてきた。が、聞こえてくるのは、いつも自分の右側からで、左側から聞こえてきたことはなかった。

そんなことが何日も続いた後、弟が久しく京から帰って来たので、早速その怪奇を話すと面白がり、自分でも照射に出かけた。

すると、同じように右側から声が聞こえてきた。しかし、それは弟の名前ではなく、いつもの兄の名前だったのだ。

おそらく声の主は人外のものではあろうが、兄と自分の区別が付けられぬようでは、大したものではあるまい……と判じた弟は、その日はとりあえず家に戻って兄に報告した。

次の日、弟は再び夜の林に出向き、相変わらず自分の右側から声がするのを確かめて、ちょっとした仕掛けをした。何のことはない、馬の鞍《くら》を前後逆さまに取り付けて、後ろ向きに乗ったのだ。

そのまま林の中で馬を進ませていると、やはり怪しい声がした。いつもなら右側の位置だが、後ろ向きに乗っている弟にとっては左側だ。無理をせずとも、十分に弓を引き絞ることができる。

弟は相手の姿を目で捉えられぬまま、声が聞こえてくる方角に見当をつけて、矢を放った。何かに命中した手ごたえがあり、声も消えたが、暗くて確かめることができなかった。翌朝、兄と連れ立って行ってみると、林の中で大きな野猪が、木に射付けられて死んでいたという。

「つまり、その野猪が、人の言葉で名を呼ばわっていたということか。なるほど、それは面白い」

話を聞き終わった多智は、身を揺すって笑った。

「兄よりも弟の方が智慧者《ちえしや》であるのも、俺には痛快だ。そんな話を、誰から聞いたのだ」

「それが……実はだな」

荒弓は上機嫌で粕酒を呷《あお》り、里であった出来事を話した。が、ありのままに話すと、そのやり方を助言した弟が気に病むかもしれぬので、殴られたことは言わず、門から肉の包みを放り出された……とだけ言った。

多智はいつも陽気で、面倒なことは何一つ考えてもいないような顔をしているが、その実、意外に細やかな心を持っていることを、疾《と》うに荒弓は知っていた。何せ多智が生まれた時からの付き合いだ、それくらいのことが判らぬはずがない。

「それで、その女が一緒になって、肉を拾ってくれたのだ」

「女か」

野猪の話を聞いていた時よりも、さらに目を輝かせて弟は身を乗り出した。

「どんな女だ？　年は、いくつくらいだ？　美人か？」

降り出した夕立の雨粒が木の葉に当るような勢いで、忙《せわ》しく問いかけてくる。それも仕方あるまい——幼い頃から山中で生きている二人にとっては、母以外の女は、猪よりも見る機会が少ないのだから。

「尋ねたわけではないが、年はおまえと同じくらいか、少し下だろう。何でも一度どこかに嫁に行ったのに、何かの都合で返されて、今は家の手伝いをしていると言っていた」

「何だ、若い娘ではないのか」

多智はつまらなそうに、椀《わん》の粕酒を勢いよく喉に流し込んだ。

「肉を拾ってくれた親切な女をつかまえて、その物言いはなかろう」

空いた椀に酒を注《つ》いでやりながら、荒弓は笑った。同時に昼に出会った女の顔が、ふと思い出される。

世間並には、美人といっていいのかどうか、荒弓には判らぬが——何とも気のいい笑い顔をする女だ。手足と顔は薄汚れていたが、衣の合わせから垣間見《かいまみ》えた肌は、春山で見かける名も知らぬ花のような桃色だった。

流れで肉の汚れを清めた後、いつもの自分なら女に礼を言って、すぐにでも肉売りに戻っただろう。けれど、どういうわけか、荒弓はその女と離れ難かった。このまま別れて、それきり縁が切れてしまうのが惜しく思われてならなかったのだ。

そう思っていた時、清めた肉を包み直すのを見ながら、女が尋ねてきた。

「これは、何の肉なの」

「猪の肉だ。火を通して食ってみろ」

どこか不機嫌な声で言いながら、荒弓は肉の包みを一つ差し出した。本当なら母の許しもなく、大事な肉を人にくれてやることなど考えられないのだが——それで女の心を自分に向けたいという気持ちも、ないではなかった。

「そんないいもの、貰えないよ。この包み一つで米や菜が、たくさん買えるんでしょう」

「いいから食ってみろ……あんたには少し硬いかもしれないが、力が出るぞ」

女に馴《な》れていない荒弓は、決してわざとではないが、肉の包みを女の胸元に押し付けるようにして渡してしまった。その乳房の柔らかさが手の甲に伝わった時、なぜか自分の胸までも、ぎゅうっと締め付けられたように苦しくなる。

「じゃあ……悪いけど、貰っておくね。きっと家のもんが喜ぶ」

女は恭《うやうや》しく竹の皮の包みを受け取ると、頭を下げた。

「そういえば山の野猪って、人を騙すんだってね……騙されたこと、ある？」

どこか浮かれた口ぶりで、女は奇妙な話を持ち出してきた。

「いや、ない。あの猪が、どうやって人を騙すと言うんだ」

そうして女から話を聞いたのだが、いつの間にか二人は、肩を並べて河原の石に腰を下ろしていた。そして奇妙な話が終わった後も、お互いのことなどを語り合って、幾ばくかの時を過ごした。

（今頃、己止比《ことり》はどうしているだろう）

そう、別れ際に女から聞いた名は、己止比——どちらかというと肉付きの良い女に、相応《ふさわ》しい名であるかどうかは判らない。ただ、そんな風に思うと、自分の鳩尾《みぞおち》辺りで、本当に小鳥が囀《さえず》っているような気分になる。

むろん母と弟には、そこまでは語らない。河原で肉を清めた後、礼を言って別れた……とだけ言った。

「何だ、兄者もだらしないな……せめて名と、住まいくらい聞いておけばよかったのに」

何も知らない多智は、荒弓が途方もないしくじりを仕出かしたかのような口ぶりで言った。

「もしかすると、それが縁で情が湧いて、兄者の嫁になってくれたかもしれんのに」

「おいおい、莫迦《ばか》なことを」

思わず荒弓が笑って言うと、部屋の隅で縄を綯《な》っていた母が、同じ言葉を遥《はる》かに激しい口ぶりで言った。

「本当に、莫迦なことを口走って……だから、多智は考えが足りないのじゃ」

その声の厳しさに、粕酒の椀に口を付けようとした多智の手が止まる。

「あんたもだよ、荒弓。あんた、その女に肉をくれてやったりはしなかったろうね」

どういうわけか、自分のしたことが母に見透かされている——そう思うと、荒弓の手も止まった。

「あんたは、三十をいくつも過ぎているんだろう？　その女が、初めから肉目当てに近付いてきたってことが、どうして判らないんだい」

まわりに皺《しわ》が浮かんだ唇を尖《とが》らせ、母はいつにもなく声を荒らげていた。

「あんたが初心《うぶ》な男だと見抜いて、うまいこと得をしようと思ったに違いないよ。少しばかり大きな里に行けば、そんな連中ばかりさ……男だろうと女だろうと」

そんな物言いは母らしくないと思ったものの、とても口を挟める気配はなかった。こんな風に激した母を見るのは、兄弟には久しぶりのことだ。

「どうなんだい、荒弓、その女に肉をくれてやったのかい」

「ほんの少しだ……一番小さい包みを」

怒った母に気圧《けお》されて、ようよう荒弓は白状したが――その言葉を終《しま》いまで聞かず、母は大きな溜《た》め息をついた。人の息であるはずなのに、山の木枯らしよりも冷たそうに聞こえる。

「里に肉を売りに行くのは、しばらく多智だけにしな。荒弓は、山を下りちゃいけないよ」

「母《かか》、それでは多智が大変だ。里までの道は、何里もあるのに」

「なぁに、多智なら大丈夫さ。何せ、この中で一番若いんだからね。そもそも私だって、少し前まで行っていたんだから……そうでもしなけりゃ莫迦なあんたは、はしっこい女の手管に搦《から》めとられて、そのうち全部の肉をくれてやるに違いないからね」

兄弟は、まるで苦い葉を口の中に押し込まれたような顔を見合わせるしかなかった。

三

それから荒弓は、できるだけ母の機嫌を損ねぬよう、言葉と振る舞いに気を付けていたが――殊勝な気持ちが保てたのは、ほんの三日ほどだった。

いったいどういうわけか、何をしていても、あの己止比の人懐こそうな面差しが目の前にちらついてしまうのだ。また何気ない言葉の一つ一つを思い出しては、その声を懐かしく思い、手の甲に当った乳房の柔らかさを思い出しては、息が苦しくなった。

（あぁ、このまま再び、己止比の顔を見ることはできなくなるのだろうか）

そう思うと、いつも以上に山の中が暗く感じ――ついには矢を射る手にも、乱れが生じた。父譲りの名人であるはずの荒弓が、あろうことか〝待ち〟で、二度も続けて射損なってしまったのだ。

初めの鹿は、どうにか三射して仕留めたものの、次に現れた猪には一矢も命中させることができぬまま、まんまと逃げられてしまう有様だ。

「いったい、どうしたというのだ……兄者らしくもない」

さすがに二度もしくじりが続くと、多智が身を隠している木から下りてきて言った。荒弓も木を下り、その根に力なく腰を下ろして答える。

「どうも、いけない……どうしても気が散じて、一つところに心を絞ることができぬ」

「もしかすると、里で会った女のことを考えているのか」

聡《さと》い弟は、すでに不甲斐《ふがい》ない兄の心情を見抜いていた。やはり、生まれた時から付き合っているだけのことはある。

「母は、あのように言っていたが……俺には、あの女が肉目当てに近付いて来たとは思えぬのだ。いや、そう思いたくないだけやもしれぬが」

もし下心だけだとしたら、肉を手に入れた途端に、さっさと帰ってしまうものではないかと思う。しかし己止比は、河原で自分と肩を並べて語らった。あの楽しかった一時まで、本当は嘘《うそ》なのだろうか。

「そればかりは、俺にも判らないな。その場を見たわけでもなし」

多智は矢筒から矢を引き抜き、手すさびがてらに鏃の具合を確かめながら言った。

「しかし、気を散じさせているのは、そのことだけか？　もっと他にあるんじゃないか」

「もっと他に……と言うと？」

「会いたいのだろう、その女に」

まるで穴倉に身を隠しているところを見付けられた時のように、荒弓はびくりと身を引きつらせたが——そこまで見抜かれているのなら、いっそ気が楽というものだ。

「実は、そうなのだ……俺は、己止比《ことり》の顔が見たくてならぬ」

口に出してみると重い荷を下ろしたように、さらに気持ちが楽になる。

「己止比という名か……やはり兄者は忠実忠実《まめまめ》しい男よ。ならば、会いに行けばいいではないか」

事もなげに多智は言った。

「軽く言ってくれるな。この間の母の怒りぶりを、おまえも見ただろう……断りなく里に下りたら、それこそ俺の寝首でも掻《か》きそうな勢いだったではないか」

「そりゃあ、知れたら大変だろうな。しかし知られなければ、何ということもない」

そこで多智が提案したのは――適当な日を見計らって二人で〝待ち〟に行く振りをして、そのまま荒弓は里に下り、その間に多智が猟をして獲物を取る。そして最後には場所を示し合わせて落ち合い、二人で家に帰ればいいのだ。それならば、いきなり猟の最中に母と会ったりしない限り、目論見《もくろみ》が露見する心配はない。そして今まで、猟の最中に母と行き会った例《ためし》はない。〝待ち〟の場所は、その時々に決めているからだ。

「しかし、それでは多智が苦労するではないか」

そもそも一人で、獲物が取れるかどうかも不安である。

「大丈夫だ、兄者。普段でも獲物に出会えず、手ぶらで帰ることも珍しくはないだろう？今日は獣がいなかったとでも言えば、どうとでもなる」

確かに弟の言う通りだ。なるほど、この多智さえ固く口を閉じていれば、母の目を盗むのは、そう難しいことではない。

「すまぬが、力を貸してくれるか」

「ここで知らぬ振りを決め込めば、死んだら地獄とやらに真っ逆さまだ……珍しく兄者が女に惚《ほ》れたんだからな」

「いや、何も惚れているわけでは」

咄嗟《とっさ》に口を開いたが、その先は言葉にできなかった。どう言い繕ってみても、下手な嘘になる。

「な、兄者は、その己止比という女に、本気で惚れているんだ。それを悟ったから、母もあんなに激したのだろ」

下手な女に惚れて、騙されるようなことにならぬように……と気を揉《も》んでいるのかもしれないが、それはさすがに子供扱いが過ぎる。すでに三十も越えた男をつかまえて、あまりに莫迦にした話ではないか。

荒弓がそう言うと、やはり手すさびに弓の反りだの弦の張りだのを確かめつつ、多智は答えた。

「それは兄者だからだ。たとえば俺が里の女に惚れたと言い出しても、母はあんなに激したりはしまいよ。いや、勝手にせい……の一言で終わるやもしれんな」

「それは俺が、嗣子《しし》だからか？　何とも莫迦らしい。山を駆けまわる猟師の家に、跡継ぎも何もあるものか」

「いや、そういうことではないよ……ただ母は、俺が嫌いなのだ」

そんな寂しげなことを言う時でも、多智はうっすら笑みを浮かべている。

「おまえ、親父が猪に脚をやられた時のことを、まだ気にしているのか」

兄弟の父が亡くなったのは、猪の牙に左腿を抉《えぐ》られ、そこからよくないものが入ったためであった。「こんなもの、すぐに治る」と父自身も強気に言っていたのに、数日後には左脚が倍以上に腫れ上がり、続いてなぜか口も回らなくなって、最後には体を弓のように反らせて死んだ。その間、さんざんに苦しみ、今まで自分が射殺《いころ》してきた獣たちが恨んでいるのだ……と、しきりに譫言《うわごと》していた。

若い頃から猟師として獣と張り合って来た父が、むざむざと猪の牙にかかってしまったのは、実は同行した多智が、不用心に猪の目に入るところに身を晒《さら》してしまったためである。しかも自分めがけて走って来る猪に気圧され、多智は一歩も動けなくなってしまっていた。それも仕方がない、その時の多智は十五で、ようやく猟について来られるようになったばかりであったのだから。

その我が子を助けようと猪の前に飛び出し、父は牙を受けてしまったのだ。

もちろん、それは不幸な巡り合わせで——父が亡くなった後、誰も多智を詰《なじ》るようなことを口にしなかった。母も涙ながらに多智を抱きしめ、おまえが無事でよかった、父が譲ってくれた命を大切にしろ……と、何度も何度も繰り返していたものだ。

「あの時の母の姿を、おまえも忘れてはいまい。あの母が、おまえを嫌っているなどということが、あるものか」

十数年前のことを思い出しながら、荒弓は言った。

「ふふふ、兄者の心根は、竹のように真っすぐだな。そんな有様では、女に騙されても不思議はない。やはり母の見立ては、正しいかもな」

多智は、底意地の悪い口ぶりで言った。

「母は何も親父のことを恨んで、俺を嫌っているわけではない……いや、それも少しはあるやも知れぬが、もともと母は、俺よりも兄者の方が好きなのだ。もしかすると女親というのは、そういうものやもしれぬな。とにかく、最初に自分の腹から出てきた子供が、最も愛《いと》しいのだ。だから兄者を他の女なんぞに取られたくないし、そう思うあまりに厳しくもなる……というわけだ」

「おまえの言っていることが、俺には判らん」

荒弓はそう言ってはみたものの——弟の言うことにも、少しばかり思い当る節がある。確かに自分の方が、何かにつけて弟よりも母に心を砕いて貰っているような気がするのだ。たとえば、これからは一人で里に行って肉を売ってこい……などという無茶は、決して自分には言わないのではないかと思える。

「だから、俺は少しばかり、兄者を気の毒に思うよ」

考え込んでいる荒弓には目もくれず、あらぬ方向に顔を向けながら多智は言った。

「きっと兄者に捨てられるようなことになったら、母は荒れ狂うに違いないからな……俺ならば、たとえ今日にでも山を下りても、何も言わぬだろうに」

「もうよせ、埒もないことを言うのは」

荒弓は珍しく声を荒らげて、弟の口を封じた。

あくる日、早速に兄弟は母の目を盗んだ。いつものように〝待ち〟に行くと朝早く家を出て、そのまま山中で別れたのだ。

つまりは、それだけ荒弓の思いが昂《たかぶ》っていたからだが――明けたばかりの山道を里へと急ぎながら、当の荒弓は不安で押し潰されそうな心持ちであった。

（もしや、すべてが母の見立て通りで、己止比が俺のことなど何とも思っていなかったら、どうすればいいのか）

それは十分にあり得ることだ。仮に自分が悪く思われていなかったとしても、ただ一度会っただけの男に、女がどれほどの情を寄せてくれるものなのか、荒弓には判らなかった。その道に関しては、自分は子供同然だ。

そもそも、自分は己止比の住まいを知らない。いったいどこに行けば再会できるか、心当りすらない。悪くすれば、決して狭くもない里の中を、一日中駆けまわって終わることも覚悟しておかなくてはなるまい。

しかし、やはり荒弓と己止比の間には、不思議な縁でもあるのか――里について一刻ほどしてから、荒弓は己止比の居場所を突き止めた。

例の肉を清めた河原の近くで、たまたま通りがかった己止比と同じような年頃の男を引き留めて、尋ねてみたのだ。同じような年頃の男なら、やはり同じような年頃の女に興味があるだろう……と、考えたうえのことだった。

「己止比と言えば、太加麻呂《たかまろ》さんのところの出戻りのことかい？　結構な太り肉《じし》の」

「おぉ、たぶん、その人だ」

荒弓は自分の僥倖《ぎょうこう》を祝いたい気分だった。男は少し考えるような素振りをし、やがて手を打って答えた。

「いつもなら家か畑かのどちらかだろうが……ちょうど今日は、西方寺《さいほうじ》の近くで市が開かれているはずだ。おそらくはそこにいるのではないかな」

「西方寺の市……」

「この先の道を左に行って、真っすぐ行けば、右手にすぐ見える」

男は親切に教えてくれたが、礼を言う荒弓に、尚《なお》も何か言いたげな気配があった。こころなしか、野卑な笑みさえ浮かんでいるようにも思えるが――荒弓は続きの言葉を待つこともできず、話が終わるや否や走り出した。

教えられた通りの道を駆けていくと、すぐに小さな寺の屋根が見え、その前でこぢんまりとした市が開かれていた。

そこに辿《たど》り着き、目と首を忙しく動かして己止比の姿を探していると――思いがけず向こうの方が自分を見つけて、声をかけてきたではないか。

「この間の猟師さん！　確か名は……」

「荒弓だ」

てくる。

その人懐っこい笑い顔を見ただけで、これまでに感じたことのないような喜びが込み上げてくる。

「今日も、肉を売りに来たの？」

「違う。今日は、あんたに会いに来た」

それこそ猪の眉間に打ち込む矢のように、荒弓は真っすぐに言った。ここに至っては照れて口ごもったり、遠回しに匂わせたりしている場合ではないと思ったからだ。

何せ、次があるかどうかも判らぬ恋だ。荒弓も追い込まれた気持ちになっている。

「嬉しい……私も荒弓さんに、また会いたいって思ってたの」

そう言って己止比は、人目も憚《はばか》らず、荒弓のざらついた手を取った。

それを少し恥ずかしく思った荒弓だったが――まさか、その日のうちに近くの森の茂みで体を重ねることになるとは、この時は思いもよらないことだった。

四

やがて夏が来て――荒弓は、その日も高い木の上で〝待ち〟をしていた。

（いつものことながら、これはたまらぬ）

夏の〝待ち〟は、他の季節よりも葉が多く茂っているので、身を隠すのに便利な部分もある。けれど、その分、難儀することもあるのだ。

本来の〝待ち〟は、木の股に括り付けた足場の上で、できる限り動かずにいることが肝要だ。そうすることで気配を絶ち、近寄って来る獣の油断を誘うのだが――夏は、そうすることが難しい。

それと言うのも絶えず羽虫が寄って来て、腕だの顔だのにまとわりついてくるからだ。中には鼻や耳の穴に飛び込んでくる奴もいて、とても落ち着いていられたものではない。虫よけの蓬汁《よもぎじる》をあちこちに塗り込んではみても、わずかのうちに汗で流れて、まったく意味を為《な》さなくなる。

（あぁ、俺はいつまで、こんなことをせねばならぬのだろう）

青々と茂った葉の間から森の中を見渡しながら荒弓は思ったが――つい春先までは、一度も考えたことのないことだ。

（いっそ里に下りて、己止比と共に畑仕事でもして暮らせたら、どんなにいいだろうか）

いつ姿を現すともしれない獣を待ちながら、そんな思いが頭の中に浮かんでは消えていく。

そこから引き出されるように、己止比の声、人懐っこい笑い顔、肉付きのいい裸身、さらには自分の動きに合わせて揺れる豊かな乳房を思い出す。

そのうちに溜め息をつきたくなるほど切なくなるが、近くにいる獣に気取《けど》られぬように、鼻から細く長く息を出した。初めて弓を持って間もなくの頃に、父から教わった息の作法だ。

吸うのも吐くのも、必ず鼻から細く長く、できるだけ時をかけて——この息の仕方を極めれば、完全に自分の気配を絶つことができるらしいが、今の自分がどの程度、できているのかは判らない。朝からまったく獣が来ないことを考えると、もしかすると未熟なままなのやもしれぬ。

以前は、そんなことさえ不甲斐なく感じたものだが、今は少しばかり違ってきた。たかが息さえ自由にできない生業が、ひどく哀れで惨めなもののように思えたりもするのだ。

己止比と出会ってから、きっと自分は変わった……と、荒弓自身が悟っていた。

体を重ねてから荒弓の心は、完全に己止比から離れることができなくなっていた。思えば己止比から誘われたようなもので、少しばかり面食らいはしたが、今思えば、あれでよかったのだ。そんなことでもない限り、臆病な自分は、いつまでも己止比を抱くことなどできなかっただろう。

何せ年だけは取っていたものの、女を抱いたことは数えるほどにしかない。何度か里の悪所で、莫迦らしくなるほどの銭を出して、相手をしてもらったのだ。

けれど、それは荒弓にとっては楽しい思い出ではなかった。悪所の女は、たいてい汚い肌をして臭い息を吐き、がさつで情け知らずだった。はっきり言えば、高い銭を出してまで関わりになりたいと思わぬような女ばかりだ。

だから荒弓は、女の体というものに早々に興味を失っていたのだが——己止比の体は違う。

太り肉だからか、それこそ肌が搗《つ》いたばかりの餅のように柔らかく、手触りも滑らかだった。何より荒弓の手の中にすっぽり入る大きさの乳房は、中身のしっかり詰まった果物のような充実感があって、弄《もてあそ》んでいるだけで心が満たされるように思える。「そんなものを弄んで、何がそんなに嬉しいのか」と問われれば、きっと返事に窮してしまうに違いないが、やはり離れがたくなるのは、それが愛しい女のものだからだろう。

（次に己止比に会えるのは、いつのことか）

初めて体を重ねてからも、荒弓は何度も〝待ち〟に行く振りをして、里に下りていた。逢《おう》瀬《せ》を重ねれば重ねるほど己止比への執着は増し、できることなら翌日も会いたいほどだったが、短くても十日は間を空けるように心がけた。さすがに多智に申し訳ないし、あまり頻繁に里に行っていると馴れてしまって、思いがけない失敗をする恐れがある……と思ったからだ。

しかし、すでに失敗はしているのかもしれない。

それというのも、ここ最近の母の様子が、少しばかり以前とは違っていたのだ。何が悲しいのか、一人で家の外で忍び泣いていたり、逆に夕餉《ゆうげ》を共にしている時、子供のようにはしゃいだり――多智の話によると、眠っている自分の枕元に座って、鼾《いびき》をかいている寝顔を、じっと見つめたりもしていたらしい。どれも、今までの母ならしなかったことばかりだ。

「もしかすると、自分が里に下りていることを悟ってしまったのではないか」

ある時、猟に行く道すがらに言うと、多智は首を捻った。

「もしそうなら、あからさまに詰ってくると思うが……あるいは兄者の様子の変わりように、目敏《めざと》く気付いたのやもしれんな」

「俺の様子は変わったか？　今まで通りにしているつもりだが」

「確かに兄者は、うまくやっているとは思う……けれど、母だけに判る何かがないとも言えまい。俺たちが、ちょっとした風の湿り気や匂いで、やがて雨が降るのを悟るみたいに」

なるほど、そういうこともあるやもしれないが——そうだとすれば、何とも鬱陶《うっとう》しい話だと荒弓は思った。

むろん母は大切だ。自分を生み育ててくれた、かけがえのない人だ。けれど、いつまでも首根っこを摑《つか》まれているのは楽しくない。

（もしかすると……俺は母を捨てたくなっているのやもしれんな）

ふと、そんな情け知らずな考えが頭の隅をよぎった時——左手の茂みの中で、何かが動く気配がした。それに気付くと同時に、荒弓の体は勝手に動いて弓に矢をつがえ、大きく引き絞っていた。この一連の流れが、すでに身に染み付いているのだ。

（これは……鹿か？）

動く速さで猪ではないのは、すぐに知れた。この辺りにいる獣で、こんな速さで動くのは鹿に違いない。それも散歩でもしているような速さだから、どこかでたらふく草を食《は》んで、腹ごなしでもしているのだろうか。

矢を引き絞ったまま、荒弓は茂みの中に大まかな狙いを付けた。急所が見えたら、そのまま放つつもりで目に力を入れる。

(やはり……鹿だったか)

茂みの中に、確かに牝鹿《めじか》の胸から上が見えた気がした。

「兄者、やめろ！」

まさに矢を放とうとした刹那《せつな》、四段ほど離れた木の上に忍んでいる多智の声が響く。

「よく見ろ！　母《かか》だ……母だぞ！」

その言葉で我に返り、茂みの中を歩んでいるものの姿に再び目をやると――牝鹿に見えていたものは、多智の言葉通り、母だった。弓を引き絞った手を慌てて緩め、思わず大きく溜め息をつく。

「母！　どうしたのだ、こんなところに来て……危うく射てしまうところだった」

茂みの中で驚いて立ち尽くしていた母は、やがて心を取り戻したように無理やりな笑いを浮かべて言った。

「いや、たまには……昼飯でも持って行ってやろうと思ってね」

そう言いながら、褪《あ》せた緑色の包みをかざして見せた。そのふくらみを見て、思わず荒弓は舌打ちする。

猟のさなかに母が飯を持って来たことなど、今までただの一度もない。そもそも自分たちで持って来ているし、何より〝待ち〟を掛ける場所は日によって変わるので、何かを届けようとしたら、広い山の中を探し回らなければならないはずだ。

(俺が里に下りたりしていないか、確かめに来たに違いない)

そうとしか思えなかった。

きっと母は、多智の言うように、息子の自分が母よりも大切なものを持ってしまったことを悟ったのだ。そして自分が捨てられることに、朧《おぼろ》げに気付いたのだろう。


その哀れな出来事が起こったのは、それからひと月ほどが過ぎた、月の明るい夜だった。

その日も兄弟は〝待ち〟に行き、二頭の猪と一頭の鹿を仕留めていた。久しぶりの大収獲と言っていい。しかし獲物三頭と言えば、家まで運ぶだけでも重労働で、まだ暑さの残る山の中を、二人で汗だくになって運んだのであった。

だから本来は温和な性格のはずの荒弓が、あんなにも容易く怒りを露《あら》わにしたのは、その疲れがあったのやもしれない。むろん母が、してはならぬこと、言ってはならぬことを言ってしまったのが、何よりのきっかけであったが。

三頭の獲物をどうにか家に運び、兄弟が一息ついていた時——母が家の中から出てきて、いきなり切り出してきた。

「荒弓……少しばかり、おまえに話があるんだけどね」

正直なところ、最近の荒弓は、母と言葉を交わすのを疎《うと》ましく感じていた。その話がどんなものであっても、恨み言のように聞こえるからだ。

けれど大収獲で、荒弓の心も少し浮かれていたのだろう、昔のままの明るい声で答えた。

「今でなけりゃあ、いけない話かい？」

この後、血抜きをするために獲物を吊《つ》り下げる支度をしなければならぬので、忙しくはあった。話があるのなら、夜にして欲しい……というのが本音だ。

「できれば、すぐに話したいんだ」

「母がそう言うんじゃ、しょうがないな……何だい？」

その荒弓の口ぶりが、以前のものとまったく変わらなかったので、母も油断したのだろう――いきなり、真ん中から話し始める。

「あんた、私に隠れて、里に下りているだろう？」

やはり、そう来たか……と、案外に落ち着いた心持ちで荒弓は思った。どうせ、いつかは露見すると判っていたのだ。

「母……黙っていて、すまなかったとは思う。しかし俺には俺の考えがあって、そうするしかなかったんだ」

「あんたも知っていたんだろう？」

母は荒弓の言葉を聞いた後、隣で事の成り行きを見ていた多智に顔を向けて尋ねる。

「いや、まぁ、知らんかったわけではないが」

多智はあからさまなほどに動じて、助けを求めるような目で荒弓を見た。

「多智は知っていたが、俺が脅して、言うことを聞かせていただけだ。いつも母が、俺の言うことは親父の言うことと思えと、こいつに言い含めておいてくれただろう？　だから、こいつは何も悪くないのだ」

とにかく弟だけは守らねばならぬと、荒弓は熱を込めて言った。これで多智が咎《とが》められるようなことがあれば、とんだ流れ矢だ。

「荒弓……あんたは、あの女がどういう女か知ったうえで、入れあげているのかい？」

弟の話をしている最中に、母はいきなり話の矛先を変えた。きっと思い付いたことを、思い付いたまま口にしているのだろう。

「それはどういう意味だい」

無性に厭《いや》な予感がする。やがて嵐が来る前触れの、湿った風の匂いを嗅いだ時のような――。

「何と言ったかね……そうそう、己止比だ」

「母、どうして、その名を」

まさか弟が漏らしたかと一瞬思ったが、そんなはずはないと思い直して、その顔を一瞥《いちべつ》することさえしなかった。

「私だって弱ったとはいえ、まだ歩ける足があるからね……今日、あんたが通っている里まで、行ってみたのさ。そしたら、あんたのことがすっかり噂《うわさ》になってるんで、少しばかり驚いたよ」

それは初耳だったが、確かに一目で猟師と判る姿をしている自分が頻繁に里の中をうろついていれば、そのうちに人の口の端《は》に上っても不思議ではあるまい。

「何せ、あの女も色狂いで知られているらしいからね……そりゃあ、話す分には面白いだろうさ」

「母……今、何と言った？」

とても厭な言葉が、漏れ聞こえたような気がしたが。

「色狂いかい？　何も私が言ったんじゃないよ。ただ里では、あの女は色狂いで知られているらしいんだ。何でも男と見れば、すぐに脚を開くらしくってね。嫁に行った先から帰されたのも、そのせいさ」

「やめろ、母」

思わず荒弓は声を荒らげた。

「己止比は、そんな女ではない」

そう言いながらも、思い当る節がいくつもあることにも、荒弓は気が付いていた。そもそも会って二度目に向こうから体を求めてくることなど、世間でもそうあることではないということが、初心《うぶ》な自分でも判る。あぁ、そう言えば道を尋ねた男も、何か言いたげにしていたな。

唐突に、己止比の揺れる乳房が思い出される。その時の、己止比の嬉しそうな顔も。

「あんたは騙されているんだよ、荒弓」

母は気の毒そうに言ったが、その言葉の意味が判らない。なぜなら己止比が自分に何か求めたことは、ただの一度もないからだ。こっそり里に行くたびに、肉の包みだの毛皮だのを懐に忍ばせていたのは、己止比を喜ばせたいと思った自分の下心だ。

「母、どうして、そんな勝手をするんだ？」

悔しいような悲しいような気持ちが流れ込んで、火のようだった怒りが炎になった。

「あぁ、俺はもう、こんな暮らしは厭だ。山にも猟師にも母にも、愛想が尽きた。俺は里に下りる。そして己止比と生きていく」

「莫迦なことを言うんじゃないよ！」

母はいつか以上に声を荒らげたが、荒弓はさらに荒い声で応えた。

「黙ってくれ！　その莫迦を言わせたのは母じゃないか！」

「兄者、少し落ち着け」

ここに来て、ようやく多智が割って入ってきた。手当り次第にまわりのものを地面に叩《たた》き付けていた荒弓の腕を押さえて、蒼《あお》ざめた顔で言う。

「ここから出て行くなんて……そんなことは言わないでくれよ」

山育ちの多智は年こそ二十八だが、中身は子供とあまり変わらない。母と兄が罵《のの》り合っているのを見て、すっかり縮み上がっている風だった。

「あんたは……私を捨てていくのかい」

やがて母が、冷たい声で言った。

「今日まで苦労して育ててやった母を、あんたは捨てていくっていうのかい」

「こうなっては、それも仕方なかろう」

同じように冷たい声で、荒弓は返した。

「しかし、母……俺がいなくとも、多智がいるではないか。こいつは俺なんかよりも、よほど母のことを思っている。誰よりも母のことを愛していて、そのためだったら、自分のことなんか二の次にできる奴なのだ」

少しだけ冷静を取り戻して、荒弓は言った。

「実は多智の弓の腕は、俺なんかよりも、よほど上だ……けれど、こいつは、ずっと下手な振りをしていたのだ」

「兄者、急に何を」

多智は、慌てて口を挟んだ。

「おまえ、この兄を侮《あなど》るんじゃないぞ。俺は薄々、おまえの本当の弓の腕に気付いていたが……俺が母に隠れて里に下りた時、おまえは一人で猟をしていただろう？　その時の獲物を見れば、さすがに判る。どの鹿も猪も、一矢で心の臓を射貫かれていた。走っている猪の心の臓を打ち抜くことなど、俺にもできはしない。けれど、おまえが射た猪は、正面から心の臓に矢が当っていた……あれは〝待ち〟ではできまいな。おまえ、もしや地面に伏せて矢を射ていたのではないか？」

「いや……あれは」

多智は口ごもって、はっきりと答えなかった。

「母、そんな多智が、どうして俺に弓では敵《かな》わない振りをしていたか、判るか？　その方が母が喜ぶからだ……自分は何でも下でいた方が、母の機嫌がよくなるからだ」

それが最も母を喜ばせる方法だと、きっと多智は信じていたのだろう。

「だから俺は、母のことを案じない。多智がついていれば、何の恐れもないからな。俺は安心して、山を下りるよ」

荒弓がそう言った刹那、突然に母が山鳥のような耳に刺さる声を上げた。

「おまえは、親を捨てるのかぁ！」

その声に射すくめられたように体の動きを止めた荒弓の左腿に、母が何か尖ったものを叩きつけた。熱い痛みを感じ、思わず母の体を押しのけると――刺さっていたのは、猪の牙だ。

「本当にろくでもない兄弟だ。一人は親父さまを殺し、もう一人は莫迦な女に搦めとられて、母を捨てていく……こんなことなら、いっそ二人とも死んでしまえばいいんだ！」

「多智は違うだろう！」

「あんな子は、どうでもいい！　あいつのせいで、親父さまが死んだんだから！」

母も再び、言ってはならぬことを口走った。

「そんなことを言うな！」

そう叫んだ時、不意に左脚から力が抜けて、荒弓は思わず膝をついてしまった。その隙を見逃さず、母は荒弓の髻《もとどり》を摑んで、後ろに引っ張った。顎が上がって、無防備な喉元が晒される。

（まさか……本気か？）

いつの間にか母の手には、獣を捌く時に用いる小刀が握られていた。

兄者に捨てられるようなことになったら、母は荒れ狂うに違いない……と、いつか多智が言っていたのが思い出される。その時はまともに取り合わなかったが、まさか当の息子の命を絶とうとするほどに激するとは——まさしく鬼だ。

この母の怒りの正体は何なのであろう。捨てられることへの嘆きなのか、自分を捨てていこうとする息子への怒りなのか、意のままにならぬ人生への拒否なのか。

「母、やめろ！」

荒弓は必死に身を捩《よ》じったが、母は老いた女とも思えぬほどの力で髻を引き、情け知らずの息子を離そうとしなかった。本来ならば母を遥かに凌《しの》ぐ力を持っている荒弓だが、体を崩されたままでは、押し返すことさえできない。

「やめてくれ！」

叫びながら必死に目だけ母に向けると、まともな心を疾うに失った母の恐ろしげな顔と、開《はだ》けた衣の前から覗《のぞ》いている薄い乳房が見えた。

久しぶりに見た母の乳房は、己止比のものとは大きく違っていた。かつては似たようなものであったろうに、自分たち兄弟を育てるうちに、こんなにも痩せてしまったのだろう。

そう思った時、このまま母に殺されても仕方ないかもしれぬ……とも思えた。

その刹那、矢を射る鋭い音がして、自分の頭のすぐ上を何かが通り過ぎていく。身構えることもできないほど、突然に。

それから生ぬるい何かが頭の上から降り注いでくるのと、獣じみた悲鳴が響いたのと、どちらが先だったかは判らない。とにかく髻を強く引かれて自由にならなかった頭が不意に動くようになり、荒弓は体勢を立て直して、四つん這いのまま、その場を逃れた。

「ぎゃあああああっ」

獣じみた叫びをあげていたのは、母だった。しかも、その右手が手首の先から失われ、その断面からは夥《おびただ》しい血が噴き出している。

「母！」

まだ左手に小刀を持っているので迂闊《うかつ》には近付けないが、もしかすると、あの小刀で自ら切り落としでもしたのだろうか。

いや、違う――少し離れたところにいる多智が、弓を放った姿勢のままで立っているのを見て、そう気付いた。

おそらくは多智が、鹿などの脚を切断して動きを止めるのに用いる雁股《かりまた》の矢で、荒弓の髻を摑んでいる母の手を吹き飛ばしたのだ。

「多智」

「ほら見ろ、兄者……俺の弓の腕は、まだまだだ。兄者の髻を切り飛ばして助けようとしたのに、狙いが甘くて、この有様だ」

そう語る弟の顔は、夥《おびただ》しい涙と洟《はな》にまみれていた。

この後、母は痛みのあまりに気を失った。

「俺たちは、こんな風になるしかなかったのだな……母の面倒は俺に任せて、兄者は好きにすればよい」

母の傷口を縛って血止めしながら、多智は言った。

「どのみち、これだけ血が流れてしまっては、母は助かるまい。俺は親父に続いて、母まで殺してしまったよ」

そう言いながら涙を流す弟にかける言葉が、荒弓には思い付かなかった。ただ、命を救われた礼を繰り返す以外にはない。

「まさか母が、あんな……まるで鬼のようになってしまうとは、考えてもみなかった。すまない、多智」

「母が鬼なら、俺たちはみんな鬼ではないか？　俺も兄者も……ここには初めから、人などいなかったのだ」

気を失いながらも母は、しきりに荒弓の名を呼んでいる。

「母……許してくれ」

そう言いながら無事な方の手を握ると、多智の手がそれを解く。

「正気づいたら、痛みに苦しむだけだ。今はこのままにしておいた方がいい……さぁ、兄者は、この間に行くがいい」

荒弓は、その弟の言葉に従う以外にはなかった。

その後、荒弓は里に下りて己止比と暮らしたが、母が聞き付けてきた色狂いの噂は本当で、要らぬ嫉妬に苦しみ続けることになったのは、母や弟を捨てた罰としか思えない。

十年ほどした頃、ふと懐かしさに駆られて山の家に戻ってみたが、そこには朽ちた家と、父の墓の隣に作られた小さな墓があるだけで、弟の姿はどこにもなかった。

おそらくは多智も、どこかで自由に生きているのだろうとは思うが――せめて母が命尽きる前に、弟の名を一度でも優しく呼んでいてくれたならば……と、荒弓は願うばかりであった。

そう、多智の言う通り、ここには初めから人はいなかった。

鬼ばかりが肩を寄せ合って、仲睦まじく暮らしていたのだ。けれど、しょせんは鬼だから、その幸せは必ず壊れる宿命なのだろう。

鬼哭啾々《きこくしゅうしゅう》。

第三話　鬼、日輪《にちりん》を喰《く》らう

今昔物語「染殿后《そめどののきさき》、天宮《てんぐ》のために嬈乱《にようらん》せらるること」より

一

遠い古《いにしえ》――文徳帝《もんとくてい》の御代《みよ》の出来事である。

内裏《だいり》において帝《みかど》が日常を過ごされる殿舎《でんしゃ》は、仁寿殿《じじゅうでん》、常寧殿《じょうねいでん》と時代によって変遷していたが、この頃は清涼殿《せいりょうでん》が主な御殿《ごてん》としての役割を果たしていた。昼御座《ひのおまし》、御寝所《ごしんじょ》である夜御殿《よんのおとど》、后《きさき》が伺候する弘徽殿《こきでん》と藤壺《ふじつぼ》の上御局《うえのみつぼね》、朝食を召し上がられる朝餉間《あさがれいのま》などの部屋があり、帝の一日のほとんどは、その中で始まり、その中で暮れるのを常としていたのだ。

その清涼殿の庭に鬼がいる……という噂《うわさ》が囁《ささや》かれるようになったのは、ある春先のことである。

何でも身の丈六尺を超え、筋骨隆々の体軀《たいく》、酔ったように赤らんだ顔は、目、鼻、口のすべてが大振りであるという。特に眦《まなじり》の吊《つ》り上がった目は、一睨《ひとにら》みで女子供の息の根を止めてしまいかねぬような凄《すご》みを湛《たた》えていた。さらに手には身の丈以上に長い杖《つえ》を具して、清涼殿の東庭の隅に佇《たたず》んでいるらしい。

「あれはおそらく、豊楽殿《ぶらくでん》の甍《いらか》の鬼瓦に相違ない。久しく宴《うたげ》が行われなくなったので、あのように人の身に変じて、帝をお護《まも》りに来たのであろう」

そのようなことを真《まこと》しやかに囁く者もあったが、それを容易《たやす》く信じたくなるような風貌であった。むろん近頃の宴が、正殿《せいでん》である豊楽殿ではなく、習いと異なる紫宸殿《ししんでん》で行われるようになったことに対する苦言も交じっていたに違いないが。

それにも拘《かか》わらず、その鬼を誰も恐れてはいなかった。

否、何も知らぬ者が初めて見れば、必ずや慄《おのの》き、腰の一つも抜かしてしまうに違いないが――その正体が齢《よわい》十七の、ある下級貴族の家人《けにん》であると知れば、なぜか笑いの種ともなるのだ。そう、この鬼は実は人であり、春から勤めるようになった滝口《たきぐち》の一人なのである。

「どのような親から、あのような強面《こわもて》が生まれるのかとも思ったが……あれの二親は、むしろ他人《ひと》より小さく、優しげな顔をしているのだから驚く」

「なれば真《まこと》に、豊楽殿の鬼瓦の御霊《みたま》でも入り込んでおるのではないのか」

「なるほど、鬼瓦の御霊なれば、物を言うは不得手なはずよ。あれの声は小さ過ぎて、耳を澄まさねば聞こえぬからの」

「いやいや、名がよくないのだ。何せ、強麻呂《こわまろ》……怖がられぬ方が、おかしい」

そんなやり取りを飽きずに繰り返すのは、たいていは禁中の警護を務める近衛《このえ》たちである。心ある者がそれを耳にすれば、「そもそもは、貴様たちが使い物にならぬからであろうに」と毒の一つも吐きたくなろうが、連中は気位だけは高いので、言わずにおくのが吉である。

近衛は禁中の警護を主な職掌としているが、その他にも朝儀の際に周囲に列を為《な》したり、帝が外出する御幸《みゆき》の際には、その前後に一糸乱れず居並ぶという役目もあった。つまりは帝や朝廷の威を、統制された動きを以《もっ》て世に示すのである。

そうとなれば近衛に求められるべきものは、弓太刀の腕は二の次三の次で、その場を任された将監《しょうげん》や将曹《しょうそう》の命に忠実に動く従順さであった。むろん見劣りせぬ容貌をしておれば、尚《なお》のことよい。

しかし、それでは実際に事が起こった際に、甚《はなは》だ頼りない。

特にこの頃は、都に多くの食い詰め者が流れ込んできており、人の数が増えるにつれて治安も揺らいでいた。あろうことか、内裏に盗人が忍び入ることすら、あり得たのである。

その見かけばかりの近衛の頼りなさを補うために、いつの頃からか、貴人《あてびと》に仕える家人の中から腕に覚えのある者を何人か集め、実際の警護に当らせるようになった。

その連中は清涼殿東庭の北東にある渡り廊近くに集められていたが、そこには内裏の殿や塀に沿って作られた小さな水路である御溝水《みかわみず》が、ささやかに段となった落ち口があった。それが〝滝口〟と称せられたことから、その近くに集う連中もまた、滝口と呼ばれるようになったのだ。

そうは言っても、滝口は官職ではない。また、弓太刀などの武具を携えるのは、正規の武官の他には認められていなかったので、ほとんど丸腰か、粗末な杖を具している程度であった。事が起これば、それこそ身一つ、素手で立ち向かえ……と命ぜられているも同然である。言ってみれば滝口は、人の形《なり》をした盾か、身を挺《てい》して賊の侵入を防ぐ生きた土塁のようにしか思われていなかった。

けれど当人にすれば、禁中にあって帝をお護りする役に就くというのは、身にも余る誉《ほま》れである。それ故に、大した禄にもあり付けず、近衛連中から嘲笑されても、その職務を忠実にこなしていたのだった。

件《くだん》の新米滝口の強麻呂も、同様である。

もとより、さして名のある家の出ではない。代々、ある下級貴族の家に仕えてきた家人の子であって、本来ならば禁中に足を踏み入れられるような身ではないのだが――命ある鬼瓦と称せられるような風貌が、奇妙なところで役立った。主人の荷物持ちとして、ある殿上《てんじょう》人《びと》の家を訪ねた際に、その方の目に留まったのだ。

「これほど滝口に相応しい者も、然《そ》う然《そ》うおらぬ。何せ矢の一本も持てぬ身とあれば、その眼力で悪《あ》しき者の心を挫《くじ》けるか否かが肝要であるからな。どうだ、滝口として勤めてみぬか？　その気があるなら、我《わ》が口利きしてやろうぞ」

それは願ってもない申し出で、主人である貴族にとっても喜ばしいばかりか、自身の大きな出世でもある。そのうえ殿上人の後ろ盾まで頼めるとあれば、飛び付かぬ者などおるまい。

その頃は垂髪《すいはつ》で鯉丸《こいまる》という幼名を名乗っていたが、主人は大慌てで元服の儀を執り行い、名も滝口に相応しく強麻呂とした。髪を結い、武人らしい衣を装《よそお》えば、実の年よりも遥かに強げで、頼もしくも見えた。

　そうして強麻呂は滝口としての勤めに就いたのだが——やはり鬼のような風貌は人の目に留まり、たちまちに噂になった。好き好きしい近衛が、わざわざ姿を見に来る始末で、そのたびに覚えたての作法で挨拶を繰り返したものの、実は強麻呂には、己では如何様《いかよう》にもできぬ質《たち》があった。初心《うぶ》が過ぎるのか、人と話すのが不得手であるうえに、ややもすれば秋の紅葉もかくやとばかりに顔が赤らむのである。その赤さが、また鬼そのままだと変な喜ばれ方をする。

　ついには、やんごとない方々までもが強麻呂を呼びつけ、その姿かたちを見て、あからさまに嗤《わら》ったものだ。が、やはり身分のある方は違うもので、強麻呂が元服を済ませたばかりの若輩と知ると目を細め、名を覚えて呼ばわってくださったり、時には菓子などを恵んでくださることもあった。

「その身に生まれついたことは、実に幸いなことよな……あれは、奇妙な顔付きの犬だの猫だのが、殊更《ことさら》に可愛《かわい》がられるのと同じようなものだ。けれど、可愛がられぬよりは、ずっとよい。その風貌のおかげで、わぬしは思いがけず出世するやも知れぬぞ」

　そう言ったのは同じ滝口の先達《せんだつ》だが、むろん当の強麻呂には楽しくない話である。できることなら、少しばかりは覚えのある武の腕前で人に知られたいもの……と思いはしたが、確かに名を覚えられぬよりは、覚えられた方がよいだろう。

（それにしても禁中というものは、このように浮《うわ》ついているのが常なのだろうか）

滝口の勤めに出て数日の間は、そう感じられてならなかった。

やんごとなき方々にしろ、近衛舎人《とねり》にしろ、己よりは齢を重ねられ、世のことを多く知っていようはずである。それにも拘わらず、新しくやって来た若い滝口が鬼めいた風貌をしているというだけで、そんなに面白がれるものなのであろうか。

強麻呂の風貌について面白おかしく語り合い、笑い合っている様は、まるで童《わらわ》のようである。もし己がそちらの立場であったのなら、一度くらいは笑うこともあるやも知れぬが、すぐに飽いてしまいそうだ。

（やはり育ちのいい方々は、些細《ささい》なことでも面白がられるのだろう）

そう考えて強麻呂は一人合点していたが——勤めに就いて五日ほどが過ぎた頃、その理由を悟る機会を得た。きっかけとなったのは、春の日が傾き、誰《た》そ彼《かれ》の仄暗《ほのぐら》さが禁中を包み込み始めた頃の出来事である。

その時も強麻呂は、命じられた通りに東庭の隅で立ち番をしていたのだが、不意に女人《にょにん》の叫び声を耳にした。否、叫び声というよりは、苦しげな呻《うめ》き声という方が正しいか。

（何だ、あの声は）

人の声であるのは疑いないが、遠くに聞く波の音の如くに、高さ大きさが転がるように変じている。低いところでは獰猛《どうもう》な獣の唸《うな》りのような、高いところでは、その獣に身を食いちぎられる鳥の断末魔のような、まったく異なる二つの音の間を行きつ戻りつしているのだ。ただ聞いているだけで、肌に粟《あわ》が生ずるような薄気味悪さであった。

その声の源を定めようと、強麻呂は耳を欹《そばだ》てた。女人の声だとするなら、清涼殿の中からとしか考えられないが、思いがけず近い場所からのようだ。

(もしや……弘徽殿の上御局の方からではないか)

そこは后が伺候するための部屋のはずだが。

(后様に、何か思いがけぬことでも起こったのやも知れぬ)

文徳帝の后は、染殿《そめどの》、白河殿《しらかわどの》とも呼ばれる従《じゅ》一位太政大臣藤原良房殿《ふじわらのよしふさどの》の娘御《むすめご》で、その父君の呼び名に従って、染殿后《そめどののきさき》と呼ばれている方である。息を呑《の》むほどにお美しいと言われているが、むろん一介の滝口に過ぎぬ強麻呂は、未だ我が目で拝したこともなかった。

(早く、どうにかしなければ)

若い強麻呂は咄嗟《とっさ》に清涼殿に駆け寄り、御溝水にかかる石橋に足を掛けようとした。その刹那、何者かが自分の右肩を摑み、そこから引き剝がすような勢いで後ろに引く。体を崩した強麻呂は転びそうになるが、足腰の粘りを用いて、かろうじて踏み留《とど》まった。

振り向くと高邉《たかべ》という滝口の先達が、命ある鬼瓦の異名を譲りたくなるような顔で、こちらを睨んでいる。

「少しでも階《きざはし》に足を掛ければ、わぬしは罪人ぞ」

その言葉に、強麻呂は我に返った。

言われるまでもなく、己のような地下人《じげびと》には、清涼殿に上ることなど許されていない。どんな理由があろうと、足を踏み入れれば、即刻罪に問われる――滝口として勤めることになった際、骨の髄にまで染みそうなほど教えられたのに。

「しかし、あの声は……何か起こったのではないでしょうか」

強麻呂が言うと、高邉は苦々しげに口を曲げ、そのまま強麻呂の腕を摑んで、庭の隅へと引いた。

「折を見て、教えようとは思っていたのだが……近頃は健やかなご様子と聞いていたので、つい申し遅れたわ」

清涼殿の方を盗み見るような目配りをした後、高邉は小さな声で言った。

「あの声の主は、染殿后様なのだ。実は長いこと、物の気《もののけ》に煩《わずら》わされておられてな」

「物の気……でございますか」

強麻呂の知る限り、この場合の〝物〟は、人の霊や精霊などを指し、〝気〟は病のことを指す。胸の病を〝胸の気〟、流行《はや》り病を〝時の気〟と表するのと同じことだ。つまり染殿后様は、何か悪い霊にでもとり憑《つ》かれ、苦しんでおられるということであろうか。

「詳しいことは俺にも判らぬが、近衛たちは、そう言っておった。普段は健やかで、お美しい方なのだが……時折、あのように物狂おしくなられるのだ。むろん種々の祈禱《きとう》を執り行っているのだが、一向に治まらぬ。世に名の轟《とどろ》いた僧や修験者を数多《あまた》呼び寄せても、何の甲斐《か い》もないらしい」

それを聞きながら強麻呂は、思わず唾を飲んだ。

この世ならぬ者が、生きている者に害を為す話は、そう珍しいものでもない。その手の話を当り前に聞いて育ってきたし、目に見えぬ世の理《ことわり》を極めた陰陽師《おんみょうじ》が官職として設けられていることが、そういう不思議が存在するという何よりの証《あかし》ではないかとも思う。

それにしても高貴さでは並ぶ者のない今上帝《きんじょうのみかど》の后が、そんな怪しげなものに苦しめられているとは――この世には、安息できる場所などないのやも知れぬ。

（あぁ……つまりは、そういうことか）

そう思った時、強麻呂は禁中で出会う人々の浮ついた無邪気さに思い至った。

（そんなものに后様が苦しめられておられると思うだけで、臣下の心は波立つに違いない。ましてや、どうにも治す術《すべ》がないともなれば……）

つまり禁中では、この大きな憂いが長く続いていて、人々の心が塞いでいたのであろう。

だからこそ新しくやって来た自分が、それこそ鬼瓦のような風貌をしているというだけで殊更に面白がり、笑いの種にするのだ。そうでもしなければ、心の重みは増していく一方であろうから。

その時、案外に人の世とは労《いたわ》しいものだ……と、強麻呂は初めて思った。

二

それからも強麻呂は、染殿后様の呻吟《しんぎん》を何度となく耳にした。心なしか、誰そ彼の頃が多かった。

（お可哀そうに）

目に見えぬ者から逃げ惑っているかのような怯えた声を聞くたびに、強麻呂は何一つできぬ我が身が悲しくなるばかりであった。せめて……と、柱の陰などで手を合わせてはみるものの、それが如何ほどの役に立っていることか。

やがて春の盛りを過ぎ、夏となって殿の庇《ひさし》の下陰が一際暗くなった頃——滝口近くに控えていた強麻呂の元に、先達の高邉が駆け寄って来て言った。

「いらしたぞ、噂の御方が……流志波聖人《るしはしょうにん》が」

「真《まこと》でございますか」

その名を聞いて、強麻呂は思わず目を見開いた。

「そんな顔をするな。鬼と人の区別がなくなってしまうだろうが」

高邉も気持ちが昂《たかぶ》っているのか、そんな軽口を叩く。

「ちょうど今、河竹台《かわたけのうてな》の向こうを歩いておられるぞ」

そう言われては落ち着いてもおられず、強麻呂は体を伸ばして東庭の方に目をやった。滝口は清涼殿右手の奥まった場所にあるのだ。

見ると河竹台の近くを、何人かの男が静々と歩いていた。

おそらくは白河殿の手の者なのであろう、見目《みめ》に際立つ装束で身を固めた男二人が先導し、後ろには三人の近衛が恭《うやうや》しげな顔で続いている。その間に、若草色の狩衣《かりぎぬ》のような衣を着た痩せた男と、山吹色の水干《すいかん》を着て、荷箱を担いだ小さな男が歩いていた。よく見ると水干を着た者は、まだ少年のようだ。

「あの若草色の衣の方が、尊い聖人様でしょうか」

「おそらくはそうであろう……ようやく腰を上げて下すったのだ」

その聖人が纏《まと》っているのは狩衣かと思ったが、よく見ると麻の水干である。それも裾を袴《はかま》の中に入れずに外に垂らす掛水干という、寺の稚児《ちご》などがする着方をしていた。また髷《まげ》を結っておらず、腰までもある髪が後ろで一本に束ねられ、高烏帽子《たかえぼし》の後ろから尾のように垂れ下がっている。どうやら世に聖人と称せられる方は、装いからして常とは異なるものらしい。

「お若い方のようにも見えまするが」

「いや、そうは見えても、おそらく齢五十は過ぎておられるはずだ……世に伝わっている話が真ならば」

若い強麻呂は、流志波聖人について多くを知ってはいないが——何でも大和葛城《やまとかつらぎ》の金剛山《こんごうさん》に住まい、他に並びなき力を持った聖《ひじり》であるらしい。真か否かは判らぬが、霊力で鉢を飛ばして食物を得、瓶《かめ》を飛ばして水を汲《く》んで来る……と聞いたことがある。

噂を聞き付けた帝や白河殿は、それほどの聖人ならば后の物の気を祓《はら》うこともできようと、何度も参内を求めたそうだが、何を躊躇《ためら》っていたのか、その求めに応じる気配は見られなかった。

しかし、やはり勅《ちょく》とあれば断り続けることもできなくなったのか——ようやく金剛山を降りて、この内裏にやって来たのだ。

「そのような凄まじい力がおありなら、何故に今日まで参内を拒まれていたのでしょう」

遠目に聖人を眺めながら、強麻呂は小さな声をさらに潜めて言った。

「おそらくは日の善し悪《よ》しなどを考えておられたのだろう。我らのような下々が、そのような口ぶりで語るものではないぞ」

先達に釘《くぎ》を刺され、強麻呂は己の考えの浅さを恥じ入ったが、染殿后様が一日でも早く救われることを願えばこそ出た言葉でもある。

実は、あれから一度だけ、強麻呂は帝と后様に拝したことがあった。

もとより殿の奥の奥におられる方々で、たとえ殿上人であっても、直《じか》に御姿を拝することなど、まずあり得ない。いつも御簾《みす》の向こうに控えておられ、その声だに聞けぬのが普通なのである。

それにも拘わらず、強麻呂が拝謁の誉れに浴したのは——やはり、この命ある鬼瓦と称せられる風貌のおかげであった。どうやら、やんごとない方々が戯《ざ》れ話の一つとして、帝の御耳に入れられたらしいのだ。

ある時、いつものように東庭の護りについていると、不意に殿上の東孫廂《まごびさし》から声を掛けられた。振り向くと、煌《きら》びやかな装束《しょうぞく》を纏った方々が居並び、興味深げに自分に目を注いでいた。刹那、何事かと強麻呂は思ったが、声の主が左近衛大将《さこんえのだいしょう》その人であることを悟った時、さながら脳天に雷《いかずち》を受けたような衝撃を感じ、思わず地に伏した。強麻呂にとっては、まさに雲の上の人である。

「面白い面構《つらがま》えの滝口がおるとの評判を耳にしたのだが、なるほど、人口に膾炙《かいしゃ》するだけのことはあるな。ほんに豊楽殿の鬼瓦が、人の身となったようじゃ」

頭上から聞こえてくる声を遥か遠くからのもののように感じながら、強麻呂はひたすらに身を固くしていた。地につけた手が震え出し、どうしても止めることができない。

「滝口、そのように額を地に擦《こす》りつけていては、肝心の面差しが見えぬ。顔を上げよ」

別の声が響き、強麻呂は錆《さ》び太刀を鞘から引き抜くような力を込めて、懸命に顔を上げた。

「おぉ、凄まじく顔が赤らんでおる。まさしく音に聞く鬼の風貌じゃ」

左近衛大将がそう漏らした時、その少し後ろに笏《しゃく》を手にして立っていた御方が、優しい声で仰《おっしゃ》った。

「そのような物言いをするでないぞ……この者の父母にすれば、愛《いと》しき和子《わこ》じゃ」

その言葉が耳に入ってきた時、体中が総毛立った。

左近衛大将と言えば、従三位《じゅさんみ》以上の位にある。その方に、そのような話しぶりができる御方と言えば……。

（ま、まさか）

それは絶対にあり得ぬことだ。人の目に触れぬのが常の御方が、散歩のように殿の中を歩いていらっしゃるなど。

泣き出したくなるような心持ちのまま、強麻呂は顔を上げ続けていたが——その目の端に、ひと際目を見張る豪奢《ごうしゃ》な装束を纏った女性の姿が入ってくる。何人もの女官を引き連れているが、手にした衵扇《あこめおうぎ》の華美さだけで、その方が特別であることが知れた。

その人は習いとして扇で顔を隠していたが、強麻呂の顔を見ようとしてか、幾度となく扇が下がって、金箔《きんぱく》を貼った天の上から美しい目元が覗いた。

（この方は……）

笏を手にした方が、自分の考えた通りの御方だとすれば、その女性が誰であるか、考えずとも判ろうものだ。

その後、一団は何事もなかったように歩み出し、強麻呂の視界から消えて行った。思えば、刹那と称するには少し長いくらいの時しか過ぎていなかったが、強麻呂にとっては重すぎる時であった。よろよろと立ち上がった時、わずかに失禁していたくらいだ。

「それは間違いなく、帝と染殿后様であろう」

後になって高邉に話すと、彼は羨《うらや》ましそうに言った。

「もとより帝と后様の仲は、本当に睦まじいのだ。后様の具合のよい時など、そのように漫《そぞ》ろ歩くことも、格別珍しくもない……ただ、我らのような地下の者にお声掛けをなさることなど、まずはないだろうがな」

高邉は先達としては尊敬に値《あたい》する人物だが、この時ばかりは本音が出ていたのか、強麻呂の身に起こった僥倖《ぎようこう》を、しきりに羨んでいた。

「強麻呂、わぬしは一生の運を使い切ったぞ。それにしても、帝自らにお声掛けをしていただけるなら、我も鬼のような顔に生まれついておくのだった」

そんな無理も言い出す始末だったが、その気持ちも十分に判る。その偶《たま》さかの短い拝謁が、これ以後、強麻呂の中で帝と染殿后様への思いが、大きく膨らんだ。

強麻呂にとって、どれほどの誉れであったか、とても言葉で言い表せるものではないからだ。

(帝……なんと、お優しい方であるのか)

言うまでもなく、この国で最も尊い方である。しかし、それを別にしても、この風貌を嗤わず、二親にとっては愛しい和子であると、左近衛大将殿を窘《たしな》めてくださるとは。

(染殿后様……あのようにお美しい方が、世に二人とおられるだろうか)

祖扇の天から、そっとこちらを覗き見た目の麗《うるわ》しさは、これまで接したことのないものであった。あの御方が、物の気にとり憑かれて苦しみの声を上げているかと思うと、腸《はらわた》がちぎれそうなほどに悲しくなる。

(あの方たちの為《ため》ならば、この身がどうなってもよい)

いつしか強麻呂は心の底から、そう思うようになった。

あの御方たちこそ、この国である。否、あの御方たちこそ、世を照らす日輪である。少なくとも己にとっては、天の日輪と等しい存在なのだ。

そう思えばこそ——ようやくに流志波聖人が参内してきたことが、嬉しくてならなかった。名にし負う霊力の持ち主ならば、必ずや染殿后様にとり憑いた物の気を祓ってくれるに違いない。そうとなれば、帝の御心も安んじることであろう。

しかし、やはり滝口の身の悲しさで、殿上で起こっている事柄を知ることなど、なかなかに難しかった。それこそ階を駆け上がれば数歩だが、地下人には生涯を懸けても辿り着けぬ遠さなのだ。時折、清涼殿の奥から鳴り物の音が響いて来るのは耳にしたが、物を知らぬ強麻呂には、それが何の為の音であるのかも判らなかった。

そんな時、雲の上の出来事を耳聡《みみざと》く聞き知って来るのは、先達の高邉である。

詳しいことは判らぬが、何でも帝の身の回りの世話をする采女《うねめ》の一人と懇意にしていて、いろいろと聞くことができるらしい。

「強麻呂、どうやら后様の物の気は、治まられたらしいぞ」

その話を強麻呂が耳にしたのは、流志波聖人がやって来てから、五日ほど過ぎた頃である。

「真でございますか」

「うむ……帝も白河殿も、大変なお喜びようらしい」

「そんなに日も経っていないのに……さすが聖人と称せられるだけのことはありますな。それでは染殿后様は、お元気になられたのですか」

「今はまだ床に臥《ふ》せておられるらしいが、顔色などはよいそうだ。しばらく御体を休められれば、さして日もかからずに、お元気になられるだろう」

こんなにも早く朗報に接することができると思っていなかった強麻呂は、思わず右の拳で左の掌《たなごころ》を打つ。

「何でも侍女の一人に、質の悪い老狐《ろうこ》がとり憑いておったとか」

「老狐……でございますか」

高邉が采女から聞いてきた話によると、その調伏《ちょうぶく》が行われたのは一昨晩のことらしい。

流志波聖人は、参内してきた日こそ疲れをとるために休んだらしいが、明くる日から加持の支度を始め、それが整うと、すぐさま憑き物落としの行に入られたらしい。

日暮れ近くに染殿后様の御前に参り、やにわに祈禱を始めると、なぜか近くに控えていた侍女の一人が正気を失い、女の声とも思えぬような野太い声で喚《わめ》き出した。それから狂《たぶ》れたように部屋の中を暴れまわり始めたが、聖人が呪《じゅ》によって動きを封じると、まるで床に足の裏が張り付いたように動けなくなったという。

そこでさらに聖人が祈禱で責め続けると、あろうことか、その侍女の懐から、突然に一匹の老狐が飛び出してきたのだそうだ。

「それは……真でございますか」

そこまで聞いた強麻呂は、思わず口を挟んだ。あまりのことに、頭がついて行かなかったからである。

「我とて、俄《にわ》かには信じられぬが……その場にいた者が言っているのであるから、信ずる他にあるまい。その老狐は呪で動きを封じられながらも、さんざんに身を捩《よ》じっていたそうな」

「それで……どうなったのでございます？」

「聖人は老狐を縄で縛らせ、二度と人にとり憑かぬよう、教化《きょうげ》されたのだ」

その話が本当だとしても、そんな質の悪い狐《きつね》が、素直に人の言うことを聞くものだろうか……と、強麻呂は考えたが、それは蒙昧《もうまい》な者の考えなのであろう。

「それで……その狐は、どうしたのです？」

「それは我にも判らぬが、教化するくらいなのだから、逃がしてやったのではないか？　何せ、人にとり憑く力を得るまでに長く生きた狐だ。首など刎《は》ねようものなら怨霊となって、一層面倒なことになるだろうからな」

なるほど、確かにその通りだ。この場合においては、肉体を滅することは得策ではない。

「その狐の姿が見えなくなってから、后様の顔色が見る見るよくなられたらしい。それを見た白河殿が、泣かんばかりに喜んでおいでだったとか」

そこまで聞いて、ようやく強麻呂は眉を開いた。

父君であらせられる白河殿の目から見ても、后様の障《さわ》りが消えたのが明らかだったのであろう。親の目ほど確かなものも、そうはあるまい。そう思うと、后様にとり憑いていた物の気は、滞りなく祓われたと考えてもよかろう。

「その後、聖人様はすぐにでも金剛山に戻られるつもりでおられたそうだが……白河殿が、是非にと言って引き留められたらしい。おそらく何日かは、この清涼殿に滞在なさるのではないか」

話の最後に高邉は言ったが、后様の復調を祝う気持ちで心が満たされていた強麻呂には、大して興味のない話であった。

三

その後、高遷が聞き込んできたように、流志波聖人は清涼殿の中に部屋を与えられ、しばらくの間、逗留《とうりゅう》することとなった。もしや白河殿は、いつ何時にも老狐が舞い戻って来るか判らぬ……と、用心のつもりであったのやも知れぬ。

ほとんどの時を殿の中で過ごされていたようだが、ごく稀には、ただ一人の弟子であるという少年と共に庭を歩いたりすることもあって、その折には、強麻呂も聖人の姿を間近に拝することがあった。初めに感じたように、聖人は遠目には若く見えたが、近くで眺めると、すでに老境にあるように思えることもあった。やはり当り前の人とは異なる聖人ともなれば、そのようなこともあるのだろう。何より后様の物の気を祓った方と思えば、問答無用に頭が下がる思いであった。

さて、聖人がやって来て十日以上が過ぎた頃の、昼下がりのことである。

いつものように強麻呂が東庭に張り付いていると、珍しく弟子の少年が一人で歩いてきた。強麻呂よりも二回りも三回りも小さな体をして、高い鼻に二重瞼《ふたえまぶた》がくっきりとした、どこか鵯《ひよどり》を思わせる少年である。すでに挨拶を交わしていて、名は江崎丸《えざきまる》、齢は自分と同じ十七であることを強麻呂は知っていたが、彼は未だ元服の儀を経ていないので、同じ年でも童子姿である。

その姿を見つけて強麻呂が深々と礼をすると、江崎丸はなぜか周囲に目配りし、人目がないのを確かめたうえで話しかけてきた。

「確か……強麻呂さんって言ったよな？」

思いがけず砕けた口ぶりだったので、強麻呂は困惑を覚えた。初めて挨拶を交わした時や、その後に幾たびか顔を合わせた時も、慇懃《いんぎん》なくらいに丁寧な物腰だったはずだが——あれは、もしや聖人や近衛が近くにいたからであろうか。

「同い年で堅苦しい話し方をするのも、いい加減に疲れちまったんだ。二人だけの時は、こんな話し方でいいだろう？」

そう切り出されても、目を白黒させる他はない。思えば強麻呂は、同じ年の友など持ったことがなかった。

「いや、それは……私は一介の滝口であります故」

いつもの調子を崩さずに返答すると、江崎丸は聞こえよがしに大きな舌打ちをした。

「そういうのが好きなんだな、あんたは……じゃあ、好きにするがいいさ。こっちは、こういう話し方で行かせて貰うよ」

「それは、御随意に」

強麻呂はあくまでも、己の分から外れるようなことはない。

「実は、あんたに頼みたいことがあるんだが」

「どういったことでございましょうや」

「その石みたいな拳骨で、うちの御師《おし》様をぶん殴って貰えないかなぁ」

「はぁ？」

思わず強麻呂も、地金を出してしまう。慌てて口を押さえ、心を静めてから聞き返した。

「いったい何を仰られておるのか……江崎丸殿の御師様と申せば、流志波聖人様のことでございましょう？」

「そうさ。その聖人様を、まぁ、奥歯の一本も抜ける程度に、ぶん殴って貰いたいんだよ」

そう言って江崎丸は、まるで辻《つじ》に屯《たむろ》する悪童のような笑みを浮かべた。

(何を言っているんだ、こいつは)

もしや、自分はからかわれているのでは……という思いが、当り前に頭を擡《もた》げる。

「江崎丸殿、御戯れは大概に為されませ。御師様に危害を加えろなどとは、いったい何を考えておられるのか」

「そうでもしないと、大変なことになるからさ」

強麻呂のふためきを歯牙《しが》にもかけぬ様子で、江崎丸は言った。

「もともと御師様は、山から出してはいけない人なんだ。まして帝の近くに寝起きさせるなど……考えるだに恐ろしいことよ」

どうにも話が見えないが、江崎丸が戯れを口にしているわけではないことは、その目が切迫したものに満ちていることで判る。

「できることなら、すぐにでも山に連れ帰りたいところだが、あの白河殿という殿上人には、その気はないらしい……そればかりか、この殿の近くに御師様を住まわせようと考えているようだ」

「それの何がいけないのです？　こう申しては障りがあるやもしれませぬが……白河殿の後ろ盾があれば、都での栄華は約されたも同然ですぞ」

我ながら生臭いことを言っているとは思うが、事実は事実だ。

「そもそも恐ろしいこととは、どのようなことでございましょうや」

「そうさなぁ……さしあたって、后様の身が危うい」

「何っ」

后様と耳にして、倹《つま》しい棒を握っていた強麻呂の手に力が入る。

「どういうことだ」

「おっ、口ぶりが改まったね。そうでなくっちゃな」

そんな軽口を叩きながらも、江崎丸は相変わらず周囲に目を配っている。

「誰にでも言えることではないが、実は御師様は恐ろしい方なのだ。普段は、あのように穏やかに見えるがな。ただ……」

「ただ、何なのか」

すでに強麻呂は、鬼と人との区別が怪しい顔付きになっている。

「実は情が深過ぎて、恋に狂う方なのだよ」

「恋に狂う？」

言葉の強さに腰が引けてしまうところはあるものの、この都では、取り立てて珍しくもないようにも思えた。よくは知らぬが、やんごとない方々は夜も日もなく歌を贈り合って、恋の花を咲かせていると聞くが。

「そんな可愛いものではないのだ、御師様は」

強麻呂の言葉に、江崎丸は口を尖らせる。

「一度欲しいと思った女人、恋しいと思った女人は、どんな手を使ってでも我が物にしようとする。たとえ、それが如何に身分の高い方であろうと……そうすることができなければ己の生きる意味はないと、信じておられるのだ。弟子が言うのも障りがあるが、いい年をして愚かなものよ」

その身分の高い方というのは――やはり、后様のことなのだろうか。

「しかも悪いことに、御師様は〝調伏術〟というものを深く心得ておられてな。おそらく、この国では敵う者はないほどのものだ」

「その調伏術というのは……やはり憑き物落としのようなもので？」

「いや、まったく違うよ。そもそも〝物の気〟というものは、本当に霊や鬼の仕業《しわざ》であるものもあるのやも知れぬが、実はほとんどが己の気の迷いから生ずるものでな……時に強麻呂さんは、密教をご存じかね」

「いや、語れるほどには」

実のところ、その言葉を聞いて思い出すのは加持祈禱くらいしかない。

「密教の教えの中に、三密《さんみつ》加持というものがあるんだが……思い切り砕いて申せば、身《しん》、口《く》、意の三つを仏と合わせることで、自らも仏になるという考えだ。本当は、みだりに人に教えてはならんのだが」

そう言いながら江崎丸は両方の手指を組んで、複雑な印《いん》を作って見せた。

「仏を表す印を結んで、身を仏と重ねる。さらに仏を表す真言を唱えて、口もまた仏と重ねる。さらに心に仏を観念し、その意識を重ねる。そうすることによって、やがては自らも仏となるというわけさ。つまり人にとって、この三つが殊《こと》の外《ほか》、大切だということでもある」

思いがけず面倒な話になったが、幸いにして、まだ付いては行ける。

「調伏術も、また然《しか》り。身、口、意に、こちらの意図する言葉や動きを巧みに送り込んで、それを受けた者を意のままにするのだ。やり方によっては己を牛と思い込ませたり、あるはずのない光景を、ありありと見せることもできる」

「そんな莫迦《ばか》な」

そのようなことができるのなら、それこそ王にでもなれるだろうに。

「我が御師様は、それができる方なのだ……それこそ、侍女の懐から狐が飛び出してくるのを見せるくらいのことなど、容易いこと」

「それは、もしや」

それと同じことが、后様の祈禱の際に起こったと聞いているが。

「御師様の霊力と言われているものは、この調伏術がほとんどだ。使いようによっては、気の迷いを正すこともできるからな。むろん御師様も、その術をみだりに使うことを自ら禁じておられる。そこだけを見れば、御立派な方とも思うが……ただ一つ、恋の欲求にだけは、どうしても勝てぬ方なのよ」

そう言えば幼い時、今は他国に住む兄から聞かされた話がある——何でも天平《てんぴょう》の頃、吉《よし》野《の》の寺に一人の仙人が住んでいて、自由自在に空を飛ぶ術を得意としていたそうだ。しかし、ある時、川で洗濯をしていた若い女の白い脛《はぎ》に見とれた途端、神通力を失って落下してしまったという。

つまり如何に厳しい修行を積もうと、如何に深い学識があろうと、異性への煩悩を御《ぎょ》することは難しいということか。

「御師様も、その己の弱みを知っておられる。だからこそ山に住んで、人との交わりを絶っていたのに……あんなにもお美しい方を目にすれば、その意志も、どこまで持つことか」

江崎丸の言っていることは理解できるが、どうして自分が流志波聖人を殴るということになるのか、その繋がりが判らない。

「そりゃあ……他の者が手を上げたりすれば、さぞや厳しいお咎《とが》めがあることだろうよ。しかし強麻呂さんは、聞けば春から滝口になったそうではないか。年も若いし、大した罰は受けまい」

「いや、そんなことは」

絶対にあるまい。

「殴られたことで御師様の頭が冷えるやもしれぬし、殿上人の顔を潰すこともなく、帰る理由がつけられる。いいこと尽くめだ」

「それは……真面目に仰っておられるか」

すでに人と鬼の区別をなくしたような強麻呂の顔を見て、江崎丸は音を立てて唾を飲み下した。

（人を莫迦にしよって）

その日一日中、強麻呂は頭に血を上らせていたが——幸いなのか否か、自身が流志波聖人を殴りつけずには済んだ。それ以上の騒ぎが、その日の夜に起こったからである。

あろうことか、聖人その人が染殿后の寝所に忍び入り、眠っている后の腰に抱き付いたのだ。

后の声に女房たちが気付いて騒ぎ立てていると、たまたま参内していた当麻鴨継《とうまのかもつぐ》という侍医が場に駆け付けた。ちょうど几帳《きちょう》の奥から出て来た聖人と鉢合わせになり、その場で聖人を取り押さえたのだという。

言うまでもなく、清涼殿の中は大騒ぎとなった。帝は激しく怒りを示し、近衛たちに命じて聖人を捕らえさせ、事件から一刻も経たぬうちに、獄に投じてしまったのだった。

四

「まったく、空恐ろしいことだ」

事件の翌日、清涼殿の滝口近くに数人の滝口が額を寄せ合って、小声で話し合っていた。むろん、その中には強麻呂や高邉の姿もある。

「恩義を感じていた聖人が、よもや后様に手を出すとは……その聖人も聖人だ。大人しくしてさえいれば、眩《くら》むほどの栄華を手にできたやも知れぬのに」

「染殿后様のお美しさは、都中の者が知っているところだからな。如何に徳の高い聖人でも、ふらついてしまうのは仕方なかろう」

それは江崎丸が言っていたように、恋に狂ってしまったせいだ……と、無言で話を聞きながら、強麻呂は思った。

考えるまでもなく、己は未だ、そんなに激しい恋をしたことはない。

憎からず思っていた女人はいたものの、すでに向こうが親の勧めに従って、他人の嫁となっていた。その知らせを初めて聞いた時、確かに悲しくはあったが、その女人を追おうとか、まして奪い取ろうなどとは、まったく思いもしなかった。そんなふうに決まってしまったのだから、己の力では如何《いかん》ともし難い……と、考えただけだ。それに加えて家の貧しさ、この風貌——何をどうすれば、他人の嫁になろうとする女人の心を変えさせることができよう。

思えば己は、あの女人に恋していたのだろうか。その腰に縋《すが》り付き、自分のものにしたいと熱望しただろうか。

単に流志波聖人の業《ごう》が深すぎたのだと、簡単に片付けることはできる。

弟子でさえ知っているくらいなのだから、似たようなことは以前にもあったのだろう。ある意味、聖人は恋に狂っていたと言うより、色に狂っていたのやも知れぬ。恋と色は、よく似てはいるものの、わずかながらに違いがあるはずだ。

「あの聖人、今も牢《ろう》で騒ぎ散らしていると聞いたぞ。自分はこのまま死んで鬼になり、后様が生きておられる間は、存分に睦み合うのだ……なんぞと」

「されば昨日は、思いを果たせなんだか」

不埒《ふらち》な話題と知ってか、滝口の一人が声を潜めて言った。その手の話を好む輩《やから》は、どこにでもいるものだ。

「それは……当麻殿が駆けつけた際には、聖人は几帳の奥から出て参ったわけだから、当然、ことを済ませた後であろう」

「いや、それならば、今も牢で騒ぎ立てることはないのではないか？　一度思いを果たしたのなら、そこまでの執着はあるまい」

「それは、わぬしに限ったことじゃ。何せ一度で疲れ果てて、用を為さなくなるのだからな。わぬしの妻が泣いておったぞ」

「おいおい、よもや本当に聞いたのではあるまいな」

そんな莫迦な話で笑い合っている先達を見ていると、ひどく無残な気持ちになって、強麻呂は輪を離れた。

あくる日、再び東庭で江崎丸と会った。聖人の不始末のあおりを受けて、どこぞの部屋に軟禁されていると聞いていたが。

「強麻呂さん、二、三日ほどすれば、御師様と共に山に戻れることになったよ」

「それは真に？」

后様に狼藉《ろうぜき》を働いたにしては、ずいぶん罪が軽く済んだものと思ったが、どうやら内実は異なるらしい。

「聞き知っておるやも知れぬが……牢に繋がれてから、御師様は死んで鬼になり、染殿后様と睦み合うのだと騒ぎ立てておってな。一切の食を絶っているので、それが本当らしく聞こえてもきたのだろう。死なせて鬼にするくらいなら、帰してしまえということらしい」

それは侍女にとり憑いていた老狐を、殺さずに教化したというのと同じ意味合いなのだろう。尤《もっと》も、そんな老狐が本当にいたのかどうか、怪しいところなのだが。

「しかし、このまま済むようには思えぬな」

江崎丸は、どこか他人事《ひとごと》のように言った。

「おそらく御師様は、本当に鬼になるだろう。そして必ずや、ここに戻って来るに違いない」

「それは、自ら命を絶つということか？」

「そうやも知れぬし、違うやも知れぬ。その気にさえなれば御師様は、生きたまま鬼になれるのだから」

「莫迦な……人が鬼になど」

「三密だよ、強麻呂さん」

なぜか眩《まぶ》しげに空を見上げながら、江崎丸は言った。

「身、口、意……その三つを仏に合わせることで人が仏に近付けるのなら、その三つを鬼に合わせれば、鬼に近付けるのではないかな？　まして御師様は調伏術に秀でた方……それを人にではなく己に用いれば、大して難しいことではないだろう」

「それは、そうかもしれないが」

その理は判る。けれど、いくら調伏術とやらを心得ていたところで、そんな簡単に人が鬼に変わったりできるのだろうか。

「きっと仏になるより鬼になる方が、人には容易いように思う。あくまでも悪人の真似だと言ったところで、悪を為せば、やはり悪人そのものだ」

つまり鬼の所業を真似れば、自然と鬼になる……ということか。

「それに強麻呂さんは、あまり調伏術の怖さを判っていないようだけれど、もう少しすれば、その目で見ることができると思うよ」

「どういうことだ？」

「后様の寝所で、御師様を捕らえた侍医……たぶん死ぬね」

江崎丸こそ自分の言葉の重みを理解していないのか、ずいぶん軽々しい口ぶりだった。

「近衛の、何とかいう偉い人に聞いたんだ。御師様は取り押さえられた時、『必ずや、お主と一族を呪い殺してやる』と、その侍医に言ったらしいけど……この都で生きている信心深い人が、それを聞いて落ち着いていられるかな？　ましてや御師様の名が轟いていることまで知っている人だ。容易く術にかかるはずさ。たぶん、心の弱い者から死ぬ」

その言葉を耳にした時、首筋に涼しい風を感じた。

「人は弱いものさ、強麻呂さん。名のある聖人に呪いを掛けられたとあっては、その力を一人で振り切るのは難しいだろうね。ちょっとした具合の悪さも呪いだと思い、運の悪さも呪いだと信じる。その思いは、やがて心の内側から、体まで食い破るのさ」

確かに、そうやもしれないが――人は、そんなにも他愛《たわい》のないものではないようにも思える。そう言おうとした時、江崎丸は先の言葉と正反対のことを言った。

「また、人は強いものでもあるよ。自分が欲しいものの為なら、何を犠牲にしても突き進もうとする。人をやめることだって、大したことのようには思わない。我欲に振り回されて、まわりのすべてを焼き尽くす……恐ろしいのは、どちらの強さも弱さも、人一人の中に一緒にあるっていうことだな」

そう言うと江崎丸は、少年らしく明るく笑った。

その二日後、江崎丸は、牢から出された流志波聖人と共に、大和葛城の金剛山に向かって旅立ったが――その翌日、賀茂川《かもがわ》の三条河原《さんじようがわら》の草の中で、変わり果てた姿になっているのを検非違使《けびいし》に見つけられた。何かの獣に首を噛《か》み千切られ、皮一枚で胴と繋がっているという無残さだった。

むろん誰もが聖人の所業であるまいか……と考えたが、傷は獣の牙にかかったとしか思えぬ有様であったし、何より愛弟子《まなでし》をそんな目に遭わせる理由を言い当てられる者はいなかった。

けれど、ただ一人、強麻呂だけは悟っていた。

おそらく聖人は鬼となるために、鬼の所業を模したのだ。情愛も恩義も感じぬような〝人でなし〟の心を得るために――そのために江崎丸を贄《にえ》にしたのだ、と。

五

やがて夏も終わろうかという頃――やはり鬼はやって来た。

その時、強麻呂は一日の仕事を終えて、そろそろ館に戻ろうかとしていたところだった。

むろん、その後は他の滝口が、夜の番をする。

「相すみませぬが、先に引き上げさせていただきまする」

そんな挨拶を高邉にしていた時、清涼殿の中で何人もの女人の悲鳴が響いた。すでに誰《た》そ彼《かれ》の時分は過ぎ、空にいくつもの星が輝いている頃合いだ。

思わず高邉と顔を見合わせると、連れだって東庭まで駆ける。すぐに清涼殿の前に辿り着くと、中から何人もの女人が飛び出してくるところであった。おそらくは我を忘れて逃げているに違いないが、普段から体を動かさぬうえに、あまり自由とは言えない衣と長い髪を持て余していて、さながら歩くような速さだ。

「如何《いか》為《が》されましたか！」

同じように清涼殿の中から転《まろ》び出てきた近衛の一人に尋ねると、彼は殿の奥の方を指さしながら、引きつった声で答えた。

「鬼が……鬼が染殿后様の寝所に」

いよいよ来たか。

「それで后様は？」

「まだ中に……帝も、白河殿も」

それを聞いて、呆《あき》れ果てる。帝や后様を振り捨てて、この近衛は逃げて来たのか——思わず、その横面を張り飛ばしたくなるが、堅く拳を握り、掌《てのひら》に爪を食いこませて堪《こら》えた。

「高遷殿……我が身が殿に上がるのはまずいでしょうか」

すぐにでも帝と后様をお助けしたいと思っても、そのくだらない決まりのために、階さえも上ることができない。

「うぅむ、やはり、後の障りになろうな」

「しかし、それでは帝が」

「やむを得ぬ……ここは近衛に任せるしかあるまい」

泣き出したくなるような心地で清涼殿の中を仰ぎ見ると、兵仗《ひょうじょう》を手にした近衛たちが、殿の奥に体を向けていた。その先に、きっと鬼がいるのだろう。

その間を縫って、煌びやかな装束の男が逃げ出してくる。その顔を見て、思わず目を疑った。事もあろうに左近衛大将——最も帝を守らねばならぬ者が、近衛舎人同様に逃げてくるとは。

しかし、今はそれを詰《なじ》っている時ではない。強麻呂は左近衛大将に駆け寄り、素早く地に両手を付けて言った。

「左近衛大将様」

「おぉ、わぬしは滝口の」

心なしか、強麻呂を見る大将の目に、わずかな安堵の色が浮かんだように思えた。こういう場では、おそらく人は自分のような風貌に安心を覚えるのだろう。

その大将の目を真っすぐに見て、強麻呂は声を張り上げた。

「この身を以て皆様の加勢に参りたいと思うのですが、無位無官の身では、階さえ上ることができませぬ。今、このひと時だけ、殿上に立つのをお許しくださいませ」

刹那、大将は困惑したように宙に目を泳がせたが、やがて強麻呂の顔を見て答えた。

「よろしかろう。我が認めようぞ」

「僥倖にございます」

すっくと立ち上がった強麻呂に、大将は近くにいた近衛の手から兵仗を取り上げ、それを差し出してくる。

「これを携えるのも許す」

「有難き」

いつも自分が手にしている粗末な棒とは、比べ物にならぬほど堅牢で、扱いやすい。

それを小脇に抱えると、強麻呂は階を一息に駆け上がった。

(これは……!)

清涼殿正面の昼御座背後にある御帳台《みちょうだい》の脇に、そいつは立っていた。

赤い褌《ふんどし》以外のものは身に着けておらず、その腰の辺りには小槌《こづち》のようなものが差さっている。髪はざんばらで、肌はなぜか漆を塗ったように黒かった。大きく見開いた目には、すでに当り前のやり取りなどできなそうな、狂れた色が広がっている。それだけでも、かつての流志波聖人の面影は薄いのに――なぜか口を開くと、山犬のように鋭い牙が見えた。

(よもや、本当に鬼に変じたのか)

これが身、口、意の一致の結果であるのか否かは判らぬ。しかし、今までの聖人とは違う生き物と考えた方がいいかも知れぬ。

「貴様……畏れ多い場で、何の狼藉ぞ!」

強麻呂は手にした兵仗を、九字《くじ》を切るように動かす。そのたびに風切りの音が鋭く鳴って、空気の淀《よど》みが散った。

「いったい、どこから迷い込んできたのか!」

清涼殿の周囲は、何人もの近衛と滝口で守られている。その多くの目を避けて、どうやって殿に侵入したのだろう。

「その者は……ずっと后様の寝所に潜んでいたのです」

唸るばかりで返答しない聖人に代わって、柱の陰に隠れていた女官が答えた。

「后様は、そ知らぬ顔をなさっておられましたが、隙を見ては、その者と睦み合っておられたのです」

聞いた傍《そば》から、耳を洗いたくなるような話だった。

(よくも……我の日輪を)

帝と染殿后様は、強麻呂にとっての日輪である。神聖にして、決して侵すべからざる存在なのだ。

怒りに任せ、兵仗で腹の辺りを横薙《よこな》ぎにしようとすると——聖人は軽々と飛び上がって避け、あまつさえ御帳台の上に乗った。

「穢《けが》れた足を載せていいものではない！」

次は避けられぬように、二歩前に進み出て、仗を真っすぐに突き出す。が、聖人は再び飛び上がり、宙で一回転した。舌を巻くほどの身軽さだ。

(これは……本当に流志波聖人なのか)

そう考えながら、強麻呂は目だけを動かして周囲を見た。部屋の隅に人の塊があり、その中に帝と思《おぼ》しき人影があるのを認め、思わず舌打ちする。

(何をしているのだ……早く帝を外へ)

そう思うと同時に、帝の目が自分の肩の向こうに向いていることに気付いた。隙を作らぬように短く振り返ると——几帳の陰に、染殿后様が佇んでいるのが見えた。なるほど、帝は后様を思うあまり、自分だけで逃げることができないのだ。

強麻呂は片手に持った兵仗の先を聖人に向けたまま、もう片方の手を后様に伸ばした。

「染殿后様……そこは危のうございます。早くこちらに」

その伸ばした強麻呂の手の先を、どこか冷たい目で見ながら、后様は言った。

「汚い手を伸ばすでない、下賤《げせん》が」

その言葉が、強麻呂の胸に刺さる。が、それは判り切ったことでもあった。天の日輪から見れば、我が身など地を這う虫に等しいのだ。それは十分過ぎるほどに心得ている。

「どうして、放っておいてくれない……明子《あきらけいこ》は、その方と共におりたいだけなのに」

珠《たま》が転がるような美しい声で、恐ろしい言葉が放たれた。強麻呂の体は、その刹那に石になったように固まる。

「その方は明子がいなければ、侘《わび》しい時を過ごされる……それが私にも、耐えがたいほど寂しくてならぬ」

そう言いながら后様は、強麻呂の横をすり抜けて、御帳台の脇にいる聖人に取り縋った。

(これは、悪い夢なのか？　それとも……聖人の調伏術というものなのか？)

残念ながら、それを見極めることが強麻呂にはできなかったが——さらに信じがたい光景を、この後に見ることとなった。

あろうことか、后様はその場で衣をすべて脱ぎ去り、一糸まとわぬ姿を人前に晒《さら》すと、御帳台の上に身を横たえて、いきなり聖人と睦み始めたのである。

「なんと……これは」

若い強麻呂には、后様の肌さえ直視することはできなかった。まして、その後に繰り広げられた痴態など、とても。

「滝口、早《はよ》う引き離せ」

どこからか、そんな声が聞こえてくる。

その刹那だけ強麻呂は兵仗を構えたが、聖人も后様も、辺りに誰もおらぬかのように、ひたすらに睦み合っていた。どういうわけか、近付くのが恐ろしかった。

「あぁ、それはならぬ」

やがて聖人は赤い褌を外すと、屹立《きつりつ》したものを取り出した。思わず場がどよめいたが、何の音も耳に届いておらぬかのように、それを后様の脚の間に躊躇いなく差し入れる。后様は苦悶《くもん》にも似た表情を浮かべたが、間もなく鼻にかかった可愛い声を漏らし始めた。

やがて静まり返った中で、御帳台の軋《きし》む音と、ぬかるみを叩くような音だけが響き続ける。その様を莫迦らしいものを眺めるような気持ちで見ながら、強麻呂は何一つできなかった。

やがて、その淫猥《いんわい》な音に、洟《はな》を啜《すす》るような音が重なる。そちらの方に目をやると、帝が顔を歪《ゆが》めて、お泣きになられていた。

その様子を見て、強麻呂は思わぬわけにはいかなかった。

（我の日輪が……食われた）

それは単に、后様が犯されたというだけの意味ではない。強麻呂が今まで大切にしてきたものが——そのためならば、自分はどうなってもいいと思っていたものが、鬼の牙によって噛み砕かれたということであった。

凄まじい虚《むな》しさが、強麻呂の心に満ちる。

思えば、この世は莫迦らしいものだ。つまりは、あんなふうに目合《まぐわ》う男と女がいるだけなのに、生まれの、育ちの、位の……と、さして意味のないことで競い合っている。己の価値を少しでも上げるために、位の低い者は入ってはならぬ場所だのを設けて、本当に愚かしいことと言ったらないではないか。

ほら、あれを見てみろ。

狂れた男と狂れた女が恥ずかしげもなく衆人の目の前で、いやらしい音を立てて目合っているぞ。そして、寝取られた男がそれを見て、みっともなく涙を流しているぞ。ははは、こんな莫迦らしいものは、滅多に見られるものでもない。どいつもこいつも、情けない連中ばかりだ。

やがて強麻呂の手が緩み、その手から離れた兵仗が床に落ちた音が、大きく響き渡った。

この一件を記録した書物には、この後のことは何も記されていない。

多くの人の前で后を犯した鬼が、その後に退治されたのか、逃げたのか、老いて死んだのか、何も判らぬままだ。あるいは今も生きているということもあり得るが、さすがにそれは考えが過ぎよう。

ついでに申し添えておくと、江崎丸の言葉通り、呪いの言葉を投げ付けられた侍医の当麻鴨継は、この一件から程なくして死んだ。また三、四人いた子供も、順こそ不明であるが、みな悶死《もんし》したと伝わっている。それが鬼の暗示の力によるものであったのか否かは、どちらとも言い切ることはできないが――鬼と睦み合った染殿后は齢七十二まで生きたことを思えば、何らかの因縁めいたものを感じないでもない。

また、この一件以降、滝口は武具を持つことを許されるようになり、世に〝武士〟なる階級として知られるようにもなった。当時、その階級の持つ可能性を危ぶんだ者がおったかおらぬかは判らぬが、歴史の大きな転換となったのは間違いのないことであろう。

当の強麻呂は、やがて滝口を辞し、何年かの流浪の後に新しい道を行くことになるのだが、それはまた別の話である。

鬼哭啾々《きこくしゅうしゅう》。

第四話　安義橋秘聞《あぎのはしひぶん》

今昔物語「近江国《おうみのくに》の安義橋の鬼、人を噉らふこと」より

一

遠い古《いにしえ》——近江国で起こった出来事であるが、どの帝《みかど》の世であったかは判然としない。その頃、近江国府《こくふ》の館は栗本《くるもと》郡勢多《せた》に建てられていたが、その一画に近隣の若い連中が集まって、気ままに時を過ごす部屋があった。特に主従関係などを結んでいたわけではないが、そういった連中を手なずけておくことも国守《こくしゅ》の仕事には役立つのだろう。

とは言っても、若い連中は何か事を為すわけでもなく、ただ集まっては碁や双六《すごろく》に興じたり、杯《さかずき》を傾けつつ四方山《よもやま》話に時を費やすのが常であった。そういったことが許される場があれば自然と人は集まるもので、近江国府にはいつも若い連中が出入りし、なかなかの活気であった。

木の下の暗がりが日々濃くなっていく、春の盛《さかり》の頃——まだ日も明るいというのに、いつもの如く若い男たちが集まり、何やら話に熱中していた。

「それで……夜になると、その柱の木の節穴から、小《ち》さな児《こ》のものらしい手が出てきてな……こうして手招きをするのだと」

七、八人ほどが車座になった中で、頬に髯《ひげ》を蓄えた男が右手を顔の高さに上げ、弱々しげに揺らして見せた。自分の目で見たわけでもあるまいに、その動きは儚《はかな》げでもあり恐ろしげでもある。

「しかし児のものとは言え、手が出てくるほどとは、その節穴は相当に大きいようだな。まことに貴人《あてびと》の寝殿なのかや」

目が大きく、そこはかとなく鴟《みみずく》を思わせる顔付きの男が、見当違いな合いの手を入れる。

「事醒《ことさ》めることを口走るものではないぞ。小さな穴から一端が出てきて、霞《かすみ》の如く広がったのやも知れぬではないか……何せ、この世ならぬ者なのだからな」

「あぁ、なるほど」

髯の男が熱心に語っているのは、ある貴人の寝殿で起こった怪異についてであった。いつの時代も若い連中は、その手の話を好むものだ。

「それを聞いた主《あるじ》たる貴人が驚いて、その穴の上に経文をしたためた紙を結い付けたそうだが、その怪異が止まることはなかった。ならば……と、次は仏の絵姿を掛けてみた」

「なるほど、相手が子供の鬼だとすれば、まだ経文は読めぬだろうからな。妙案だ」

この頃は頭に角《つの》を生やした暴虐な化け物も、死者が迷い出てくる幽霊の類《たぐい》も、ひとまとめに〝鬼〟と称せられることが多かった。

「それで、手は出なくなったのだな」

「いや、それが駄目だったのだ。仏の有難いお姿を示しても、やはり節穴から手が出て来たらしい……人が寝静まる頃に、必ず」

熱心に耳を傾けていた大柄な男が、あからさまに身震いする。

「聞くだけならば、さほどでもないが……その様を思い描いてみると、なかなかに恐ろしい光景だな。いったい誰を招いているのだろう」

すべての者が眠っている頃合い、暗く静まり返った寝殿の柱の節穴から児の手が出てきて、誰にともなく手招きをしている――その様子は、確かに恐ろしくもある。たとえ人に気付かれずとも、その手は誰かを招き続けているのだろうか。

「それで、どうしたのだ」

鶍に似た男が、話の続きを急《せ》かした。

「経文も仏の絵姿も駄目となれば、手の打ちようがない……と、貴人も諦め半分だったらしいが、ある人が物は試しとばかりに、その節穴に征矢《そや》を一本刺してみたそうだ。すると、その矢が刺さっている間、変事は鳴りを潜めたというのだから、驚くではないか」

征矢は戦《いくさ》で最も多く使われる尖った鏃《やじり》のついた矢のことで、言ってみれば普通の矢である。特に神仏の力を宿しているわけでもなければ、陰陽師の術が込められているということもない。

「そこで邪魔な矢柄《やがら》を抜いて、鏃だけを深く穴に差し込むと、それ以来、二度と手が出《い》で来ることはなかったという話だ」

「何だ、それは……この世ならぬ者であろうに、経文や仏の絵姿よりも、尖った鏃に恐れを為すとは」

「ははは、鬼にも案外に、この世の理《ことわり》が通じるのやも知れぬな。もしかすると、摑んで投げることもできるのではないか」

先ほどまで怖そうに顔を顰《しか》めていた大柄な男が、打って変わった強気な口ぶりで言う。

「よし、俺も鬼に会う機会があれば、試しに殴るなり、斬りかかるなりしてみるか」

「ならば、安義橋にでも行ってみればよかろう……今から行けば、日暮れ前には着けるぞ」

笑いを含んだ声で髯の男は答えた。大柄な男は続けようとしていた大言を飲み込み、再び眉を寄せる。

「何だ、その安義橋というのは」

「知らぬのか？　安吉郷《あぎのさと》の日野川《ひのがわ》に架かっている橋だ。そこには、鬼が出るらしいぞ」

どうやら髯の男は、その手の話に詳しいらしい。

「その噂は、俺も聞いたことがある」

口を挟んできたのは、鵂に似た男だ。

「前は当り前に渡れたのだが、近頃は鬼が出ると評判になって、誰も渡らなくなっているそうだな。うむ、あそこに行けば、必ずや鬼に相まみえることができよう。殴るでも斬りかかるでも、好きにすればよい……無事に橋を渡って来られようものなら、それだけでも大したものだ。必ずや俺が、わぬしの勇を国中に広めてやろう。さぁ、腰を上げて、橋に行くがよい。もし勇名が轟《とどろ》けば、念願の嫁も取れるやもしれぬぞ」

大柄な男が見かけに反して小心であるのを知っている男は、意地の悪い口ぶりで責め立てた。やはり大柄な男は尻込みして、「いやいや、ほんの冗談」と言葉を濁す。その様を他の連中が笑い囃《はや》して、話は終わるところであったが——そこで声を上げたのが、輪から少し離れ、壁に凭《もた》れて座っていた一人の男である。名を太郎暮房《たろうくれふさ》という。

「そんなものの、何が恐ろしいものか。俺ならば、その橋を容易《たやす》く渡ってみせよう」

「ほう、言うたな」

座の視線は一斉に男に集まったが、彼の言葉には続きがあった。

「ただし、近江守殿《おうみのかみどの》がお持ちの鹿毛《かげ》に乗りさえすれば、の話だ。あの鹿毛こそ、この御館第一の名馬よ。あれに乗れば、どんな恐ろしい鬼がいる橋だろうと渡れぬはずはない」

やれやれ、また始まったか……と、何人かの者が顔を見合わせた。

この太郎暮房は生来の馬好きで、ここのところ、国府の厩《うまや》にいる一頭の鹿毛に執着していた。しかし国守の配下でもなく、大した後ろ盾も持っていない彼には、その馬を我が物とする術《すべ》がなかった。ましてや家に余裕がない身ともなれば、正面切って売って貰うことさえできない。

けれど鹿毛への思いは断ち難く、常に太郎暮房の心は、その馬への思いで満ち満ちているらしい。何の話をしても、結局は鹿毛の話に持って行ってしまう始末なので、部屋に集まっている中には、いい加減にうんざりしている者もあった。

「そこまで言うのなら、件《くだん》の鹿毛を借りて、橋に行ってみせればよいではないか」

髯の男が、鹿爪《しかつめ》らしい顔で言った。

「もともと橋は、川を渡るために架けられているものだ。それにも拘わらず、鬼の噂が広まってから、ほとんどの者が遠回りしているという。考えてみれば、これほど無駄なこともない。ここは一つ、そなたが行って噂の真偽を確かめて参ると申し上げれば、近江守殿も喜んで鹿毛を使わせてくれるのではないか。とどのつまり、この国の為になることなのだから」

「おう、確かに」

場に居合わせた者は、口々に言った。

「それに、わぬしの勇のほども見たいものよ。よし、俺たちが行って、近江守殿に頼んでやろう」

そう言いながら立ち上がる者が何人もいたので、太郎暮房も慌てて腰を上げ、その連中を抑えた。

「よせよせ、そんなことを近江守殿のお耳に入れてはならんぞ。俺が鹿毛乗りたさに無謀なことを申しておるなどと思われでもしたら、この上ない恥ぞ」

「わぬしが言い出したこと、何を今さら」

「よいから座れ」

「いや、こうなれば、何としても行って貰う」

若い連中のこと、言い争ううちに自然と声は大きくなる。それを聞きつけた近江守その人が、訝《いぶか》しげな顔で部屋に入ってきた。

「いったい何の騒ぎじゃ。まだ日も高いというに、酔うて喧嘩《けんか》などするものではない」

「いえいえ、誰も酒など嗜《たしな》んではおりませぬ」

近江守の登場に一同は一斉に座して頭を下げ、その後に髯の男が答えた。

「実は……」

やがて何人もの男が回り持ちのように言葉を並べて、事の次第を説明した。鹿毛のくだりになると、太郎暮房は露骨に迷惑そうな顔をしたが、話の腰を折ることはなかった。

「何の騒ぎかと思えば、そんな事情で争っておったのか。まったく、益《やく》ないことよ」

そう言った後、近江守は苦笑いを浮かべて、一言付け足した。

「あの鹿毛ならば、好きに乗っていくがよい」

近江守の計らいに場が嬉しげな声でざわめいたが、それを鎮《しず》めたのは太郎暮房の声だ。

「近江守殿、ほんの莫迦げた戯言《ざれごと》にございまする。かようなお言葉を賜るなど、ひたすらに痛み入るばかりにて……」

「おい、見苦しいぞ。臆したか」

集まっていた若者の中から、非難めいた声が二つ三つ上がった。太郎暮房は、その声に向かって答える。

「いや、俺は何も橋を渡るのを恐れているのではない。あの鹿毛にさえ乗れば、たとえ鬼に追われるようなことになっても、容易く振り切ることができよう。それは間違いない。しかし俺は、御馬《みま》を欲しがっていると思われてしまうのが厭なのだ」

「ええい、面倒な繰《く》り言《ごと》を」

そう言いながら鴫に似た男が立ち上がり、近江守に一礼して部屋を出て行くと、その後を何人もの男が続いた。やがて部屋に面している中庭に、件の鹿毛馬を引いて来た。すでに鞍まで置かれている。

「こうなれば、近江守殿の御厚意に応えぬ方が無礼ぞ。潔く橋に行って参れ。少々急がぬと、着くのが日暮れ時になってしまうぞ」

近江国府のある勢多から安吉郷までは、ざっと五里半ほどの距離で、常歩《なみあし》の馬なら二辰刻《しんこく》(一辰刻は現在の二時間)近くかかる。駆けさせれば時を縮めることはできようが、万一のことを考えれば、馬の脚を溜めておくに越したことはあるまい。

「さぁ、早くせい」

男たちから口々に急かされながら、ここで太郎暮房は冷静になった。

（これは……とんでもないことに、なりよった）

薄々気付いていたことだが——自分はどうも一つのことに夢中になると、他のことが目に入らなくなってしまうところがある。その夢中のあまりに行ったことが、後にどのような面倒を引き起こすかにも考え至らず、ただ闇雲に前に進んでしまうのだ。もう妻も子もいる身であるのに、まったく童《わらわ》の頃から進歩がない。そう言えば、その妻を娶《めと》る時も同じようなものであったことを、ちらりと思い出す。

（鬼など、真《まこと》に在るものなのか）

すでに部屋の中で他の連中が論じていたことを、ずっと遅れて太郎暮房は考えた。

先ほど連中は、柱の節穴から児の手が出てきて手招きする……という話をしていたが、安義橋に現れるという鬼も、そのくらいに儚《はかな》げなものなのだろうか。あるいは古くから語られているように、人を取って食ったりする凶悪な化け物なのだろうか。

何にせよ、近江守まで知るところになった以上、さらに言葉を並べて取り止《や》めるという道は、すでに閉ざされている。どうあっても橋に行かなくては、場は収まらぬだろう。

太郎暮房は馬に鞍を結び付けてある腹帯を自らの手で強く締め直し、意図的に衣装も軽いものに改めた。こうなっては少しでも馬の負担を減らし、何か事が起こった時に少しでも早く駆けられるようにしておくくらいのことしか思い付かない。

さらには多くの油を分けて貰い、馬の尻や尾に塗りたくった。

「それは、何をしてるんだ」

支度を見ていた髯の男と鴨に似た男が、不思議そうに尋ねてくる。

「わぬしらが話していたではないか……鬼にも案外に、世の理《ことわり》が通じるのかも知れぬと」

二人の男は不思議そうに首を傾《かし》げたが、やがて太郎暮房の考えを悟ったらしく、同時に噴き出す。

「なるほど、鬼に追われて摑まりそうになっても、その手が滑って逃げおおせるようにか」

それを聞いた他の連中も、その逃げる気満々の方策を嗤《わら》ったが、当の太郎暮房には言い返す元気もなかった。

本当に、この性分――自分でも厭になる。

二

支度を終えた太郎暮房は、冷やかしとも励ましとも知れぬ声に送られて国府の館を出た。

初めのうちこそ、念願の鹿毛に乗れた嬉しさもあったが、その気持ちは一刻もせぬうちに落ち着いてしまう。

(よりによって鬼とは……いっそのこと、このまま自分の館に帰ってしまえればよいのに)

妻子の顔を思い起こすと、弱腰な考えまでもが頭に浮かぶ。むろん、そんなことをしてしまったら、おそらくは塵《ちり》ほどにもない自分の評判が、風に吹かれたように完全に消え去ってしまうだろう。そうとなれば、二度と国府に顔を出すこともできなくなり、わずかな友にも近江守にも愛想を尽かされてしまうに違いない。

（とにかく、橋までは行ってみよう）

自分に何度も言い聞かせつつ、太郎暮房は鹿毛を歩ませた。どうしても気は塞いでしまいがちだったが——明るい春の日差しの下で歩を重ねるうちに、少しずつ少しずつ、生来の暢《のん》気《き》さが頭を擡《もた》げて来る。

（いやいや……鬼の話など、出鱈目《でたらめ》に決まっておる）

思えば近江は、都から遠くない土地である。そんな近くに鬼が出るのなら、今頃、追討の役人なり、名うての陰陽師なりが、都から送られてきていても不思議ではない。そんな動きを微塵《みじん》も耳にしないということは、やはり噂は噂に過ぎないのではないか——ついにはそんな独りよがりな推し量りまでが浮かんできて、少しばかり強気にもなった。役人の仕事ぶりを当てにすることほど、心許《こころもと》ないものもないというのに。

しかし。

そんな中身のない勢いも、日野川に近付くにつれて、盛りの過ぎた朝顔のように萎《しぼ》んでいくのが己でも判った。鵤に似た男の見込み通り、すでに日暮れ時である。思いのほか風が冷たくなり、背中と首筋が寒くなってきたものの、それは軽装に改めたことばかりが理由ではない。

やがて日野川のほとりに出たが——川面《かわも》から靄《もや》が立ち上り、先ほどまでの長閑《のどか》さは、春の温《ぬく》い日差しと共に消え去ってしまったかのようだ。如何《いか》にも常ならぬことが起こりそうな気配が、靄と共に濃くなっていくように思われる。

（どうやら……あれが安義橋らしいな）

左手に、古びた長い橋が見える。

幅は四歩《ぶ》（一歩は約一・八メートル）に届くか届かぬかというところで、馬に乗った者同士でも、余裕を持って行き違えるくらいに広い。対岸までは一町《ちよう》半（一町は約一〇九メートル）ほどで、これほどの橋を架けるには元手も人手も掛かったであろうに、周囲に人の姿はなかった。鬼を恐れて、誰もが遠回りをしているというのは本当なのだろう。

（ここまで来てしまっては、もうどうにもならぬ……一息に渡ってしまおう）

太郎暮房は橋の手前でしばらく止まっていたが、やがて思い切って橋の方に鹿毛を進めた。実際の橋を見て開き直った部分もあるし、この程度の長さなら、本当に鹿毛を駆けさせれば、すぐに渡り切れようとも思えたからだ。

ところが橋を渡り始めると、その床板が大きく軋む音が耳に届いた。

やはり古いだけあって、あちらこちらが傷んでいるようだ。下手に馬を駆けさせると、床板を踏み抜いてしまう恐れもある。これでは常歩よりも遅く、用心して渡らなくてはならないだろう。

（もしや人々が回り道をしているのは、橋そのものが古くなり過ぎたせいではないのか）

そう思うと、太郎暮房はわずかに眉が開く気分だった。恐ろしげな噂の裏には、実はそんな現実的な事情が潜んでいるものなのやもしれぬ。

そう考えながら、橋の半分ほどまで来た時――対岸近くの橋の欄干《らんかん》に、人影のようなものが凭れかかっているのに気付いた。

（あんなところに、人がいただろうか）

川面に靄が出ているとはいえ、辺りが見えなくなるほどではない。しかし、その時まで、まったく気が付かなかった。

（あれこそが……鬼か）

太郎暮房は鞍を締めていた内股《うちもも》にさらに力を入れ、手綱を強く握りしめた。急に喉が渇き、胸が恐ろしい勢いで鳴り始める。

しかし、馬の歩みは止めなかった。どうやら向こうも、こちらに気付いているようだ。あれが真に鬼ならば、馬を返している間に襲われるのは必定である。ここまで来てしまった以上、橋を渡り切ってしまう他はない。

（いや、鬼ではなくて、女だ）

近付くにつれ、その人影が恐ろしげな風貌の鬼ではなく、薄紫の衣を纏った女であることが判った。上に濃い紫の単《ひとえ》を重ね、長めの丈の紅袴《くれないのはかま》を身に着けている。こんな人気《ひとけ》のない場所には、そぐわぬ艶《あで》やかさだ。

やがて顔の見える距離まで近付いて、太郎暮房は思わず唾を飲んだ。

女の長い髪は艶《つや》やかに光り、顔は雪と見まがうほどに白かった。切れ長の目はやや吊っていて、瞬《まばた》くたびに長い睫毛《まつげ》が小鳥の羽のように動いている。都風とは少し異なるが、まず近隣では見ないほどの美女だ。おそらくは妻より若い二十二、三くらいの年頃であろうか。

その美女が口元を衣の袖で隠し、明らかに声をかけられるのを心待ちにしているように、ちらちらとこちらに目線を送ってくるのだから、心を動かされぬ男は、まずはおるまい。

むろん太郎暮房も人並に色好みではあるが、この時ばかりは心に自ら重しを置いて、できるだけ女の方に目を向けぬようにした。

(見れば、誰かにここまで連れて来られ、置き去りにでもされたような風情だが……そんなことが都合よくあるはずがない。どう考えても、あれは鬼が姿を変えているのだ。ここは黙って過ぎるに限る)

そう思いながら女の前を通り、もう少しで橋を渡り切るかというところで、後ろから声がした。

「もし、そこなお方……なぜに、そのようにつれなく行ってしまわれるのです」

その声はか細いが、どこか切なげでもあった。

「このような人影もないところに、女が一人で立っているのです。哀れに思って、お声の一つも掛けてくださらぬのは、あまりに情の薄い振る舞いではございませぬか」

その声に心が摑まれてしまったかのように、太郎暮房は思わず馬の歩みを止めた。

「もしや私めを、音に聞く〝安義橋の鬼〟とでもお思いでございましょうか」

思いがけず女の方から、まん真ん中の言葉が出てくる。

(これは……どう答えたものか)

そうだと答えれば、その刹那に女の姿が鬼に変わって、こちらに飛び掛かってくるようにも思えるが――その疑念は別として、美しい女の前では怖気《おじけ》を悟られまいとする見栄《みえ》が男にはあって、それはこんな紙一重の場においても、決してなくなりはしないものだ。

「確かに、こんな寂しい場所に、あなたのような美しい方が一人でいらっしゃるのを不思議に思っていましたが……おそらくは、どなたかをお待ちになっておられるのであろうと考えたのです。そうとなれば、待ち人は人目を忍ぶ方と判じました。故に、お声をかけるのは無粋かと」

やはり美しい女を前にすれば、いくらでも頭が回るのが男というものである。特に、このくらいのことは考えずとも口に出てくるのが、太郎暮房であった。

「どなたかを、お待ちになっているのではないのですか」

心中では警戒を解いてはいなかったものの、もし女が当り前の人だとすれば、とんだ野暮をしていることになる――そう思った太郎暮房は、思い切って下馬した。

それを見た女は、艶やかな笑みを浮かべるばかりで問いかけには答えず、欄干から離れて近付いてくる。

「とてもご立派な鹿毛ですこと。これはあなた様の御馬でございましょうか」

まったく思いがけないことを問われ、その刹那だけ、太郎暮房は怖さを忘れた。わずかに逡巡して、さらりと嘘を吐《つ》く。

「これは確かに、私の愛馬でございますが」

その返事を聞くと、女は小さく溜め息をつき、しばらく何事か考え込んだ後、そっと右手を伸ばして太郎暮房の腕に触れてきた。

(やはり鬼か)

思わず腕を引こうとすると、女の指に力が入った。しかし、それは決して並外れた怪力などではなく、どこまでも儚げな女の力である。

奇妙な不意打ちを食ったような気になり、女の顔を見ると――その目は温く潤み、額と頬が仄《ほの》かに赤らんでいた。やがて目線は、まるで蝶《ちょう》が遊んでいるのを追っているかのように、一つところに落ち着かなくなる。

(この様は……もしや)

太郎暮房とて齢《よわい》を重ねた男の身なので、女がそういう顔になる時の意味を、十二分に心得ている。どうしてかは判らぬが、この美女は――こちらを求めているのだ。

「あなた様を御立派な方と見込んで、不躾《ぶしつけ》なお願いがございます」

やがて女が、思い切ったように言った。

「ほ、ほう……それは、如何なことでございましょう」

先ほどまでとは違う意味で喉が渇き、胸が勢いづいて鳴る。さらには息の通りが悪くなるような心地がして、声まで上ずる。

女は、わずかな逡巡を見せた後、はっきりとした口ぶりで言った。

「あなた様の子種《こだね》を、私にいただけませぬでしょうか」

「えっ」

思わず耳を疑うが、確かに聞き違いではない。子種をくれとは――つまり、同衾《どうきん》せよと言っているのだろうか。

「申し訳ございませぬが、私を別のどなたかと間違えておられるのではありませぬか」

聞き違いでないのなら、人違いだ。自分をどこか裕福な家の跡取りか、身分のある御仁と間違えているに違いない。おそらくは、見事な鹿毛を自分の馬だと偽ってしまったから。

「私は栗本郡の……」

身分と名を明かそうとすると、女は素早く白い指二本を、太郎暮房の唇に押し当てた。

「すみませぬが、名乗らずにいてくださりませ。知りとうないのです」

「もちろん私の名も郷《さと》も、お教えできませぬ。ですが、決して人に後《おく》れを取るような身の者でもございませぬ」

「また異なことを」

女は目を潤ませたまま言った。

「あなた様は、恐ろしげな鬼が出るという噂の橋に、身一つで参られました。それだけで勇ある方と判ずることができまする。また、こんなにも手入れの行き届いた馬をお持ちということは、暮らし向きもよく、健やかな方とお見受けします」

後ろ半分は偽りに支えられているが、とても言い出せる雰囲気ではない。

「それに拝見する限り、お体も丈夫そうで……とても優しげなお顔立ちをなさっておられる。あなた様の御子《おこ》なら、私は慈《いつく》しんで育てることができましょう」

「しかし、私には」

妻子があると言いかけた時、女は再び指二本で太郎暮房の声を封じた。

「お願いですから、何も申されますな……知れば、罪になりましょう。けれど知らねば、春の世の夢と同じでございまする。あなた様は、ただ私の中に子種を放ってくれさえすればよいのです……もちろん、それは難しいと仰《おお》せでしたら、無理強いは致しませぬが」

そう言いながらも女は、衣の襟を自ら広げ、白い胸元を露《あら》わにした。

「あなたは……あなたは、いったい何なのです」

その胸元に唇を這わせたい思いに突き上げられながら、太郎暮房は尋ねた。

「安義橋の鬼……でしたら、如何《いかが》されます」

そう言って女は、蠱惑《こわく》的な笑みを浮かべた。

三

太郎暮房が近江国府に駆け戻って来たのは、すでに日が落ちた頃合いであった。部屋に集《つど》っていた若い連中は、わざわざ門前に見張りまで立て、律儀に彼の帰りを待っていた。

「太郎暮房が戻ったぞ」

「やや、紙のような顔色をしておる。もしや噂の鬼に会《お》うたか」

門から館の中に入り、中庭まで鹿毛を歩ませてから、太郎暮房は下馬した。地に足をつけた途端、まるで階《きざはし》を踏み違えでもしたかのように大きくふらつき、取り囲んでいた男たちが咄嗟《とっさ》に支えて、どうにか転ばずに済む。

「おい、どうだったのだ……何か恐ろしい目に遭ったのか」

馬で五里半もの道程を駆けてきた太郎暮房は肩で息をしていて、うまく声が出せぬようだったが、二度三度大きく頷いて、仲間に応えた。

「おい、この馬の尻を見ろ」

頬に髯を蓄えた男が、太郎暮房の乗って来た鹿毛の尻を指さし、声を上ずらせていった。馬の尻は発《た》つ時に塗りたくった油が乾いて、そこだけ薄衣を貼り付けたような色になっていたが——その片側に、人の手形のようなものが、はっきりと残っていた。しかも人の倍近くはありそうなほど指が長く、掌《たなごころ》も伸びたような形をしている。

「どう見ても、これはこの世の者の手ではない。やはり、鬼に追われたか」

「しかし、あらかじめ塗っておいた油が功を奏したのだな」

出立《しゅったつ》する際には、その弱気な仕込みを嗤ったことも忘れ、集まっていた男たちは、口々に太郎暮房の抜け目ない知恵を讃《たた》えた。

(あれは俺自身の手形であるのに、気付かぬものだな……やはり人は、自分に都合のよい真実だけを欲しがるものなのか)

水を飲まされたり足や肩を摩《さす》られたりと介抱を受けながら、太郎暮房は思った。

あの馬の尻の手形は、自分の右手を押し当て、初めは掌《てのひら》を浮かし、途中から指を浮かして、横に滑らせただけのものだ。

それだけで指や掌が長い鬼の手の痕のようになるのだが、掌の幅そのものは変わらぬので、少し考えれば、すぐに人の手形だと見抜けるはずだ。けれど連中は、鬼の掌であって欲しいと心のどこかで願っているので、そこに考えが至らぬのだ。その方が話が面白いのだから、やむを得ぬか。

やがて太郎暮房はいつもの部屋に連れて行かれ、近江守を前にして、事の仔細《しさい》を語ることとなった。やはり嘘の手形が利いたのか、すでに近江守も彼が鬼と出会ったと思い込んでいるようである。

「やはり安義橋には、鬼がおったのか」

「はい、おりました……殊《こと》の外《ほか》、恐ろしい奴でございます」

「順序だてて、話してみよ」

乞われるままに太郎暮房は、館を出てからの顚末《てんまつ》を話した。

「それから橋の上を馬で進んでいくと……どういうわけか見目麗《みめうるわ》しい女が、供も連れずに一人、欄干に凭《もた》れておりました。私はすぐに鬼に相違ないと悟りましたが、背を向けるのは危ういと考え、そのまま進む他はありませなんだ。すると女が、やにわに声をかけて来たのです」

実のところは、それを機に太郎暮房は女と言葉を交わし、あげくには橋の下の茂みの中で体を重ね繋げるまでに至るのだが——約束した以上、一切他言するわけにはいかない。

「馬に乗せてくれと女は言ったのですが、どう考えても、あのような場所に女が一人でいるとは思えませぬので、私は何も答えずに通り過ぎました。すると突然、女が鬼の本性を現して追いかけてきたのです」

その鬼の顔は朱色で円座《わろうだ》のように大きく、琥珀《こはく》のような目が一つ付いている。背丈は九尺ほどもあって、大きな手に生えている爪は五寸ほどに伸びて、さながら刀のようであった。体は深緑色、頭髪は蓬《よもぎ》のように乱れ、その姿を見た途端に肝が潰れた——と、あらかじめ考えておいた鬼の姿を細やかに語ると、近江守をはじめ話を聞いていた者は、みな一様に肩を窄《すぼ》めた。

（どうだ、俺もなかなか弁が立つであろう）

太郎暮房は、ほんの数刻前まで肌を合わせていた女の白い顔を思い浮かべながら、心中深くで呟いた。

「お願いですから、安義橋には噂通りに鬼がおったと語り伝えてくださいまし」

一度目を終えた後、わずかながらにでも情が移ったのか、女は太郎暮房の裸の胸に頬ずりしながら言った。

「そうでなければ、他の女たちに障《さわ》りがありますゆえ……そんなことになれば、私の立つ瀬がなくなりまする」

その頼みを聞き入れて、見もしなかった鬼の姿をこしらえ、さも本当らしく語っているのだが——これまでにも何人もの男が、自分と同じような嘘を重ねてきたのだろうと思うと、畏れ多いような、面白おかしいような気にもなった。

何でも女が言うには、あの安義橋は夫との間に子のできぬ女が、人に隠れて通りすがりの男と野合する場所として、一部の女たちに知られているらしいのだ。

「子ができぬ女のことを〝うまずめ〟と申しますが、どのような字を書くか、ご存じですか……〝石女〟と書くのですよ。これほど人を……女を莫迦にした言葉がありましょうか」

言葉通りに名も郷も伏せてはいたが、まだ釈然としない顔の太郎暮房を安堵させようとしてか、女は自らのことをわずかに語った。

聞けば女には、それなりの地位の夫がいるらしいのだが、夫婦となって二年以上が経っても、未《いま》だ子のできる気配がなかった。やはり授かりものなので、夫婦睦まじくしていれば、そのうちに……と、初めは鷹揚《おうよう》に構えていたものの、時が進むにつれ、姑《しゅうとめ》らが文句を言い始めた。つまりは、畑に種を蒔《ま》いても芽が出ぬのは、畑が悪いのではないか……と。

「種が悪いことも十分に考えられましょうに、まず初めに女を疑うのです。やはり人は、己には何の非もないと思いたがるものですから」

それは姑らも同じことで、悪いのは自分たちではなく、他所《よそ》から来た方であってほしいと考える。延《ひ》いては、あの畑に種を蒔くのはやめて、新しい畑にした方がいいのではないかと、莫迦げたことを言い出すのだが――しょせんは自分の好む話を選んで受け入れているに過ぎない。人は自分にとって都合のいい真実を好むのだ。自らに非があるのではないかと疑うのは、最後の最後である。

「おかげで、私は生きた心地がしなくなりました……子を生《な》さぬことで肩身が狭く、夫からも、その親からも冷ややかな目で見られるようになったのです。しかし、こちらからは夫の種が悪いのではないか、などとは申せませぬ」

そこにおいても、女は哀れだと太郎暮房は思った。

「そんな時に、この橋の噂を耳にしたのです。ここで以前から、人知れず夫以外の方の子種を貰い受け、子を生しておられる方がいらっしゃると」

「そんな噂があったのか……今の今まで知らなんだが」

女の髪を撫でながら太郎暮房が言うと、女は二度目をねだるように下に手を伸ばしつつ答えた。

「世と口で言えば一文字ですが、その中身はいろいろでございまする。雲の上の方々の世、地下《じげ》の者たちの世、豊かな者の世、貧しき者の世、男の世、女の世、童の世……あなた様にも覚えが在られるでしょうが、それぞれの世だけに伝わる噂というものがあるのでございますよ」

なるほど、同じ土地の上で暮らしてはいても、若い者の間で語られている噂と、老いた者の間に流れている噂には差異があるものだ。おそらくは好みも考え方も異なるからであろうが――この橋の噂は、おそらくは石女呼ばわりされていた女たちの間に、密《ひそ》やかに伝わっていたものに違いない。

「もともと、この川の近くには、遥か昔に百済《くだら》から渡来してきた方たちが多く住んでいたと聞きます。〝あぎ〟という言葉は、その方たちの長《おさ》のお名前だったと言いますが、百済の言葉で赤子という意味でもあるのですよ」

「ほう、そうなのか」

橋の下の茂みの中で再び絡み合いながら、太郎暮房は応えた。

「私はそのように聞いておりますが、確かなことは判りませぬ。たまたまかもしれませぬし、真に赤子という言葉から、土地の名が成ったのやもしれませぬ」

さらに女が言うには、この橋に鬼が出るという噂も、もともとは石女呼ばわりされた女の誰かが流したものではないかということであった。むろん人を遠ざけるためだが、向こう見ずで勇を誇る男を見つけるのにも、その噂は一役買っていると考えられる。その手の男は、あまり難しいことを言わず、単純に自分の欲求に忠実で、子種を集めるに苦がないらしいが──それが真理か否かは、太郎暮房には今一つ判らない。

「なるほど、どうにか事情は判ったが……それで本当に子ができたら、どうするのだ」

再び女の胸に唇を這わせながら太郎暮房が尋ねると、女は事もなげに言った。

「もちろん産み育てまする。私の子であるのは、間違いのないことですから」

「夫の耳には……」

「まさか。どうして、わざわざ耳に入れましょう。夫は我が子と信じて、その子を慈しめばよいのです。むろん私も鳥辺山《とりべやま》の煙となるまで、胸の中に秘め続ける所存でございまする」

なるほど、この女に子さえできれば、夫の面目も立ち、その家の為にもなる……というわけか。考えてみれば、少し恐ろしくもある話だ。

やがて女の中に四度も子種を放って、太郎暮房は解放された。

「これにて今生《こんじょう》、もう二度とお会いいたしませぬ。万が一にも、どこかで巡り合うことがあっても、絶対にお声など掛けずに過ごされますように」

「心得ております。それ故に、あなたは名も郷も伏せたままでいらっしゃるのでしょうから」

衣服を整えながら太郎暮房が他人に戻って答えると、女は幽《かす》かに笑って言った。

「来年の如月《きさらぎ》辺りになりますれば、あなた様の知らぬところで、あなた様の御子が健やかにしておると思ってやってくださいまし」

なるほど、うまくすれば十月十日後に、女と自分の子が生まれてくるやも知れぬ。それはまだ寒の残る如月の頃だ。

こんな時こそ……と、太郎暮房は一首詠《よ》もうとしたが、才のない身には叶わぬことであった。そもそも、女はそんな思いを交わし合うことなど望んではいない。女はただ、夫以外の男の子種を集めに来ただけのことだ。

ここまでしても子ができなかったら、この女はどうするのだろう――そう考えると、女を哀れに思う気持ちもないではなかった。怖くて聞けぬが、女とて望んで夫以外の男の子を産みたいとは思ってはいないだろう。そんな思い切った方策を取らねばならぬほど、女は追い詰められていたのだ。

(何が石女だ)

あの女ではないが、本当に女を物のように見ている厭な言葉であると思う。

子を生すことが、そんなにも大事か……と自分は考えてしまうが、やはり男には男の世が、女には女の世があるので、容易く断じてしまうのは、思慮も情も薄い行いなのであろう。

そう思えば、人気のない橋の上で子種を供する男を待ち続ける女というのも、どこか鬼めいた心根があるように思えた。

「なるほど、相判った……あわや、犬死にをするところであったな」

やがて太郎暮房の話を聞き終えた近江守は、深い溜め息をつきながら言った。

「これに懲《こ》りて、つまらぬ言い争いはせぬことだ。褒美《ほうび》と言うわけではないが、お前が生きて戻って参った祝いに、あの鹿毛をやろう。愛馬とするがよい」

それだけ言いおいて、近江守は部屋を出て行った。太郎暮房は床に手をついて頭を下げていたが、その顔は、やはり笑っていた。

身分のある方は、何かにつけても吉凶を気にするものだ。鬼に触られた馬など、身の近くに置いておくべきではない……と、近江守ならば考えるに違いない。それを見越して、わざわざ嘘の手形を付けておいたのだが――その目論見《もくろみ》がこうも簡単に当ると、どうしても笑みが込み上げてくる。

「いやぁ、何より命があってよかったな」

「わぬしの勇は大したものだ。あの橋に一人で行くことなど、到底俺にはできぬ」

近江守の姿が見えなくなってから、部屋に集まっていた連中が自分を取り巻いて口々に言った。その中に鵃に似た男の顔を見付け、その横っ面を太郎暮房は、いきなり殴り付けた。

「な、何をするのじゃ」

男は本当の鵃《みみずく》のように丸い目を大きく見開き、首を何度も傾げた。しかし、太郎暮房は何も答えず、ましてや詫《わ》びもしなかった。

「なるほど、わぬしが焚《た》きつけたせいで、死ぬような目に遭ったのだ。殴りたくなる気持ちも判ろうものよ」

髯の男が言ったが、鵃に似た男は得心できないようであった。

「そもそも橋の話を初めにしたのは、わぬしではないか。どうして俺だけ、殴られなくてはならぬのだ」

「そなたは厩から、鹿毛まで引き出して来よったからな……まぁ、ここは生きて帰って来た祝いに、堪《こら》えてやるがよい」

それでも鵃に似た男は不満げな顔で、口の中で何事か呟いていた。太郎暮房は素知らぬ顔であったが——実は、その男を殴った訳は別にあった。

その男は昨年、子のできなかった妻を郷に追い返して、新しく若い妻を娶《めと》ったのである。

追いやられた妻に代わって腹立ちをぶつけてやれるのは、おそらくは〝安義橋の鬼〟に会った自分だけなのであった。

四

その後、太郎暮房は手に入れたばかりの鹿毛に打ち跨《またが》り、意気揚々と自分の館に戻ったが――事の吉凶を気にするのは、何も近江守だけではなかった。帰ってきた夫の話を聞いた妻が、それこそ気を失いかねぬほどに驚き、恐れおののいたのである。

「何ということでしょう……あなたは真に、鬼と相まみえたのでございますか？」

「あぁ、確かに。けれど案じずともよい。この通り、何事もなく戻ってきたのだからな……そのうえ、近江守殿から馬まで賜ったのだ。むしろ僥倖ではないか」

「何が僥倖でございましょう。この世ならぬ者は、我らには計り知れぬ力を持っておるというではないですか。目に見えぬ形で祟《たた》って参ることも、よく聞く話でございます」

「そんなに心配するな。鬼に掴まれかけた馬も、こうして達者でおる」

実のところ、〝安義橋の鬼〟の正体が当り前の人間の女であることを伝えて、安心させてやりたい気持ちもあった。けれど、その女との間にあったことを妻に詳《つまび》らかにするわけにはいかない。むろん、鬼の手形は自分が作ったものであることもだ。

「仰《おつしや》る通り、馬には今は何も起こっておらぬようですが、明日には鬼の邪気が回って身罷《みまか》っておるやもしれませぬぞ……あなたは暢気《のんき》が過ぎまする」

そんなことは絶対に起こり得ぬと太郎暮房は笑いたい気分であったが、それらの言葉を聞き流してしまうと、どれだけ妻が臍《へそ》を曲げるかも心得ていた。

「ならば、如何にすればよいと申すのだ」

「それは私にも判りませぬ……ですが、明日にでも私が陰陽師殿の元に出向き、御言葉を賜って参りまする。必ずや、それに従って貰えましょうな」

「うむ、好きにすればよい。その御言葉とやらにも、従おうではないか」

妻と連れ添って六、七年というところであるが、とりあえず妻の機嫌の取り方は心得ているつもりである。それは頭から押さえ付けず、二つに一つは、妻の言うことを素直に聞き入れることだ。

「それにしても、一人で安義橋に行くとは、何と命知らずな……あなたの身に何かあれば、如何するおつもりだったのでございますか」

妻の口から橋の名が出た時、胸に鈍い痛みを感じないではなかった。橋では欲に負けて美女を抱いてしまったが、当り前に妻を愛《いと》しく思ってもいたからである。行いと心が嚙み合っていないと誹《そし》りを受けるかもしれないが、人というものは大方、そんなにも自分勝手で適当なものだ。

「だから、すまなかったと申しておる……近江守殿の知るところとなっていた以上、どうしても引けなかったのだ。あそこで尻尾《しっぽ》を巻いていたら、お前や子までもが、臆病者の家族と蔑《さげす》まれていたかもしれぬのだぞ。俺一人が笑われて済む話ではない」

「そうかもしれませぬが……それで何かあっては」

「すまぬが、もう言うな。すべて無事に終わったことだ。これでお前が陰陽師殿の御言葉を賜って来てくれさえすれば、何の不安もなくなるではないか」

そう言いながら太郎暮房は、妻の手をそっと握った。二人の子を産んで昔より肥えているが、そこが可愛くもある。

その柔らかな温《ぬく》もりを感じながら、思わず小さく笑ってしまう。鹿毛に執着したように、この妻を娶る時も、我ながら強引なことをしたのを思い出したからだ。

太郎暮房には一人、同腹の弟がいる。名は次郎明房《じろうあけふさ》というが、兄の自分が〝暮れ〟で、弟が〝明け〟であるのは、単に生まれたのが、それぞれに夕暮れと夜明けだったからだという。

妻はもともと弟の朋友《ほうゆう》の妹で、弟とは幼い頃から見知っている間柄であった。長じてからも親しくしていたが、弟の言葉通りならば「男女の仲には、程遠し」だったらしい。けれど、やはり弟が昔の妻を憎からず思っていたに違いないのは、血を分けた兄弟なら容易く悟れることだった。

それを知っていたはずなのに、乙女となった頃の妻に、どうしようもなく心惹《ひ》かれたのは兄の太郎暮房である。何が何でも自分が娶りたいと息巻いて、その頃は健在だった父を説得して手を回して貰い、素早く話を決めてしまったのだ。

もし引っかかるものが在るとすれば、弟の気持ちであった。兄という立場を振りかざして、弟から女を取り上げたとなれば、さすがに後味が悪い。

けれど、自分の強引さを棚に上げて謗るのも憚《はばか》られるが、その頃の弟は初心《うぶ》が過ぎた。朋友と姻戚になれることばかりを喜んで、その妹への思いを決して口にせずにいた。あるいは家のことなども考えに入れていたのやもしれぬが、つまりは朋友の妹を妻とすることを選ばず、義姉と呼ぶことを受け入れたのである。

その弟は今、陸奥守《むつのかみ》について任国に赴《おもむ》いているが、父亡きあと寡婦となった母まで連れて行ったのは、そちらの国に骨を埋《うず》める所存であるからに違いない。その決断に、兄とその妻への拘泥が在るか無きかは、今もって判らない。

あくる日、妻は言葉通りに陰陽師の元を訪れ、御言葉とやらを賜ってきた。

「次の寅《とら》の日に、厳しく物忌《ものいみ》せよとのことでございました」

次の寅の日というのは、それから三日ほど後である。

「物忌とは、どうすればいいのだ？」

「館のうちに籠《こも》って一歩たりとも外に出ず、誰にも会わずに、ひたすらに心身を清めることだそうでございまする」

聞いてみれば、何ということもない。もしや滝行でもさせられるのか……と構えていたので、ただ家の中で過ごしていればいいとなれば、むしろ肩透かしを食らったような気持ちだった。

「なるほど、それで心身が清められるなら、喜んで籠っていようではないか」

むろん手に入れたばかりの鹿毛を乗り回したい気持ちもあったが、それくらいのことで妻が納得するのなら、むしろ楽なものだ。

やがて寅の日が来て、太郎暮房は夜明けから門を閉ざし、館の奥の部屋で一人過ごしていた。何もしないことが肝要らしいので、ただ座していたのみであったが、途中、何度か居眠りすることもあった。

（あの女、今頃はどうしているだろう）

暇に飽かして、安義橋で会った女を思い出す。その艶やかな髪に白い顔、少し吊った目、長い睫毛、甘い匂いのする胸元、形のよい乳房――さほどの時も流れていないのに、まるで夢の中で見たもののように懐かしい。

あの日に女自らが言ったように、今生で再び相まみえることはないだろう。

そう思うと少し寂しくもあり、あの鹿毛に打ち跨《またが》って探し回りたい気持ちも起こったが、女が名も郷も語らなかったのは、そんなことを絶対にさせないためだ。むろん女がこちらを探したいと何かの拍子に思っても、自分が栗本郡に住んでいるくらいのことしか手掛かりがないだろう。

（うまい具合に、子はできたのだろうか）

ほんの五日ほどしか過ぎておらぬので、それはまったく判らない。けれど四度も、女の中に子種を放ったのだ。そのうちのどれかが、役目を果たしてくれていればいい。うまく行けば、来年の如月には女は子を産む。むろん、その間に夫とも肌を合わせるであろうから、どちらの子と正しく断ずるのは難しいかもしれぬ。けれど、それで女が〝石女〟などと囁《ささや》かれることがなくなれば、何よりではないかと思う。

そう考えた時、頭の隅に小さく閃《ひらめ》くことがあった。

（しかし……それで生まれた子は）

奇妙なことに、それまで一度も、当の子供については考えが浮かばなかった。

女は鳥辺山の煙になるまで胸に秘め続けると言っていたが――それが万に一つでも漏れたら、当の子はどんな人生を歩むことになるのだろう。父と信じていた人が、その実は父でなかったことを悲しく思うだろうか。そして本当の父を、探し求めるだろうか。

（いや、あの女が秘密を漏らすようなことは、決してあるまい）

思えば女については何も知らないが、そう信じる他はない。

そんなことを考えていた時、籠っている部屋の入口に、不意に妻が姿を見せた。

「少し困ったことになりました……今、門の外に次郎明房様が参っておられます」

「弟が？　まさか陸奥から参ったのか」

「何か火急の御用だそうで」

もし弟ならば、それこそ四年ぶりくらいにはなろうが——よりによって、物忌の最中に来るとは。

「やはり……会うのは、まずいのだろうな」

機嫌を伺うように尋ねると、やはり妻は険しい顔になった。

「すでに日も落ちかけている頃合いですが、ここで次郎明房様にお会いになれば、せっかくの潔斎《けっさい》が無駄になりましょう。今夜はどこか別のところに泊まっていただいて、明日、もう一度来ていただくように申し上げては如何でしょうか」

「ならば、そのように伝えてくれ」

太郎暮房が言うと、妻は静かに頭《かぶり》を振った。

「実は私の口からは、すでに申しました。けれど、どうしても兄に会わせてくれと繰り返されるばかりで……ご存じのように私も幼い頃からの付き合いでございますから、あまり強く申せないのでございまする」

「ならば門を挟んで、俺が言おう。会いさえしなければ、障りはあるまい」

実のところはどうか知らぬが、そう答えるしかなかった。

やがて太郎暮房は館の門の内に立ち、門の板越しに声をかけた。

「次郎明房か」

「はい、兄者《あにじゃ》、弟の次郎明房でございまする」

その懐かしい声を聞いた刹那《せつな》、会いたい気持ちが問答無用に頭を擡げるが、今だけは堪えねばならぬ。

「わざわざ陸奥より参ったそうだが、あいにく今日は堅い物忌をしているのだ。すまぬが会うのは明日にしてはくれぬか。今夜は、どこか知り合いの家にでも泊まらせて貰ってくれ」

「兄者、それはあまりと言えば、あまりの御言葉でございまする……実は先日、母上が亡くなられました。それをお伝えしようと、大急ぎで参りましたのに」

「何、母上が」

ここ数年、会えぬままに時を過ごしていたが、いつも気にかけていた母であった。ついには死に目にも会えぬまま、終《つい》の別れとなってしまうとは。

(もしや、この知らせを聞くために、今日は館に籠っていたのかもしれぬ)

おそらく陰陽師の指示がなければ、自分は今日も国府に顔を出したり、手に入れた鹿毛を得意満面に乗り回していたことだろう。けれど今日ばかりは、弟がはるばる母の訃報を知らせてくるから、必ずや館に控えているように……と、陰陽師は見抜いていたのやもしれぬ。

「判った。今、開けてやる」

心を決めてしまうと、まったく躊躇《ちゅうちょ》することなく、太郎暮房は門の扉を開けた。その向こうには弟の懐かしい顔があったが――身に着けているのは、黒い喪服であった。

「兄者、お久しぶりでございます」

何年振りかの弟は、そう言いながら大粒の涙を零《こぼ》していた。それに釣られたように、太郎暮房の目からも涙が零れた。


やがて夜となり、庇《ひさし》の間《ま》で共に食事しながら、兄弟は亡き母について語り合った。妻は庇の間に接した部屋の御簾《みす》の内にいて、二人の話を聞いている。

「思えば父上が亡くなってから、母上もお寂しかったであろう。お前が近くにいてくれて、本当に有難かった」

「いいえ、私も母上が近くにいてくだすったので、いろいろ助かりました……何せ、まだ妻のいない身の上ですからね」

弟は太郎暮房と二つしか違わないが、未だ独り身であった。貧しいわけでもなく、見目も悪くないのに、なぜか妻を娶らないのだ。

もしかすると、今も弟は自分の妻に執着を持っているのかもしれない――そう思いながらも、太郎暮房は底意地の悪いことを尋ねる。

「誰ぞ思いを寄せる女でもおるのか」

その言葉に、少し驚いたような表情を浮かべた後、弟は笑って答えた。

「兄者が、それを私に尋ねまするか」

「俺が尋ねるのは、おかしいか」

わざとふざけた口調で尋ねる。そうでもなければ、思いがけぬ言葉が弟から飛び出してきそうで、少し怖い気がしたからだ。

「兄者には、敵いませぬな。確かに心を寄せる女はおりまする。けれど、いろいろ面倒なことがございまして……一筋縄には行かぬのですよ」

そう言いながら弟が何気なく体を動かした時、その横には一本の太刀があるのが見えた。

「何だ、この兄と食事を共にするのにも、お前は太刀を携えておるのか」

「これは失敬。ですが、これは習い性でしてな。陸奥では、いつ何が起こっても国守殿《くにのかみどの》をお守りできるよう、太刀を手放さぬように申し付けられておるのです」

「さようか……なかなか気の抜けぬ務めであるようだな」

そう言いながらも、太郎暮房は落ち着くことができなかった。

「次郎、やはり太刀が目に入っていては、俺が休まらぬ。荷物のところにでも置いて来るがよい」

「いいえ、それはご勘弁願いたい」

兄である自分の言うことは何でも聞いていたはずの弟が、何とも冷たげな口ぶりで答える。

その声を聞いた刹那、弟が自分の見知っている弟と違っていることを太郎暮房は悟った。

（こいつ、何かが違うぞ）

思わず太郎暮房が腰を上げると、弟はすばやく太刀を抜いて、切っ先を兄の鼻先に突き付けてくる。

「さすがは兄者……私の殺気を感じ取られましたな」

いつの間にか弟の顔付きは、これまでに見たことがないほど鬼気迫るものになっていた。

「私も甘い。十二分に覚悟は決めて参りましたのに、やはり童の頃から見知った顔を前にすると、さすがに心が揺れまする」

「次郎、何を言っておるのだ」

「実は兄者、母上が亡くなる前に、一つ面白いことを漏らしたのですよ」

そう言いながら次郎明房は、泣いているとも笑っているとも知れぬ表情を浮かべた。

「何だ、それは」

「兄者が私の兄であるのは間違いのないことですが……父上の子ではないのです」

つまり、それは――どういうことなのだろう。

「母上は、かつては石女《うまずめ》と呼ばれていたのですよ。父上と一緒になってから、五年が過ぎても子ができなかった」

確かに自分たちは、母がかなり年を経てから生まれたと聞いてはいるが、こうして二人も生まれているのだから、石女呼ばわりされる筋合いはなかろう。しかも自分が次郎明房の兄であるのに、父の子ではないとは……。

「母上は、子ができぬのは父のせいと信じて、どこの誰とも知れぬ男の子種をもらったのです。むろん誰にも語らずに」

「それが俺だと言うのか」

「そういうことになりますな。つまり母上は、真の石女ではなかったのです」

それを耳にした時、太郎暮房の頭の隅には、靄の立つ川にかかった古い橋の光景が浮かんだ。つまりは母もまた、〝安義橋の鬼〟であったということか。

「それならば、お前は何なのだ。子ができぬのが父上のせいならば、お前が生まれるはずはなかろう」

弟と話しながらも、太郎暮房はじりじりと後ずさって距離を空け、同時に己の太刀を探していた。しかし、いつもの太刀掛に、なぜか太刀がない。

「それが……女性《にょしょう》の体というものは、不思議なものですな。あるいは兄上を産んだおかげで、母上の身に何らかの変化があったのかもしれませぬ。母上の言うによれば、私は当り前に父上と母上の間にできた子だそうですよ」

母の産んだ子であるから、次郎明房の兄であるのは間違いない。しかし父の子ではないというのは、そういうことか。

「それを聞いた時、さすがに私は莫迦らしくなりました。家のことを思えばこそ、幼い頃からあなたに従い、ついには愛《いと》しく思う女まで譲ったのに……父の長男であるはずの兄者が、どこの誰とも知らぬ男の子であったとは」

そう言い終えるや否や、弟は太刀を勢いよく横薙《よこな》ぎにした。太郎暮房はとっさに身をかわしたが、左肩近くに浅い傷を負う。

(太刀を……俺の太刀を)

周囲を見回すと、どういうわけか几帳《きちよう》の前に立っている妻が、太刀を抱えているのが見えた。

「早く、それをよこせ」

思わず右手を伸ばすと、空いてしまった脇腹めがけて、弟の太刀先が食い込む。痛みよりも、何か熱い棒を押し付けられるような感覚がした。

「当の母上だけは、すべてを知っておられたのです。だから兄者は暮房で、私は明房なのですよ。生まれた刻から取ったと折に触れて申されておりましたが、実は違うのです。兄者は暗がりの子で、私こそが正統な父の長男であるという意味なのです」

「そんな莫迦な」

その刹那、脇腹から太刀が引き抜かれて、温い血が噴き出した。

「父上の子ではない兄者が、父上の財産を受け継いでいるのは、おかしな話ではありませんか。言ってみれば兄者は、母上の犯した間違いです。間違いは、正さなくてはなりませぬ」

脇腹の痛みに身を屈《かが》めた時、その背中を弟の太刀が切り裂いていく。

「早く……太刀を」

それでも妻に向かって手を伸ばすと——妻は怯《おび》えたように顔を背《そむ》けていたが、その目には弟と同じような冷たさが浮かんでいるのを太郎暮房は見た。

「太刀をよこせと言うに」

妻は太刀をきつく抱きしめ、絶対に取られまいとした。その姿に呆然《ぼうぜん》とした隙に、弟の太刀が背中から胸を貫き通した。すぐさま立っておられぬほどに力が抜け、太郎暮房は両膝をつく。

「大丈夫ですよ、あなた。あなたは鬼に食われたことになるのです。きっと誰もが、納得することでしょう……安義橋の鬼と出会った男が、取り殺されたと」

妻の言っていることが、何故か理解できない。血が流れ過ぎて、頭の動きが鈍くなってしまったからだろうか。

(つまりは……妻と弟は、俺の知らぬところで手を携えていたということか)

いったい、どこからどこまでが二人の策謀であるのか、ぼやけた頭では推し量ることができなかった。いずれにせよ、その原因を作ったのは、かつての自分であることは間違いなかろう。

「兄者、御安堵くだされ。姉上は、これからは私の妻として、幸せに暮らしましょうぞ。いえ、もともとはそれが正しいのです。兄者がいなくなれば、すべての間違いが消えて、本来の道筋に戻るのですよ」

弟の声が、遠くから響いた。

やがて消えていく意識の中で、太郎暮房は三人の子供の姿を見た。二人は、今も同じ屋根の下にいるはずの自分の子供であったが、もう一人、見覚えのない子の姿が交ざっている。

花のように可愛い、女の子であった。

鬼哭啾々《きこくしゅうしゅう》。

第五話　松原《まつばら》の鬼

今昔物語「内裏《だいり》の松原にして、鬼、人の形《なり》となりて女を噉《く》らふこと」より

一

再び遠い古《いにしえ》——小松帝《こまつのみかど》（のちの光孝帝《こうこうてい》）が御位《みくらい》につかれた翌年の春のことである。

平安京の左京、賑《にぎ》わう東市《ひがしのいち》の見世《みせ》の間を、全力で走る二人の童《わらわ》の姿があった。一人は十三、四、もう一人は十に届いたか届かぬかの年頃で、襤褸《ぼろ》同然の衣を身に着け、一目で貧しい家の子らと判る。それぞれ胸元に白っぽい袋を大事そうに抱え、必死の面持ちだ。

「止まれ、悪たれども！」

その後ろを、狩衣《かりぎぬ》に立烏帽子《たてえぼし》姿の若い男が追いかけている。見るからに下っ端役人、おそらくは市司《いちのつかさ》の手の者であろうと察しが付く。砕いて言えば、市の警備に当っている役人だ。

若い男は顔を赤くして追いかけるが、人の流れの中を魚が泳ぐ如く走りまわる童たちとの距離は、なかなか縮まらない。

「止まれと言うのが、聞こえぬか！」

そう言いながら男は、前を走る幼い童の背中を摑もうと、思い切り手を伸ばした。それに気付いた童が大きく体を翻《ひるがえ》すと、無様《ぶざま》にも男の手は宙を切り、体勢が大きく崩れる。

「おっ、とっ、とっ」

重心を外した体は言うことを聞かず、男は剽《ひょう》げた舞のように両腕を無意味に回したかと思うと、そのまま飛び込むように、土器《かわらけ》を商っていた見世の棚の上に倒れ込んでしまった。いくつもの皿や器が弾け飛んで凄まじい音を立て、それに驚いた野良犬が吠《ほ》える。

「うわっ、何てことを」

見世の主《あるじ》らしい痩せた翁《おきな》が気色《けしき》ばむが、男は傾いた烏帽子を手早く直し、威厳を取り繕って言った。

「すまぬ、お役ゆえ許せ」

「俺には、お役人が勝手に転んだように見えましたがな。やれやれ、とんだ不始末を……おい、ちょっと、あんた」

文句を垂れようとした見世の主は、男が立ち上がるや否や、何もなかったように童の追跡を続けようとしたので、あんぐりと口を開けた。

「お役人！　まさか弁償もせずに行かれるつもりか」

「話は後で聞く」

慌てた主の叫び声に男は振り返って口早に答え、一直線に童の方へと駆けていく。

「おのれ、東市司《ひがしのいちのつかさ》に捻《ね》じ込んでやるからな！　偉そうに、何がお役だ。あの間抜けぶりでは、どうせ使部《つかいべ》風情だろうが」

主はさらに罵詈雑言《ばりぞうごん》を男の背中に放ったが――実は男の耳には、すべて届いていた。ただ聞こえぬふりをしていただけのことだ。

(お役と思えばこそ、こちらも身を粉《こ》にしているというに……言いたいことをほざきおる)

特に〝使部風情〟という言葉が胸に刺さった。自分が人より能力の乏しい人間であることは、あんな地下《じげ》の翁にさえ、容易に看破されてしまうのだろう。

「貴様ら、許さんぞ」

込み上げてくる苛立《いらだ》ちを振り払うように、若い男は獣のように吠えて、さらに童たちを追いかける。やはり私怨が入ると力が出るのか、男の足はわずかに速くなり、とうとう幼い方の童の首根っこを捕らえた。

「貴様、役人の目の前で米を盗むとは、なかなかの剛胆よな」

「うわぁ、兄《あん》じゃあ」

首筋の後ろを摑まれ、童は声を張り上げた。それを見た年上の童は足を止め、観念したように肩を落とした。それから息を一つ深く吸い込み、しっかりとした足取りで男の前に戻ってくる。何事かを悟った僧のような、覚悟を決めた面差しだ。

「お役人さん、お願いだから、弟の首から手を離してくれよ。痛そうじゃないか」

その言葉に男は力を緩めたが、手を離しはしなかった。

「おまえは、こいつの兄か……本来ならば、弟を教え諭《さと》さねばならぬ立場だろうに、一緒になって盗みを働くとは何事か。俺が性根を叩き直してやる」

そう言いながら、男は兄の方の首根っこも摑んだ。

「待ってくれよ、お役人さん。米を盗ませたのは俺なんだ。弟は俺の言うことを聞いただけなんだ……だから、弟は許してやってくれよ」

首根っこを押さえられたまま、兄は哀れげな声を出した。

「いや、この東市で盗みや不正を働く者は、たとえ童と言えど見逃すわけにはいかぬ。それが俺のお役だからな」

男は役人らしい顔付きになって、冷たいくらいの口調で言った。

「実は父ちゃんが仕事で怪我をして、働けなくなっちまったんだ。だから……家には何も食うものがないんだよ。こいつの下にも小さい弟と妹たちがいて、ここ何日もまともに食わせてやれてないんだ。なぁ、お役人さん、頼むよ」

弟を助けたいという気持ちは本物なのだろう。その証拠に薄汚れた顔の中で、目だけが強く光っている。その目に心が動かされないでもなかったが、男は頭を横に振った。

「哀れとは思うが、罪は罪。罪人は罰を受けるのが、当然の理《ことわり》ではないか」

そう言った時、背後から男の肩を叩く者があった。振り向くと例の土器売りの翁が、鼻息を荒くして立っている。

「お役人様よ、いくつも売り物を駄目にしておいて、そのまま行くという手はなかろう」

「すまぬが今は、お役の最中なのだ。その件は、後で聞くと申したではないか」

童たちを叱りながら、同時に自分も叱られるというのは、あまりに落ち着かない。

「悪いが、その手には乗りませぬぞ。後日後日と逃げ回って有耶無耶《うやむや》にするのは、役人の得意だ。たった今、罪は罪だと言っていたのは、あんたの口だろう」

どうやら翁は、身分の違いにあまり頓着していないようであった。一応は言葉遣いに気を使っているものの、仮にも貴族をつかまえて、地下の者が〝あんた〟呼ばわりはない。

（この翁、やはり使部《つかいべ》である俺を軽んじておるな）

そう思うと正直、悔しくはあった。けれど、それも仕方がないか……とも思う。

使部は役人の中でも最下級と言ってもいい身分で、諸役所で雑務に駆使される。六位から八位の下級貴族の嫡子を能力に応じて三つに分け、上位の者は大舎人《おおとねり》、中位の者は兵衛《ひょうえ》の位につけられるが、使部は最も能力が劣っていると判断された下位の者がなるのだ。

つまり使部を務めているというだけで、〝下級貴族の嫡子の中でも、劣った者である〟という看板を、首から下げているのと同じことだ。世間ずれした地下の翁から見れば、嘲笑の種になりこそすれ、恭《うやうや》しく頭を下げる気になどならないのであろう。

「お役人さん、弟は見逃してやってくれよ」

「お役人、上からお叱りを受けるか弁償するか、どちらを選ぶんだね」

気が付けば、男たちのまわりを何人もの野次馬が取り巻いていた。翁の声の大きさが人を集めたに違いないが、哀願されつつ詰《なじ》られてもいる役人の困惑ぶりは、見ている分には面白いに違いない。

「お役人さん」

「お役人」

あぁ、うるさい！　と怒鳴りたくもなるが——市司の使部である限り、多くの人目があるところで逆上するわけにもいかない。

「ははぁ、ずいぶんと困っておられるようですな」

いい加減にうんざりしたところで、ふと涼やかな男の声が聞こえた。

そちらの方に顔を向けてみると、野次馬の中から一人の青年が前に歩み出てくる。小柄だが背筋の伸びた、二十歳そこそこの若者だ。

「お役人、二つの揉め事を、難なく片付ける術《すべ》がありますぞ」

野次馬の中から、「おぉ、天河《てんかわ》さんだ」という言葉が、いくつかの声で聞こえた。

「いきなりの御無礼、申し訳ありませぬ。お困りの御様子でしたから、つい声を上げてしまいました」

そう言いながら青年は、キュッと目を細めて笑った。どこか猫を思わせる顔付きになるが、それが人懐こそうにも見える。

粗末な衣に、退紅《たいこう》や雑色《ぞうしき》が用いる平礼《ひれ》烏帽子を被っているのを見れば、身分のない者であろうと察しが付けられるが――何より目を引くのが、烏帽子の下から見えている髪に、短冊ほどの幅の銀の帯が真っすぐに走っていることだった。いや、実際は帯ではなく、右耳のすぐ後ろ辺りの髪が、一束だけ鮮やかな銀髪になっているのだ。

（この男は……何者なのだろう）

髪こそ風変わりではあるものの、男には何とも言えぬ気品が漂っているようにも思えた。だから役人の男は、この男に何と呼びかけるべきか、すぐには判断できずにいた。〝貴様〟だの〝あんた〟だのと呼ばわるのは、やや畏れ多くも感じる。

「申し遅れました……私は七条菖蒲小路《しちじようあやめこうじ》に住まう牧《まき》ノ天河と申す者でございます。見ての通り、位もなく頼みとする親もなく、ただ細々と本の写し書きで糊口《ここう》を凌《しの》ぐ身の上の、取るに足らぬ者でございますよ」

天河と名乗った男はさらりと言ったが、この若い身空で本の写し書きが実際にできるのならば、かなりの教養を身に付けた人間であるのは間違いない。また、周囲の者が〝さん付け〟で呼ばわっているところを見ても、それなりの人物として知られているのではないか。

若い役人は、果たして自分も自己紹介をするべきか……と、ほんの刹那だけ迷ったが、改まって作法通りにするのも奇妙に思えたので、「私は東市司使部、友田《ともだ》ノ厚信《あつのぶ》と申す」とだけ伝えた。

「お役、ご苦労様にございます」

天河は、深々と頭を下げる。珍しく役人としての正しい扱いを受けたように思えて、厚信も悪い気はしなかった。

「して、二つの揉め事を難なく片付ける方法とは、どのような？」

「あぁ、それはですね」

そう言うと天河は懐に手を入れ、鈍く輝く小さな塊を取り出した。

「まず童たちの件ですが、私が彼らに米を買ってあげたということにすれば、どうということはないのではありませんか？　ほれ、おまえたち、今から米を失敬した見世に戻って、主にこれを渡すんだ。ちゃんと詫びをするようにな……それまで、この米の袋は私が預かっておく」

天河は童たちの手から白い袋を預かり、年上の童の掌《てのひら》に小さな塊を置いた。それは蜆《しじみ》の片貝ほどの小さなものだったが、鈍い白の輝きを放っている。

(もしや……銀か？)

そうだとしたら、米二袋には多すぎる代価だ。

目を見開いている厚信に気づいた天河は、耳元に口を寄せてきて言った。

「よもや、米を返そうが罪は罪だとでもおっしゃるのではないでしょうな」

「その通りです。盗みをしたという事実は消えませぬ」

厚信は胸を張って答えた。しょせん自分は位の低い使部なのかもしれないが、だからこそ職務に忠実でなければならない——それが彼なりの自負だ。

「なるほど、立派なお役人様だ」

天河は惚《ほ》れ惚《ぼ》れした口ぶりで言った。

「あなたのようなお役人ばかりだったら、この都も住みよくなるのでしょうが……残念ながら、そうでないのが痛いところです」

その時になって、厚信は仄《ほの》かに芳《かぐわ》しい香りが天河から漂っているのに気が付いた。何とは言い当てられぬが、香木の類《たぐい》が身に焚《た》きしめられているに違いない。地下の者には、あまりない習慣だ。

「けれど、その筋を通そうとなさるのなら、土器屋の件は、どうにも成りませぬぞ。私は同じようにこれを主に渡して、話を付けようと思ってましたのに」

そう言いながら天河が取り出したのは、さっきと同じような小さな銀の塊だった。おそらく見世にある土器のすべてを買っても、余りある代物である。

「実は、藤原《ふじわら》家のさる方から請け負った仕事を終えましてな。その礼として、かなりの値をいただいたのです」

「藤原の……」

惜しげもなく銀を使うこともさることながら、藤原家と関わりがあることの方に、厚信は驚いた。その名を聞いて身を縮めない役人など、今の都にはいない。

「けれど、こんな言い方をするのも奇妙でしょうが、いささか貰い過ぎだと私も思っておるのです。ですから、ここで困っている方を助けるのに使うのも、また功徳《くどく》と思いましてね。友田殿がよろしいと言ってくださるなら、あのうるさそうな主にこれを摑ませて、場を収めようと思うのですよ。如何でしょうか」

厚信は思わず息を呑んだ。

自分の代わりに壊した土器の代価を支払ってくれるというのだ。普通に考えれば僥倖、願ってもない話である。しかし、それを認めるということは、たった今吐いた自分の言葉を否定することになる——罪は罪、罪人が罰を受けるのは当り前。

むろん迷わないでもなかった。

好き好んで上からお叱りを受けたいと思う役人はいない。できれば不始末を明らかにしないで済ませたいと思うのは人情だ。

しかも、この天河が米の支払いをしてしまったので、童たちが米を盗んだ事実は消えてしまっている。うるさく言えば消えるはずもないのだが、おそらく米の商人は、人に聞かれても、盗まれたとは言わないだろう。むしろ災い転じて福となり、思いがけず儲《もう》けたと答えるに違いない。

すでに盗んだ者も、盗まれた者もいない。このまま落着させても、何一つ問題はない。

けれど厚信は、すぐに頷くことはできなかった。この天河という男が何を考えているのか、量りかねていたからだ。

　言ってしまえば——試されている気がする。

　仕事にどれだけ忠実であるかということも含めて、自分が何を考えて生きているか、何を心の柱にして過ごしているかということまで、この男に試されているような気がするのだ。

「天河殿と申されましたか……あなたも、ずいぶん意地の悪いお方だ」

　しばらくの間考え、やがて厚信は言った。

「御申し出は有難いが、その話に乗ってしまっては、私は自分に申し訳が立たなくなる。やはり正直に、お叱りを受けることにいたしますよ」

　それを聞いた天河は心底つまらなそうな顔をして、どこか呆れた目で厚信を見た。

「あなたは、本当に立派な方だ」

　そう言いながら天河は、手にした小さな銀の塊を、近くにいた土器屋の主の掌に投げた。

「さぁ、お役人が壊した土器の代金です。こうして弁償したのですから、この方の不始末を市司に知らせるようなことはやめてくださいよ」

「ひぇぇぇぇ」

　掌に載せられた銀を見た主は、蹴飛ばされた犬のような声を上げた。

二

それから三月《みつき》ほどの時が流れた夏の日、都中を上を下への騒ぎが起こった。俄《にわ》かには信じられぬことだが――こともあろうに大内裏《だいだいり》の中に鬼が現れ、一人の女を食い殺したというのだ。

「鬼……ですか」

その話を同じ使部の先達《せんだつ》の男から聞かされた時、厚信は他の誰もがそうしたように、目を大きく見開いて尋ね返した。

「そんなものが、宮《みや》の中に現れたというのですか」

「よもやとは思ったが、どうやら本当としか思われぬ。俺も昨日、女が食われたという宴《えんの》松原にまで行ってみたが、地面に血を均《なら》した跡があった」

何でも、先達が言うには――事件が起きたのは一昨夜のことらしい。

詳細な名や身分などは伝わっていないが、三人の女が内裏の松原近くを武徳殿《ぶとくでん》の方から内裏に向かって歩いていた。一昨夜と言えば月は明るく、決して見通しも悪くはなかったはずだ。

その時、松の木の陰から一人の男が不意に現れ、その中の一人の女を呼ばわった。なかなかの好男子だったそうだが、確たることは判らない。ただ呼ばれた女は、嬉しげに男の元に向かっていったらしい。

　他の二人は少し離れた場所に控えて、女が戻ってくるのを待った。おそらく男は女と深い仲にある者に違いないと考えて、気を利かせたつもりだったのだろう。

　けれど、かなりの時が経っても、女は戻ってこなかった。夜とはいえ、あまり長い間会っていては、誰かに見られる恐れもある。無粋《ぶすい》と知りつつも、女たちは男の元に行った女を呼んだ。しかし何度呼んでも、まったく返事がない。

　奇妙に思って松の陰に行ってみると――そこに二人の姿はなく、ただ女のものと思える人の手足が、月の光を浴びて転がっていた。仲間の女たちが、凄まじい悲鳴を上げたのは言うまでもなかろう。

　すぐさま衛門府《えもんふ》の詰め所に駆け込み、知らせを受けた役人たちは辺りを捜索したが、女の姿はどこを探しても見つからなかった。そうとなれば、松原に残されていた手足が、消えた女のものと断ずる以外にはない。

　そして男の姿も、煙の如く消えていた。

　大内裏の周囲には外重《とのえ》と言われる大垣が作られており、そこには〝宮城十二門〟と呼ばれる通り十二の門、加えて上東門《じょうとうとう》と上西門《じょうさいもん》の二つの門がある。つまり全部で十四の門があるわけだが、すでにすべてが閉じられているうえに、それぞれの門には番がおり、その誰もが男が入るのも出るのも見ていなかった。もともと事務方のお役の多くは昼過ぎには終わり、たいていの役人が帰宅してしまうので、夜に大内裏を訪ねる者など、滅多にいないのだ。

「入った者も出た者もなく、しかも女が悲鳴を上げる間もなく殺されているとなれば、手を下したのは人でないもの……まさしく鬼の所業としか考えられまい」

先達の話を聞き、厚信は背筋の冷えるのを感じたが、すぐに信じるわけではなかった。

この世には人ならぬ者が存在し、それらがあからさまな方法で、あるいは目に見えぬ形で、この人の住む巷《ちまた》に影響を与えているというのは、貴族の世界では常識である。人の恨みや嫉《ねた》みが形を持って襲いかかってくることも、あるいは人を惑わせたり病にさせたりするのも珍しくないと考えられているのだ。

下級とはいえ貴族の中に列する厚信も、その常識を自然のものとして受け入れてはいた。

この国は、途方もなく広いのだ。都の近辺から出たことのない自分の知らぬものなど、いくらでもあるだろう。ましてや海の向こうの唐《から》や渤海《ぼっかい》、天竺《てんじく》などまで勘定に入れれば、自分の知っていることなど高《たか》が知れている。それこそ大海の水を、ちっぽけな杯《さかずき》に掬《すく》ったほどのものでしかあるまい。

しかし、それでも——しかと自分の目で見たことの他は、素直に信じ切る気にはならない意固地が、厚信にはあった。

たとえば大和《やまと》の国の出来事であったか、死して三年も経った夫が、生きている時そのままの姿で妻の元に帰ってきた……という話を聞いたことがある。

その夫は、やはり生きていた時と同じように笛を吹きながら妻の元を訪れたそうだが、妻はそれを歓迎するどころか、むしろ怯え、頑として門の中に入れなかった。それを見た夫は、すでに自分が妻とは住む場所が異なってしまったのを思い知り、以後訪れなくなったと言うが――厚信には、この妻の心持ちがよく判った。

死んだはずの人間が、どのような道理で戻ってくるのか、仔細《しさい》に教えられれば、この妻も夫を迎え入れたやも知れぬ。けれど妻には、どうしても納得できなかったのだろう。だからこそ、愛しい夫の姿をしていようと、それを受け入れることができなかったのだ。

厚信も同じである。

確かに夜の辻の暗がりには、何かが潜んでいるように思える時があるし、昼間でも光の少ない森の中で、何かが自分の後を付いてくるような気がする時がある。しかし、それは物盗りを企む悪人か、腹を空《す》かせた獣である場合がほとんどだ。

残念ながら人が面白げに語る怪《かい》も、恐ろしげな霊の姿も見たことは一度とてない。ましてや鋭い牙と爪を持ち、人を喰らうという鬼の姿など、夢でさえ縁がないのだ。以前、どこかの山に酒呑童子《しゅてんどうじ》と名乗る鬼が棲《す》む……という話を耳にしたことはあるが、どうせ埒《らち》もない噂であろう。

ついでに申し添えれば、貴族は何よりも占いを重んじる。占いで日が悪いと出れば、お役を休んでも咎められぬほどだ。そんな風潮が当り前になっている貴族社会の中では、自分のような考え方は異端で、甚だ珍しいものであるのは十分に承知しているつもりである。この性分は、必ずや出世の妨げになることだろう。

けれど、すぐさま考えを改めることもできなかった。占いや目に見えぬ者が在るのは認めるものの、心の中の一片の不審に気付かぬふりをして過ごすような真似もできない。

「しかし……大内裏と言えば、帝のおわします内裏の間近です。そんな怪しげな者の跳梁《ちょうりょう》を、容易く許すものでしょうか」

一通りの話を聞き終えた後、厚信は至って常識的な反論をした。

大内裏は平安宮とも呼ばれ、多くの役所が集まっている。その中心に帝の住まわれる内裏があるのだ。まとめて大内裏と称する者もいるが、本来は区別されるべきものである。

とまれ、その界隈《かいわい》は、それこそ名うての博士や陰陽師たちが、その知恵と修法《しゅほう》で幾重にも防護している、やんごとない地であるはずだ。人を喰らう鬼が、おいそれと近付けるものなのだろうか。

「それよ」

厚信の主張を耳にすると、先達の使部は、やにわに声を潜めて言った。

「ここだけの話であるが……先の帝は、御自らの手で人を誅《ちゅう》し奉りておられるからな。どんな怪異が起ころうと、さして不思議もないというのが世の評判だ」

その言葉を耳にした時、厚信は無造作に胸元を摑まれたような畏怖《いふ》を感じ、とっさに周囲を見回した。

先の帝の陽成帝《ようぜいてい》は、御自らの手で乳母子《めのとご》の源益《みなもとのまさる》を殺害したと言われている。

いわば内裏で起こった殺人なのであるが――それは、いわば公然の秘密であった。そのせいで先帝は御座《ぎょざ》を降りることになったというのは誰でも知っているが、みだりに口には出さない。どうしても語る時は、悪臣を罰として殺すという意味で使われる〝誅する〟という文言を用いていたが、殺された乳母子に如何なる罪があったか、誰も知らぬことだ。

「もしかすると、その鬼というのは、乳母子殿の変わり果てたお姿やも知れぬ」

もし上役の知るところとなれば、それこそ罰せられるようなことを先達は呟いた。

「また恐ろしげなことを……私は何も聞きませせなんだぞ」

思わず両の耳を手で塞いで、厚信は言った。得体の知れぬ鬼よりも、その言葉がもたらす厄災の方が、遥かに怖いのだ。

厚信が職を奉ずる東市司は、読んで字の如く、左京で行われている東市の監督と警備を受け持っている。そこで不正な取引が行われていないか、あるいは狼藉《ろうぜき》や盗みなどが起こっていないか――それらに目を光らせるのが、主な職掌である。

平安京には西市と東市の二つの官営市があるが、それぞれが毎日開かれているわけではなく、月の前半は東市が、後半は西市が催される取り決めになっていた。したがって、受け持ちの東市が行われている間は、それこそ厚信は忙しさに目を回しているのが常だが、逆に西市が行われている間は、何事にも余裕があった。

むろん夜明けと共に役所に出向き、とりあえず昼までは仕事をしなくてはならぬし、その後も屋敷に戻って漢籍を繙《ひもと》いたり、歌の勉強に時間を費やすのが貴族の嗜《たしな》みとされていた。貴族にとって、教養を高めることは出世の大きな足掛かりとなる。

従って先達から恐ろしげな話を聞いた日の午後も、仕事を終えた厚信は真っすぐに屋敷に戻ろうと思ったが——噂の宴松原を覗いて行こうと決めたのは、やはり湧き起こる好奇心が抑え切れなかったからである。

(大内裏の中に鬼が現れるなど、あってはならぬことだ……そんなことが、真《まこと》に起こり得るものなのだろうか)

市の中に設けられた市司所から大内裏までは、さして距離はない。日があるうちならば大内裏に入るのも容易で、見るからに怪しげな風貌でもしていない限り、庶民であっても中に入ることができる。

件《くだん》の〝宴松原〟は、西側の殷富門《いんぷもん》を潜って右近衛府《うこんえふ》と右兵衛府《ひようえふ》の建物の間を抜け、武徳殿を越えたところにある広場である。本来は内裏を移設するための土地だったという話もあるが、詳しいことは判らない。広さは東西八十三丈、南北百四十三丈にも及び、その名の通りに周囲には松が植えられ、その中心で宴《うたげ》が催されたり、競馬《くらべうま》が行われたりしていた。

（ここに一昨晩、鬼が出たのか）

大内裏の門を潜り、松原に至った厚信は、まだ暑さの残る日差しに照らされている風景を眺めながら思った。自分と同じように見物に来たのか、松原の中を漫《そぞ》ろ歩いている人影がいくつもあったが——松原南側の一角に、ひと際人が群れているのが目に入った。おそらくは、そこが女の襲われた場所なのだろう。その証拠に警護の役人らしい男が一人、棒を手にして立っている。

「お役人様、女の手足が落ちていたというのは、この辺りなんですか」

近くまで行くと好奇心に駆られた地下の男たちが、厚信の聞きたいことを代わりに尋ねてくれていた。

「あぁ、そこに手が二本、脚はあそことあそこに、離れて落ちておった」

警護の役人は自分とは違って開けっぴろげな性格らしく、棒で地面を指しながら細かに説明して、野次馬たちを喜ばせている。大内裏に勤める役人としては、如何なものか。

（血は……すでに始末されてしまったようだな）

辺りの地面の何カ所かに、掘り返されて均《なら》された跡がある。おそらく、そこが血に汚れていたのだろう。

「じゃあ、この辺りは血だらけだったってわけですな」

心が届いているかのように、再び地下の男が、厚信が思ったのと同じことを口にした。

「いや、実はそうでもなかったのだ。確かに血は、そこかしこに落ちてはいたが、大した量ではなくてな……おそらくは鬼が、ほとんど舐めてしまったのだろうよ」

役人の言葉に、野次馬たちは恐ろしがっているとも面白がっているとも聞こえる悲鳴を上げた。連中にとっては、そんな禍々《まがまが》しいことでさえ娯楽の一つなのだろう。

(真《まこと》に、そうなのだろうか)

厚信は、どうしても合点がいかなかった。

鬼というものの習性は判らぬが、いくら人智を超えたものだとしても、血が地面に滴るのを止めることなどできるものであろうか。おそらくできはしまい。自《おの》ずと地面は血に汚れる。それにも拘わらず、落ちていた血は、大した量ではなかったという。少なくとも、ちょっと掘り返す程度で始末できてしまうくらいだったということだ。

「お役人、女の衣は……衣はどうだったんです?」

地下の男たちの中から、そんな声がいくつも上がる。連中にとっては、そこも重要らしい。

「衣らしいものは、どこにも落ちてはおらなんだ」

「ということは、鬼は衣ごと食っちまったってことですね……さすが鬼ともなれば、乱暴なことをする。裸にひん剝《む》いて食った方が、美味かったろうに」

ひと際下品な笑い声が上がったが、さすがに厚信は眉間に皺《しわ》を寄せざるを得なかった。仮にも人が死んだというのに、よくそんな冗談が言えるものだ。

しかし、鬼が女を衣ごと食ったというのは、さすがに乱暴すぎる気がした。本当にここで、そんなことがあったのだろうか？

（やはり……素直に信ずるわけにはいかぬな）

そう思いながら、厚信はその場を離れた。

（もともと大内裏には、嘘や隠し事が横溢《おういつ》しておるのだ。いまさら真に受けるのも、愚かしいやも知れぬ）

宴松原を離れる時、厚信はわずかに振り返って、高い築地《ついじ》の向こうに並ぶ建物群の屋根を見た。そここそ帝のおわす内裏であるが――その日の朝に先達が口走っていた、先帝が人を殺《あや》めたということの真偽も、まったく伝えられていない。いや、もともと伝える気もないのだろう。

もし帝が自らの手で人を殺めたのだとすれば、その理由によっては世が覆《くつがえ》ってもおかしくはない出来事だ。けれど、その真相は一部だにあからさまになることはなく、ただ陽成帝が玉座を降り、今の小松帝が代わって御位につかれるだけで事は収まった。それは堀河《ほりかわ》大臣（藤原基経《もとつね》）による画策だとする話も漏れ聞こえては来るが、下級貴族に過ぎない厚信には確たることは何も判らない。しょせんは高い高い雲の上の出来事だ。

（思えば、いまさら鬼が出たの何のと騒ぐのも、おかしなことだ……ここには人の形《なり》をした

鬼が、掃いて捨てるほどおわしますからな）

わずかに厭世《えんせい》的な気持ちで厚信は思ったが――そんな世にあってさえ、自分が取るに足らぬ者であることが切なかった。

確かどこかに参詣される折だったか、かろうじて堀河大臣殿の御姿は遠目に見たことがある。自分の父親より少し年を召され、高貴な面立ちをなすって、さすがはこの国の頂《いただき》近くにおわします方よ……と、ただ感服した覚えしかないが、畏れながら帝の姿など、ただの一度も拝したことはない。むろん帝の御姿を目にするのは殿上人《てんじょうびと》でさえ叶わぬらしいが、自分のような下っ端は、人づてに話を聞くのみだ。

何でも若くして御位につかれた陽成帝は、相当に奇特な方であったらしい。

噂の域を出ぬ話であるが、御剣璽《ごけんじ》の一つである天叢雲《あまのむらくもの》剣《つるぎ》を面白半分に抜刀されたとか、禁中で馬を飼われていたとか、犬と猿を戦わせてお喜びになっていたとか、そんな話は数え切れぬほどにあるという。

もしかすると自分の意に従わぬ陽成帝を疎《うと》んじて、堀河大臣殿が何らかの画策をしたのかもしれないが――その先を考えることさえ恐ろしく感じている自分は、根っからの小役人なのだろう。

思わず自嘲の笑みで口の端《は》を上げた時、すぐ近くで聞き覚えのある声がした。

「おおっ、友田殿ではございませぬか」

顔を上げると、やはり見覚えのある平礼烏帽子を被った牧ノ天河が立っていた。どうしても、頭の銀の帯に目が行く。なるほど、その名の通り天河の如き輝きだ。

「何か面白いことでもありましたかな？　楽しげに笑みなど浮かべられて」

「いや、これは……」

厚信は思わず口元を手で隠し、真顔を繕う。

「語るほどのことでも、ありませぬ」

「だからこそ聞きとうなるのが人の常ですが、ご機嫌を損ねてもいけませぬから、しつこく伺うのはご遠慮しておきましょう」

天河は粗末な衣の襟などを直しながら、微塵《みじん》も屈託のない声で言った。

「そう言えば友田殿、我が家にて、是非に一献……というお約束なのに、なかなかおいでいただけませせぬなぁ」

天河は杯を傾ける仕草をしたが、童のような顔をしているので、まったく似合っていない。

「申し訳ありませぬ。お役の方が、なかなかに忙しゅうて」

厚信は口ごもった。

例の市での一件以来、二人は何度となく顔を合わせていた。単に市の中や道で行き逢《あ》う程度に過ぎないが、必ず天河の方が目敏《めざと》く厚信を見付けて、声をかけてくる。その気さくさが、おそらくは彼が周囲の者に慕われている理由であろうとは思っていたが——当の厚信の方は、簡単に胸襟を開くことができなかった。ただの地下の若者にしか見えない天河であるが、何せ書物の書き写しができるうえに、藤原家に懇意の方までいる人物なのだ。どうしても気後《きおく》れしてしまうのは仕方ない。ついには家に招かれ、共に一献傾ける約束までしたが、それは三月が過ぎた今も、現実のものとなってはいない。

「実は友田殿に一つ、折り入ってお願いしたいことがございましてなぁ……明日にでも、東市司所まで出向こうかと思っていたところなのですよ。ここでお会いできたのは、嬉しい限りです」

「お願いとは……天河殿が、私にですか？」

「はい。少しばかり草臥《くたび》れることなのですが、友田殿に引き受けていただけると、とても助かるのです」

どんな言葉が続くのか、想像だにできなかったが、断るという選択肢は厚信にはなかった。何せ彼には、土器の借りがある。

「草臥れるとは……どのようなことでございましょう？」

「実は鞍馬《くらま》まで、御足労いただきたいことがあるのですよ」

天河はそう言いながら、例の猫じみた笑みを浮かべた。

三

それから五日ほどが過ぎた日、厚信は鞍馬への道を黙々と歩いていた。まだ暑い盛りで、日輪は容赦なく顔の斜め上から照り付けてくる。

（やはり、安請け合いするべきではなかった……半分も行かぬうちから、もう足の裏に豆ができておる）

折を見て路傍《みちばた》の石に腰を下ろし、自分の足の裏を眺めつつ、小さな溜め息をつく。

五条《ごじょう》の自宅から鞍馬までは、四里ほどの距離がある。足に自慢の者ならば、どうということもない道のりかも知れぬが、常日頃から遠出をほとんどしない厚信にすれば、かなりの気力と我慢が必要な遠さだった。

これで無事に着いたとしても、同じだけの道のりを歩いて帰ってこなければならない。つまりは行き帰り合わせて、八里もの道を歩かねばならぬのだ。しかも山に入れば、辛さはさらに増すだろう。

それに加えて、天河の言った人物の家を探すために歩き回るとすれば、今日一日でどれだけ歩かねばならぬか、想像もできない。

（しかし……さすがに断るわけにはいかぬからな）

土器の借りもあるが、あの男の覚えをめでたくしておいた方がよい……と、厚信は考えていた。小役人の嗅覚みたいなものかもしれないが、何せ藤原家の方と繋がりがある人物だ。今一つ得体の知れなさはあるものの、知り合いになっておいて損はなさそうだ。

むろん、そんな下心を抜きにしても——あの天河という男には、何か引き付けられるものがあった。自分のような下っ端役人にもぞんざいな素振りを見せず、あくまでも穏やかにものを語り、何とも飄々《ひょうひょう》とした佇まいだ。できることなら身分など考えずに、付き合ってみたいと思う。

(頼まれた用件を果たせば、こちらも構えることなく、屋敷を訪ねられるというものだ)

再び歩き出した厚信は、そんなことを考えた。

実は初めて酒の誘いを受けてから、教わった屋敷の前まで何度も足を運んだが、結局は一度も門を叩けなかった。やはり借りがあるうちは、こちらもなかなか図々《ずうずう》しくなれないものだ。きっと天河に言えば、「そんなつまらぬことを考えて、遠慮なさっておられたのか」と笑われるだろうが、性分なのだから仕方ない。

(それにしても小田ノ多々弥《おだのたたみ》とは、どのような御仁なのだろう)

その名から、つい板敷きの間のあちらこちらに置いてある平たい座具を思い起こすが、まさかあれに似た風貌をしておるはずはない。天河の話によると、山の麓《ふもと》の里で医師の真似事をしているらしいが、残念ながら直《じか》に口を利くことは禁じられていた。

思えば、甚だ不思議な話ではあるのだが——天河に頼まれたのは、その小田ノ多々弥なる人物を、ただ〝見る〟ことだった。訪ねることもなく、直に言葉を交わさず、ただ様子だけを見て来るように言われたのだ。

しかも、その家を探すために近隣の者に尋ねることも、でき得る限り避けるように言われた。そうとなれば自らの力で家を探し出し、門なり築地の破れ目なりからでも、中を覗くしかないというわけだ。

(まったく……意味が判らぬ)

微塵の誇張もなく、天河という男が判らない。たとえば自分が確かに彼を見たと報告したところで、それに何の甲斐があるというのだろうか。

(しかも、わざわざ烏帽子まで替えて)

今、厚信の頭に載っているのは、天河から渡された平礼《ひれ》烏帽子である。

身分違いのものを使うのには大きな抵抗があったが、必ず使うように釘を刺されてしまったのだから、やむを得ない。どうやら天河は、厚信が役人であることを伏せたいらしいが、烏帽子に合わせて狩衣まで粗末なものに替えたので、都を出るまでは知っている者に見られはせぬかと、気が気ではなかった。

(今はとにかく、その御仁の家を探し出すことだな)

何もかもが判然としないまま、厚信は鞍馬への道を歩き続けた。

日輪が頭上間近に来た頃、ようやく厚信は鞍馬の麓にある小さな里に辿り着いた。だからと言って、そこに目当ての小田ノ多々弥がいるのか否か、すぐには判らなかったが――里に着いてすぐに、すべてをうまく嚙み合わせる出来事が起こった。

何のことはない、暑さにやられた厚信自身が、里の入口近くで不甲斐なく倒れてしまったのである。

「そこなヘイライさん、しっかりせい」

倒れていた厚信を見つけた中年の男は、そう言いながら小川から汲んできた水を飲ませてくれた。〝ヘイライさん〟は、平礼烏帽子を被っている人間を一まとめにした言葉で、蔑称というよりは、むしろ愛称に近い呼び名である。おそらく、その烏帽子を頂いている人間の方が、他の烏帽子の人間よりも圧倒的に多いからだろう。

「あぁ、忝《かたじけな》い……なに、ちょっと暑さで目が回っただけです」

外聞を気にする質《たち》の厚信は、すぐさま立ち上がってみせようとしたが、腰から下にまるで力が入らず、今度は亀のように仰向《あおむ》けに倒れ、おまけに頭を道端の石に打ち付けてしまった。見る見るうちに瘤《こぶ》が出て、尚《なお》のこと目の前が回る。

「こりゃいかん、早く多々弥殿のところに連れて行かねば」

そう言うが早いか、中年の男は近くにいた他の男たちを呼ばわり、ぐったりとした厚信の手足を持って、当の小田ノ多々弥のところにまで運んでくれたのである。

(何とみっともない……これでは、射止められた猪のようではないか)

あまりの恥ずかしさに厚信は、運ばれている間、ずっと気を失ったふりをしていた。しかし、その災いが福となり、労もなく目的を達することができたのだから、恥を忍ぶ他はあるまい。

運び込まれたのは、侘《わ》び住まいする遁世者《とんせいしゃ》の庵《いおり》よりは、少しはまし……というくらいの、小屋のような館である。主人である小田ノ多々弥は三十歳ほどの、如何にも学のありそうな顔付きをした優男《やさおとこ》であった。

そこで厚信は横たえられ頭を冷やされ、さらに塩を舐めさせられ、そのまま睡眠をとった。かなりの時を経て目を覚ますと、体はすっかり復調していた。頭の瘤は引っ込んでくれてはいなかったが、ずっと小ぶりになっている。

「おっ、気が付かれましたな……どうです、まだ頭がふらつきまするか」

それこそ畳の上で半身を起こした厚信に、粗末な衣を纏った小田ノ多々弥が問いかけてきた。直に言葉を交わさぬように釘を刺されてはいるが、ここで莫迦正直に無言を貫けば、尚のこと不審に思われてしまうだろう。

「いえ、もう大丈夫です」

「あまりお見掛けしないお顔ですが、どちらからいらしたのです？」

厚信は機転を利かせて、すべて出鱈目《でたらめ》を並べた。つまり自分はある下級貴族の家人《けにん》で、主人に命ぜられて、近くの貴船《きふね》神社の神水を汲みに来たのだが、途中で道に迷ってしまって云々《うんぬん》……と。

空になった小筒《ささえ》を持ち、平礼烏帽子を頂いていることから思い付いた筋書きだが、小田ノ多々弥は微塵も疑わず、その迂闊《うかつ》さを笑った。

「それなのに小筒は、一つしか持って出なかったのですね。それはいけません。次からは、ちゃんと自分の飲む小筒もお持ちなさい」

小田ノ多々弥は柔和な男で、天河同様に、人の身分などに何の興味もなさそうな様子だった。その優しい態度にほだされた厚信は、都で薬匙《やくさじ》を執れば、もっといい暮らしができるだろうに……と、まったく以《もっ》て余計なことを考えた。

「どうも、お世話になりました。そろそろ発《た》たねば、主の元に戻る頃には夜になってしまいます」

頃合いを見計らって外に出ると、日輪はやや西に傾いていた。心なしか、吹き抜ける風が涼やかに感じる。

「あなたが眠っている間に、一雨来たのですよ。かなりの降りでしたが、うまい具合に止《や》んでくれましたね」

小さくて粗末な門まで送ってくれた多々弥は、そう言って笑ったが——いつの間にか、その陰に隠れるように、若い女が一人、立っていた。肉付きのいい美女だが、ひどく気恥ずかしそうに俯《うつむ》いて、ちらちらと上目遣いで厚信を見ている。

「おや、そちらの方は」

「これは私の妻の……桔梗《ききょう》です。今しがたまで、別の仕事をさせていたものですから」

「さようでございますか」

厚信は恭《うやうや》しく頭を下げたが——その妻が都の女であることを、素早く見抜いていた。いや、むしろ直感したと言ってもいい。それも、それなりに身分のある女に違いない。

(何か、人に言えぬような事情でもあるのだろうな)

もともと天河からは、直に言葉を交わすことさえ禁じられている身の上だ。余計なことに気を回すのは、やめておくのが吉だろう。

「では、大変お世話になりました」

「近くはない道のり、お気を付けて行かれますよう」

二人と恭しく挨拶を交わし、厚信は帰途に就いたが——それからわずかのうちに、再びの災難に巡り合ってしまうことを、この時には予想だにできなかった。

いや、まさか、まごう方なき鬼に出会ってしまうとは、いったい誰が予感できたであろうか。

それに出会ったのは、ひんやりとした、薄暗い山道である。

どうやら頭を打ち付けた時に、少しだけ痛めたらしい首筋を自分の手で揉みほぐしながら、厚信は先を急いでいた。

まだ帰り道の半分にも届いていない道のりしか歩いておらず、もう少し歩調を速めなければ、本当に都に着く頃には夜になってしまいそうだ。

そうなると天河のところに報告に行くのは明日以降になってしまう。そうするように言われているわけではないが、厚信自身が、是非とも今日のうちに彼の顔を見たい気分だった。

(こういう時に馬にでも乗れれば、立ちどころに帰れるのだろうに)

生涯において未《いま》だ馬に乗ったことがないのも忘れて、厚信がそう考えた時——不意に目の前の森の入口近くに、鮮やかな白と朱色がちらつくのが見えた。

場違いな彩《いろどり》に、厚信は思わず足を止め、目を凝《こ》らす。

よくよく見てみると、暗い緑の中で、市女笠《いちめがさ》を被った女性《にょしょう》が一人、佇んでいた。中流以上の貴族の女性が纏う壺装束姿で、笠からは半ば透けた枲《むし》の垂《た》れ衣《ぎぬ》が下がっている。手には杖を持ち、どこから見ても旅の装いだ。

(この頃合いの山の中に、女性が一人でいるなど……あり得ぬ)

すぐには怪も霊も信じぬ厚信であるが、その女性が当り前の者でないことは実感できた。

どう解釈しても、常識から外れているのだ。

（どうする……？）

都に戻るには、真っすぐ進まねばならない。けれど自分から女性に近付くのは、できることなら避けたいのが本心である。

「もし……お伺いいたしまする」

やがて、女の方から声をかけてきた。よく通るものの、女性にしては低い声だ。

「何用でしょうか」

恐ろしい勢いで喉が渇いていくのを感じながら、厚信は答えた。

「あなたさまは、お役人でございましょうか」

むろん役人にもいろいろあるが、その別は特に問うてはいないらしい。そうなれば正直に答える以外の道は、厚信に限ってはない。

「はい、さようでございます。私は」

東市司使部……と続けようとした時、自分のすぐ横の森の中で、木の枝を踏み折る音がした。はっとして顔を向けると――そこには腰から上を藁《わら》でできた蓑《みの》で包んだ男が立ち、頭に被った大笠の縁から、自分に激しい憎悪の目を向けていた。その頭は自分の目線よりも、ずっと上の六尺半ほどの高さのところにあり、都でも、まず見ないほどの巨漢だ。

（鬼……！）

その男の額には角も生えていなかったが、装いだけでそれと知れる。

以前、厚信が学んだ『日本書紀』の〝斉明記《さいめいき》〟で、齢《よわい》六十八で崩御された女帝の葬列を、大笠を被った鬼が、近くの朝倉山《あさくらやま》から眺めていた……という記述があった。つまり鬼には、大笠を被っているものもいるのだ。

厚信が思わず二歩三歩と後ずさると、大笠の鬼は、その分だけ前に出てくる。その顔は、まったく人と変わらなかったが、憎しみの籠《こも》った目だけが違っていた。

やがて鬼は、腰の後ろに括《くく》り付けていたらしい山刀《やまがたな》を静かに抜き、その切っ先を厚信に向けた。どう考えても、無事で済むとは思えない。

「誰ぞに頼まれて、ここまで来たのかや」

大笠の鬼は何も言葉を発しなかったが、代わりに市女笠の女が尋ねてくる。まるで鬼を、自らの手足の如く使役しているかのようだ。

「私は……」

どう答えるのが、最もよいのか、まったく判断できない。ここで牧ノ天河の名を出していいものなのか。

「友に頼まれて、ある人の様子を見に参っただけだ。さりとて、それが何になるのか、自分でも判っておらぬのだ」

せめて少しでも負けぬよう、強い言葉を返した。

「友とは、誰か」

女性とも思えぬ冷たい口調が撃ち返される。

「名は言えぬ」

「それが答えか。死ぬるぞ」

「無茶を言うな。そもそも名は知らぬのだ」

今にも腰が抜けそうになるのを必死に堪《こら》えながら、厚信は答えた。本当に殺されるかもしれぬ……という思いが、ちらりと頭をよぎっていく。

「名も知らぬ友などあるものか。女だと思うて、この柊《ひいらぎ》を莫迦にしておるな」

どうやら女性の名は、柊というらしい。それを知った時、厚信は不思議と心が落ち着くのを感じた。

(鬼に名など、あるものかよ……名があるということは、如何に怪しく見えようと、当り前の人に過ぎぬということだ)

少し冷静になって考えてみれば、人のように名を持った鬼など掃いて捨てるほどいると思い至ることができよう。しかし、この時の厚信には、幸いにして他に思いを至らせる余裕がまったくなかったのだった。

「友は友だ。髪に天河の流れを持つ、少し変わった男だ」

「髪に天河？」

その言葉に、女性は思いがけず反応を示した。

「それは……髪のこの辺りに、一束の銀髪があるということかや」

そう言いながら女性は、市女笠と枲の垂れ衣を押し上げ、自らの右耳の上を撫でてみせた。言うまでもなく、それは天河の銀髪の流れている場所と、まったく同じであった。

「もしや……存じておるのか？　そこに銀髪のある男を」

勇を鼓《こ》して問《と》い質《ただ》すと、女性はわなわなと身を震わせて答えた。

「そなたこそ、知らぬくせに友などとほざいておるのか？　もし、そなたの言う者が、私の存ずる御方であるなら……恐ろしいことだ」

女性の動揺を見て取ったのか、大笠を被った男は、厚信に向けていた山刀の切っ先を下ろし、無言のまま腰の後ろの鞘に納めた。

四

その数刻後、厚信は美しく磨かれた板の間に、自らの額を押し付けたまま、石になったかのように動きを止めていた。

「友田殿……もう勘弁してくだされ。早《はよ》う顔を上げて貰わぬことには、共に一献、酌《く》み交《か》わせぬではないか」

たとえ何と言われようと、厚信は顔を上げるわけにはいかなかった。たとえ陽成院自らに言葉をかけられようが……だ。

「帝、そのような地下《じげ》に〝殿〟など勿体《もったい》のうございまする。呼び捨てで構わぬではありませぬか」

市女笠を脱ぎ、板の間に敷いた畳の上に腰を下ろした女性が、遥か上からの口ぶりで言った。枲《むし》の垂れ衣越しでは判らなかったが、年の頃は二十五、六と言ったところで、自分と大して変わらぬようである。

「柊、そう言うな。私は友田殿と、一献交わす約束をしていたのだ。それに私は、すでに帝ではないと、おまえも心得ておるだろうに」

「我らにすれば持明院《じみょういん》殿こそが、唯一無二の帝でございます。それは未来永劫《えいごう》、変わることはありませぬ」

「そう思われるのは迷惑だ。せっかく諸々の面倒から解放されたというのに……私は上皇として出過ぎた真似をするつもりも、重祚《ちょうそ》するつもりもない。このまま、牧ノ天河として好きにやるつもりだ。むろん表向きは繕うが、後は好きにさせよ」

その竜声を耳にしながら、厚信は叫び出したいのを、ひたすらに堪えていた。

こともあろうに、あの牧ノ天河が先帝の陽成帝であるとは、悪い戯れとしか思えない。雲の上の上の方が、そんな不埒《ふらち》な戯れをなさっては迷惑千万である。

「友田殿、もういいじゃありませぬか。お顔を上げなされ」

「帝、口の利き方にお気を付けあそばされますよう……その男も、帝自らの御言葉に、恐れおののいておるのです。むしろ臣下として扱《あつこ》うてやるのが、その男にとっても幸いでございましょう」

「そうなのか？　つまらぬのう……東市司使部《ひがしのいちのつかいべ》、友田ノ厚信、顔を上げよ」

そう言われて、厚信は初めて顔を上げた。

「も……勿体のうございまする」

そう答えるだけで、口から内臓がすべて飛び出してきそうだ。

「友田は先刻から、しきりに勿体ながっておるが、残念ながら今の私は帝ではないから、何の力もないぞ。位を授けることも、領地を分けてやることも、何もできぬ……おい、強麻呂《こわまろ》、おぬしもいつまで、そうしておるつもりだ」

厚信より、さらに下がったところで頭をさげていた巨漢が、ようやく顔を上げた。森の中で大笠を被っていた、鬼のような男だ。

「おぉ、久しぶりじゃの……すでに壮年の身なれど、いつ見ても屈強よな。皆はやたらとおまえの顔を恐れるが、私は好きだぞ」

その言葉に、巨漢は女性のように頬を染める。赤鬼の風情もあるが、どこか可愛げを含んでいるのも不思議だ。

「ようやく二人の顔が見られたわ。柊も強麻呂も、変わりないようだの。息災で何より」

「しかし、今はこの場に白梅《しらうめ》がおりませぬ。けれどあれとて、帝の御顔を拝せることを夢見ておりました。もちろん、鞍馬に退《の》いた蓮華《れんげ》もでございます」

「蓮華か……白梅は是非、近いうちに連れてきてくれ。けれど、蓮華は呼ばぬでもよいぞ。せっかく内裏から逃げて多々弥と幸せになれたのだ。そっとしておいてやるのがよい」

すでに采女《うねめ》の柊から事情を聞いていたので、その会話がまったく理解できないということは、厚信にはなかった。

蓮華とは、先ほど鞍馬で顔を合わせた小田ノ多々弥の妻のことである。厚信には桔梗と名乗ったが、あれは細やかな嘘なのだ。

もともと柊、蓮華、さらにもう一人の白梅という采女は、陽成院が帝の座におわしました時、共に身の回りの世話をしていた仲だという。その頃の陽成院はまだ十七であったが、時には主従という枠を超えて、友人のように過ごす時があった。尤《もつと》も、それは自由を尊ぶ陽成院の性格によるところが大きかったに違いない。

小田ノ多々弥は、若くして内裏の典薬寮《てんやくりよう》から侍医を補佐する位置にまで昇るほどに優れた医師であったが、やがて自らの医術を極めたいという夢を持つと、微塵の迷いを見せることなく野《や》に下ってしまった。そして自らの手で開いたのが鞍馬の医術所なのであるが——その時、彼はどうしても手放さなければならぬものがあった。当時から密かに愛を育《はぐく》んでいた采女の蓮華である。

采女もまた十三歳以上三十歳までの郡少領《しょうりょう》以上の者の娘、あるいは姉妹の中から、見目麗《うるわ》しい者だけが抜擢《ばってき》される地位で、それに選ばれることは一族の誉《ほま》れである。また以前は帝の寵愛《ちょうあい》を受ける女性として選ばれていたが、平安の世になって内裏の働き手として数えられるようになったので、将来は身分の高い夫を持つことが約束された、人が羨む地位でもあった。

それを思えばこそ、小田ノ多々弥も蓮華を置いて行ったのであろう。

野に下った己には、蓮華の将来を約束することはできない。ならば、よりよい夫を求めることこそ、蓮華は、蓮華の幸いだと信じたに違いない。

けれど蓮華は、収まらなかった。

むしろ勝手に自分の将来まで決めてしまった恋人が情けなく、恨めしかった。いっそ自分も内裏を抜け出し、多々弥の後を追いたいとまで思いつめたが、そんなことが叶うはずもない。何せ自分は父母の名誉、一族の誉れであるのだ。そんな勝手をして、許されると考える方が間違っている。

(いっそ、二人で逃げてしまえたら)

蓮華がそう思ったのは、ある山深いところに、世の柵《しがらみ》から逃げ出せる地があるらしいという話を、かつて耳にしたことがあったからだ。そこは蓬莱《ほうらい》などとも呼ばれているらしいが、しょせんは出所の知れぬ噂に過ぎない。

（私は……どうすれば、いいのだろう）

けれど、その頃、まだ帝の地位にいた陽成院が、その悩みを聞いて事もなげに言ったのだ

──それなら、いっそ鬼にでも食われたことにすればよいではないか、と。

あるいは初めは単なる戯言《ざれごと》に過ぎなかったのやもしれぬが、時が経つにつれて、陽成院はその計画に夢中になった。

たとえば、死んで間もない若い女の亡骸《なきがら》を、どこからか手に入れる。顔や胴が付いていると容易に露見してしまうから、むしろ手足だけでよい。

それを内裏のどこかに隠しておき、折を見て蓮華は内裏から逃亡する。

残った柊と白梅が日暮れを待って「蓮華が見知らぬ男に連れ去られた」と訴え、それから手足が発見されるようにしておけば、後は勝手に周囲が騒いでくれるに違いない。入った者も出た者も誰もいないのだから、采女たちが見た若い男は真っ当な人間ではなく、おそらくは鬼が化けていたのだろう……と。

その質《たち》のよくない遊びのような企みは、悲田院《ひでんいん》で下働きをしていた強麻呂が、偶然ながら采女の柊と知り合いであったことで、突然に現実味を帯びてきた。

何でも強麻呂は三十余年ほど前の若き日、滝口《たきぐち》として内裏の警護をしていたらしい。その頃、左近衛大将を務めていたのが柊の大伯父で、浅くはあるが縁もあったそうだ。

だが何を思ったか、のちに強麻呂は滝口を辞し、悲田院の下働きをする道を選んだのだと

いう。その理由は当人の他には判らぬことであるが、もしや人というよりは鬼に近い風貌のために、いろいろ生きづらいこともあったのかもしれない。

悲田院は施薬院《せやくいん》と共に、養老《ようろう》の頃に光明《こうみよう》皇后の発願《ほつがん》によって造られた、孤児や病人、貧しい者に手を差し伸べる施設である。そこでは日々、多くの者が癒され、多くの者が儚くなりもするのだが——ならば、さしたる苦労もなく若い女の遺体を手に入れることができるのではないか。むろん、手伝ってもらった後は、その遺体をちゃんと回収し、丁重に弔《とむら》ってやるのが前提である。

そう考えた柊は、強麻呂を仲間に入れるべく内裏に呼び付けた。そこで陽成帝自身が強麻呂に、突飛な計画の仲間になるように申し付けたのである。

むろん強麻呂は帝の言葉に従い、蓮華の逃亡計画はいつでも実行できる段取りとなった。しかし、実行直前に止まってしまったのは、陽成帝自身の思いがけぬ失脚故である。

実は自身が手を下したと言われている乳母子《めのとご》である源益《みなもとのまさる》の死であるが——悲しいことに、帝が関わっていたのは事実である。

けれど、何も命を奪う気で、事を起こしたわけではない。兄弟同然に育ってきた乳母子と陽成帝が、あろうことか玉座にほど近いところで、相撲を取っただけに過ぎないのだ。

本来ならば臣下である源益が、上手に帝の御心を逸らし、もっと適した場所で取っ組み合う方向に持って行くべきであった。

けれど、この源益という人物は陽成帝と同じくらいに稚気《ちき》に溢《あふ》れ、悪戯《いたずら》に関しては、むしろ陽成帝の先達とでもいうべき存在であった。誰よりも帝に近いことを鼻にかけていた節さえあり、陽成帝の為した奇特な行いの端緒は、すべて彼が開いたものであったらしい。

源益はほんの三月ほど陽成帝より長じていたが、体も大きく手足も長く、相撲は大の得意であった。たとえ帝が相手でも「これはこれ、それはそれでございますよ」と言っては、いつも本気で相撲を取り、たいていは体の小さい陽成帝を投げ飛ばしていたのである。それでも叱られぬことが、彼を付け上がらせでもしていたのかもしれない。

けれど、ある時――玉座近くで取り始めた相撲で、彼は思いがけず苦境に立たされた。いつまでも自分には及ばないと信じていた陽成帝は、体の成長につれて強くなり、いつの間にか自分に追い付いていたのだ。

じゃれ合いから始まった相撲は、いつか本気のものになり、二人は真剣に組み合った。やがて陽成帝が彼を投げ飛ばすに至ったのだが――いつも勝っていたからこそ、益はまったく受け身が取れなかった。ついには無様に階《きざはし》から転げ落ち、その際に頭をどこかに打ち付けてしまったのである。

いわば源益の死は、まったくの事故と言えるのだが、幾多の陰謀や思惑が渦巻いている内裏の中においては、それが利用されないはずはない。帝の伯父である堀河大臣は、反りの合わない陽成帝を廃し、より御《ぎょ》しやすい小松帝を玉座につけたのであった。

その後、陽成院の御身は都の片隅に作られた邸宅に移され、内裏の者たちとは行き来がなくなってしまったのだが——その間にも、蓮華の多々弥への思いは強くなり、やがては少しも猶予が持てないほどに膨れ上がってしまった。

そこで陽成院不在のままに、ついに最年長の柊が先頭に立って、温めていた計画を実行に移したのだ。

むろん、そのために柊自身も辛い思いをせざるを得なかった。

何せ強麻呂が手に入れて来た女の手足を部屋に隠し、ついには布で包んで持ち出して松原の隅に放り出すという凄まじいことを、自らの手で行わなければならなかったからだ。また、まったく血がないのは奇妙なので、やはり強麻呂に調達させた猪の血を周囲に振り撒《ま》いたが、さすがに内裏近くを血で汚すのは畏れ多く、人によっては奇妙に感ずるほどにしか撒けなかった。それでも鬼が舐めたと勝手に考えてくれるから、蒙味《もうまい》な人というものは有難い。

つまり〝松原の鬼〟は、初めから影も形もなく、すべては采女たちの狂言に過ぎない。けれど鬼の在ることを信ずる者たちが、得手勝手に話を大きくしただけなのだ。

その出来事の評判は、むろん陽成院の耳にも届いた。

すぐに柊たちの仕業《しわざ》と悟ったが、すでに自分は内裏に近付けない身になっている。何年か過ぎれば、いつかは足を運んでも奇妙に思われなくなるかもしれないが、今はまだ無理だ。

けれど柊たちと連絡を取る術もなく、蓮華が無事に内裏を抜け出したのかさえ確かめることができない。

　そこで思い付いたのが、内裏などとはまったく関係のない厚信に、鞍馬の多々弥の様子を見て来させることであった。

　しかし、そこに蓮華が隠れているとすれば、都の役人然とした者が近付いて来るだけで、おそらくは気が気ではなくなるであろう。だからこそ厚信には、直に言葉を交わさぬように、近所の者にも尋ねぬように……と、面倒なことをいろいろ押し付けた。

　それなら多々弥の元にいる女性が、蓮華であるかどうかは確かめられぬのではないか……と恐れる気持ちもあったが、決して、そんなことはない。多々弥の元に若い女性がいるとすれば、仮にどんな名を名乗ろうと、それが蓮華でないはずはないからだ。

　しかし、突然に現れた厚信を都から来た役人と見抜いて、蓮華が近くに住まう強麻呂に知らせたのは少しばかり余計だった。

　すでに悲田院になくてはならぬ地位についていた強麻呂は、都の内に通うために馬を持つことを許されていた。蓮華からの知らせを聞くや、その役人風の男の処置を尋ねるために、強麻呂は馬を駆って柊の元を訪れた。柊は友の一大事とばかり、その馬に共乗りして鞍馬に駆け付けて来たのである。

　彼らは蓮華の幸せと自分たちの命を守るために、半ば本気で厚信を殺そうとしていたというのだから、悲劇が起こる前にお互いのことを知る機会に恵まれて、本当に助かったという他はない。

「何にせよ、これで一応の収まりは付いた……蓮華も桔梗と名を変えて、多々弥と共に鞍馬で生きて行けばよいのだ。私も院の屋敷とここを行き来して、牧ノ天河として暢気《のんき》に生きようぞ」

陽成院の御言葉によると、住まいとして与えられた屋敷は別にあり、そこには多くの書物を取りそろえて、行く行くは教養ある者が身分を超えて集《つど》う場所にしたい、という心づもりをお持ちらしい。

しかし、それでも息が詰まるような思いに捉われた時のために、密かにこの七条菖蒲小路の古い屋敷を借り受けて、限られた者しか知らぬ別宅にしている……とのことであった。

「だから友田殿も、たまには遊びに来るとよい。出世はさせてやれぬが、共に酒を酌み交わすことなどはできようぞ」

身に余る言葉に、厚信は再び身を硬くして頭を下げる。

「帝、また〝殿〟を付けておられますぞ」

すかさず柊が口を挟むと、どこか意地の悪そうな口調で陽成院は答えられた。

「ほんに柊は口やかましいの……まこと、柊の葉のように、言葉がちくちく刺さりよる。こうなってしまっては、もう私の好きにさせよ」

「それでは、示しが付きませぬ」

柊は頬を膨らませたが、そんな表情を浮かべると、若い女性らしい可愛さも見えた。

「示しなど付けぬでよい……いくら人から羨まれるような場所に置かれようと、自分が望まぬ限りは面白くもない場所ぞ。帝も、采女もな」

「恐れながら申し上げまする。市司使部もでございます」

ここに来て、ようやく厚信は自らの言葉を発したが――それを耳にした陽成院は、いや、牧ノ天河は、例の猫のような笑みを浮かべた。


その後、再びありふれた日々が戻ってきた。

厚信は東市が催されると、市司使部として不正に目を光らせ、時には盗人を追い回す。けれど、同じように見える日々の中にでも、少しずつ変化が訪れてはいるのだ。

「お役人様、今日もがんばってるね」

「また見世の品物を壊さないでおくれよ」

そんな風に生意気な声をかけてくるのは、いつかの米盗人の兄弟だ。体が衰えて来た土器屋の翁に雇われ、二人で土器を見世に並べたり、客の屋敷に届ける仕事をしている。まだ童なので大した稼ぎにはならぬらしいが、さしあたり幼い弟妹たちを飢えさせずには済んでいるようだ。

東市が何の問題もなく賑わっているのを見るのは、厚信にとっては大きな喜びであるが

——その賑わいの中に、天河の飄々とした姿を見つけると、さらに嬉しくなる。

「おぉ、友田殿……大した賑わいですなぁ」

市を楽しむ彼は、牧ノ天河以外の何者でもない。

むろん他言せぬように言い含められている厚信は、初めのうちこそ戸惑ったが、近頃ではようやく馴れて、当り前の知り合いのような口の利き方ができるようになってきた。ただ二人の時は、やはりそうも行かぬので、その切り替えが大変と言えば大変だ。

とんでもない方と口を利いている……と、自分でも恐ろしく感じられることもあるが、ごくたまに、お可哀そうに思えることもあった。

いつか二人で酒を酌み交わした時、改めて乳母子が亡くなった際の話をされたことがある。その時、ぽつりと仰《おお》せられたのだ。

「あれは事故であったと、友田が何度も言うてくれるのを嬉しく思う。けれど、おまえもいつか言っていたであろう。やはり罪は罪なのだ。そして罪人が罰を受けるのは、当り前のこと……それは何年経とうと、変わることはない」

その時、自分でもつまらぬことを言ったと、厚信も重苦しい気持ちになったものだ。

おそらく世にある者は、如何に恵まれた場所に生を受けようと、多くの罪と自責からは逃れられぬものなのであろう。犯した罪は、決してなかったことにはならぬ。

あるいは、それを噛み締め続けていくことが、人として生きるということであるのやも知れぬ。
鬼哭啾々《きこくしゅうしゅう》。

第六話　鬼棲《す》むところ

今昔物語「産女《うぶめ》、南山科《みなみやましな》に行き、鬼に値《あ》ひて逃ぐること」より

一

これもまた、遠い古《いにしえ》――ある貴族の屋敷に仕える一人の女がいた。

名は伝わっておらぬので、ここでは仮に空舟《からふね》としておく。与えられた局《つぼね》（個室）から庭の池がよく見え、そこで舟遊びが行われていたことに因《ちな》むが、その不憫《ふびん》な身の上を思えば、あえて〝空〟とするのが相応しくもあろう。

空舟は、この頃の貴族女性《にょしょう》に求められるものを、何一つ持ち合わせていなかった。

かろうじて若さだけは残っていたものの、抜きんでた美貌を具《そな》えていたわけでもなく、高い教養に溢れてもおらず、秀逸な歌を詠《よ》み上げる才に恵まれてもいない。何より父母が疾《と》うに亡くなり、他に身を寄せる親類どころか、友人だにいない有様であった。

出世も婚姻も後ろ盾がもの言う世であったから、天涯孤独となれば、すでに埋もれ果てるのが決まったような身の上である。

（まったく……同じ身を持つ人の世でありながら、とてもかくても偏頗《へんぱ》なものよ）

局の端に立てた屏風《びょうぶ》の裏で樋箱《ひばこ》に跨《また》がりながら、空舟はそこはかとなく考えていた。

生まれ出た時は誰もが裸で、乳を飲んで育ち、長じてはものを食して生きる。食せば、このように痢《ひ》り出さねばならぬ。おそらく身の仕組みに大差はないであろうから、出て来るのも似たようなものだ。

むろん男女の交わり方も、作法に違いこそあれ、つまりは同じであろう。賤《あや》しげなる小《しょう》家《け》に住まう下種《げす》であろうと、こちらが恥ずかしくなるほどの屋敷に住まうやんごとない方であろうと、その術《すべ》は同じで、子を孕《はら》む道筋にも産む苦労にも異なるところはない。

けれど世の人は、その見苦しさには目を伏せ、血筋がどうの見目がどうのと喧《かまびす》しいこと、この上ない。しょせんは同じ白骨になる身に、何を飾り立てておるのやら。

(莫迦らしくもあるが……この世はどこまでも、そんなものか)

顔の前に立てた衵扇《あこめおうぎ》に描かれた金色の雲を眺めながら、空舟は小さく溜め息をついた。

それを終わりの合図と思ったのか、女童《めのわらわ》の配女《くばりめ》が尋ねてくる。

「終えられましたか。されば籌木《ちゅうぎ》を用いて、よろしゅうございましょうか」

「ん……いや、もう少し」

下腹にまだ蟠《わだかま》っているものがある気配がして、空舟は息を止めて息んだ。

やがて出口近くで蠢《うごめ》く感覚があり――ついぞ微々たる祥《さか》だになかったのに、やにわに何かが自分の中を降りてくるような心地がして、いきなり大量のものが雪崩《なだれ》出る。ついでに品のない音も響くが、わざわざ構うほどでもない。

「ほ。かように清《すが》しいのも、久しいこと」

顔に塗り立てた白粉《おしろい》に罅《ひび》が入らぬように気を使いつつ、空舟は笑った。何日ぶりかで、通じた。

「では、篝木を」

「痛くせぬようにの」

樋箱の後ろに付けられた衣掛《きぬか》けに載った衣が捲《まく》り上げられる気配がして、同時に空舟もわずかに腰を浮かせ、配女の仕事がやりやすくなるような体勢を取る。この辺りの息は、言葉にせずとも合っている。

自分の身の回りの世話をする唯一人の女童として配女が屋敷に来てから、はて四年になるか、五年になるか。

その時に訊《き》いた年から指折り数えれば、おそらく今は十六、七であるはずだが、改めて尋ねるようなことはしない。しょせんは同じ主《あるじ》に雇われている身とは言え、世話をする側とされる側の分は守らねばならぬ。

「では……樋洗《ひすま》しに行って参ります」

やがて配女は、樋箱を香染《こうぞ》めの薄物に包みながら言った。たった今、空舟が出したものを、樋殿《ひどの》と呼ばれる場所に捨てに行くのだ。

「間違《まちご》うても、人に盗《と》られたりするでないぞ」

戯言《ざれごと》のつもりで空舟が言うと、配女は生真面目な表情のまま頷き、箱の包みを扇で隠しながら局を出て行った。する時も顔を扇で隠し、出たものを入れた箱も扇で隠すのが常だ。

(やれやれ、戯言も通じぬとは、あいなき女童ではあるよ)

ついでに局の中に漂う残り香も扇で散じさせつつ、空舟は思った。できることなら、自分も出したものを盗まれるほどになりたし……などとも。

何でも聞くところによると——少し前に従五位上左兵衛佐《じゅごいのじょうさひょうえのすけ》の地位にいらした平貞文《たいらのさだふみ》という御仁は、字《あざな》の平中《へいちゅう》と呼ばれることが常だったそうだが、見目麗しく、人品卑《いや》しからず、また話しぶりも気が利いていたので、その頃は他に並ぶ者がないと褒めそやされていた方であった。その勢いに酔ってか、あるいは生来の性《さが》か、実は大変に好色な質《たち》で、人の妻だろうが娘だろうが、これぞと思う女性があれば、手当り次第に言い寄っては手を付けていたそうだ。むろん言い寄られる方も、悪い気はしなかったからであろう。

ところが、その平中殿に靡《なび》かぬ女性が一人だけいた。

本院大臣《ほんいんのだいじん》の屋敷に住まわっている、侍従君《じじゅうのきみ》と呼ばれる若い女房である。言うまでもなく類稀《たぐいまれ》なる美貌で、また情趣も豊かで、気立てもよい女性であったという。

平中殿は、ありとあらゆる手練手管《てれんてくだ》を弄《ろう》して、この侍従君に言い寄った。しかし何が気に添わなかったのか、その悉《ことごと》くを撥《は》ね付けられてしまったらしい。

手に入らぬとなれば、日を追って思いは高じていき、やがて狂おしく燃え上がっていくのが常である。やはり平中殿も奮闘を重ねたものの、ついには侍従君の気のない態度に自尊心を折られ、「いっそ嫌いになれれば、どんなによいか」とまで思い詰めるようになった。

その挙句に思い付いたのが、侍従君が出したものを盗むことである。

それを目《ま》の当りにさえすれば、「あの麗しい君さえも、つまりは我と同じ人よ」と悟り、燃え盛る恋の炎を消し去ることができようと考えたのだ。

平中殿は侍従君の局近くに身を潜ませ、女童《めのわらわ》が樋洗しに行くのを待ち続けると——やがて思惑通りに女童が、薄物で包んだ箱を持って局から出て来た。わざわざ赤い扇で隠しているところを見ると、樋箱と考えて間違いはあるまい。

平中殿は女童の後をつけ、人気のないところで、その包みを奪い取った。もちろん女童は取られまいとしたが、情け容赦なく奪い取り、走って人気のない家に入って、中から鍵を掛けた。女童は外で泣き叫んでいたが、一顧だにせぬ冷《つべ》たましさであった。

長く躊躇《ためら》った後、平中殿は美しく飾りの施された樋箱を開けた。中には薄黄色の水と、親指ほどの大きさの黄黒いものが三切ほど入っていた。

「これが、侍従君の……」

思惑通りならば、それを目にした刹那に恋の炎が消えるはずであったが——どうも、何かが違うように思われた。見かけこそ似ているが、これは人の身から出たものではないのではないか。

すでに恋慕に狂《たぶ》れている平中殿は、次の刹那《せつな》、その薄黄色の水を口中に含み、さらには黄黒いものを舌先で舐めた。とても人心を保った者のすることではない。

「やはり、違う」

しかし、舌と鼻は正しくあったようだ。樋箱に収められていたものが何であるか、やがて平中殿は見極めた。

尿《ゆばり》のような水は丁子《ちようじ》の煮汁であり、もう一つのものは野老《ところ》と練り香を甘葛《あまずら》で合わせたものを、筆の軸に入れて片側から押し出したものに相違ない。つまり侍従君は、自分が愚かな振る舞いに出ることさえも見抜いて、こんな作り物を用意していたのだ。

当り前に考えれば、その恥ずかしさに平中殿とて我に返ろうものだが——やはり恋の道は一筋縄ではいかぬものなのか、「ここまでの女性を、容易く諦めることなどできぬ」と思いは今まで以上に燃え上がった。その焦がれ方の激しさ故に、ついには病を得て、そのまま儚い身となってしまったという。

その話だけを聞けば、平中殿の愚かしさと、侍従君の人並外れた思慮の深さばかりに感じ入ってしまうが——いっそ嫌いになりたいとまで誰かに思われるのは、同じ女性の身としては、羨ましくもある。まして相手が当代随一とまで言われるほどの男なら、まったく以て幸いなことではないかとさえ思えるのだ。

(私も早く、そんな殿方に出会わなければ)

空舟は香炉に薫物《たきもの》を足しながら思ったが、心中寒いものを感じてもいた。思うだけで叶えられるのなら、疾うに自分は夫君を得ているだろう。しかし、実のところは……。

鼻をつく香に咽《む》せて小さな咳《せき》をした時、配女《くばりめ》が戻ってきた。薄物に包んだままの樋箱を局の隅に置くと、空舟の前に静々と控える。

「ただいま、式部史生《しきぶししょう》殿のお使いの方が裏口に参らせ給いて、文《ふみ》をお持ちになりました。疾《と》く、返しを頂きたいとか」

そう言いながら衣の合わせから文を取り出し、恭《うやうや》しく差し出す。

「まさか樋箱を抱えたまま、お会いしたのかや」

「不埒《ふらち》な者に盗られぬよう、身から離すわけにも参りませぬので」

その無作法を詫《わ》びるでもなく、配女は当り前のように言った。

「確かに盗られぬようには申したが、柱の陰などに置いておくこともできたのではないか」

「そこに他の方が通りかかって、迂闊《うかつ》に蹴飛ばしてしまいでもなされば、それこそ大ごとでございましょう」

その様を思い描くと、背筋に寒気が走る。

「もう、よい……使いの方は」

「人目に付かぬよう、西渡殿《わたどの》の裏手に控えておられます」

それを聞いて、わずかに心が安らぐのを感じる。むろん門から入ってきた以上、誰かの目には触れているだろうが――できることなら、主には知られずにいたいからだ。

「しかし、すぐに返しをよこせというのは、気忙《きぜわ》しいことよ」

そう言いながら畳んだ文を開くと、雅《みやび》やかな歌の一首も書かれているわけではなく、ただ一言、『今宵《こよい》参る』とだけ記されていた。

その簡単さに空舟は歯嚙《はが》みしたくもなったが、用は果たしている。とりあえず、返歌に頭を捻る必要もないようだ。

「心得ました……と、使いの方には申してください」

ただ一言のために墨を磨《す》るのも面倒に思えたので、口頭で伝えた。

「よろしいのでございましょうか」

思いがけず、配女が言葉を返してくる。

「そろそろ月も改まる時分……八条西洞院《にしのとういん》の御方が、お越しになる頃合いではございませぬか」

そう言われて思い出すが、わざわざ心を配る必要もないような気がした。確かに身分は式部史生より上だが、来るか来ないか判らぬ人のために、もう一方の手蔓《てづる》を蔑《ないがし》ろにするわけにもいかぬ。

「その時は、その時のこと……言って来た順にするのが、面倒がなくてよい」

そう答えると、配女は得心して一礼し、再び部屋を出て行った。

（やれやれ、こんな殿方ばかり）

空舟は今一度、白い文に目を落とす。

すでに式部史生とは半年ほどの付き合いであるが、初めのうちこそ稚拙な歌が送られてきたものだ。けれど一度身を重ねた途端に、それはなくなってしまい、来るのは単なる申し伝えの文になった。つまり、『今宵参る』。

空舟は乱暴に文を丸め、局の隅に向かって放り投げた。紙玉は屛風の縁に当り、弾んで床に落ちたが——偶《たま》さかに配女が置いた薄物の包みの上に、鳥がとまるように乗った。

「えぇい、腹立たしや。そういう象《かた》はいらぬ」

空舟はわざわざ膝でにじり寄ると、その紙玉を拾い上げて、衣の袂《たもと》に入れた。

象とは、占いの結果を指す言葉である。投げ捨てた男の文が、狙い定めたかのように樋箱の上に乗るというのは、少なくともいい意味ではないだろう。

（そんなことは……我自身が誰よりも心得ておる）

口にするのも無慙《むざん》であるが——自らを苛《さいな》むような言い方をすれば、おそらく己は、今使ったばかりの樋箱とさして変わりない。

この局に通ってくる男は、式部史生と八条西洞院の他にも幾人もいる。ほんの一度だけ床を共にした者もいれば、三日三晩続けて来て、そのまま糸が切れたように来なくなった者もある。

しかし、その誰もが真摯《しんし》な思いなど、持ち合わせてはいないのだ。ただ女性の肌が恋しゅうなった時、気まぐれにやって来て、迸《とばし》りを放っていくだけのこと——それを受け止める自分が、樋箱同然でなくて何だというのか。

しかし、人に選ばれるものを何も持っていない自分が、少しでもよい縁を摑もうとすれば、ただ一つ残されたものを使う他にはない。身分のある親がいるでもなく、羨まれるような美貌も才もない自分には、それしかないのだ。

さもなければ——病などを得ても誰にも頼れぬまま、やがては何処《いずこ》かの野辺に虚しく白骨を晒すことになるのだから。

二

空舟が己の身の変化に気付いたのは、冬のことである。

それまで何でもなかった食物の匂いに悪心《おしん》を覚えたり、いつまでも胸のつかえが治まらなかったり——さらには堪《こら》えがたいほどに身が弛《たゆ》くなり、何をする気も起こらなくなって、日がな一日、起きるでもない寝るでもない暮らしぶりとなった。時折、頭が重くなったりもしたので、質の悪い風病《ふうびょう》でも患ったかと思っていたのであるが、ある時、その様子を見ていた配女が言った。

「空舟様、もしや御子《おこ》を孕《はら》まれたのではございませぬか」

自分より年下の女童が、知ったようなことを言う……と空舟は思ったが、自分とて子を孕んだことはなかったので、何ら言い返すこともできない。

「親類の者が最初の子を孕んだ時も、今の空舟様のように、一日中寝たり起きたりを繰り返しておりました。物を食べる気にもならず、ただ茹《ゆ》でた菜ばかりを口にしていたのですが、少し時が経つと、いきなり餓鬼のように食を欲するようになりました。ですから何日かして胸のつかえがなくなり、それまで以上に食べたくなるようでしたら、それもあり得ることと、お考えなさるべきかと」

その言葉は尤《もっと》もらしかったが、認めたくない空舟は、まともに聞き入れもしなかった。若《も》しや若しやにでも、そんなことになったら、自分はどうなってしまうのだろう。そもそも、何人もの男と床を一つにしているのであるから、子の父が誰であるかも判らない。

(これは、ただの風病よ……そう容易く、子などできるはずはないのだ)

ひたすらに、そう信じようとした空舟であったが、月のものが久しくないことが恐ろしく思われた。母を早く失い、同じ女性の友もない空舟であったが、子を孕めば月のものがなくなるということぐらいは、薄ぼんやりと知っていたのだ。

(本当に孕んでしまったのだろうか)

日を追うごとに恐れは大きくなっていき、やがて胸のつかえが治まった途端に、とにかく食べたくてならなくなった自分に気付いて、初めて泣いた。

（間違いない……子ができたのだ）

女性だけが持つ勘のようなものもあったのやも知れぬが、やがて空舟は確信した。誰が父かは判らぬが、自分の中に別の命が生じた。

定まった夫のある身ならば、むしろ寿《ことほ》ぐべきことであろう。しかし今の空舟には、暮しのすべてを壊しかねない出来事であった。

まず、父の判らぬ子を孕んだと、とても主に申し上げるわけには行かぬ。その不埒《ふらち》だけでも、主は眉を顰《ひそ》めるに違いない。

また身重となれば、満足に仕えることができず、事によっては暇を出されるやもしれぬ。否、主の性《さが》に思いを巡らせば、必ずやそういうことになろう。何も主は、空舟を可愛く思って身の近くに置いているわけではないのだ。文の代筆だの、主の妻の世話などができなくなれば、自分がこの屋敷にいる意味がなくなってしまう。

（いったい、どうすればよいのか）

流産させるための薬があるらしい……という噂は聞き知っているものの、その名も判らなければ、如何にすれば手に入れられるかも判らぬ。あからさまに人に尋ねれば、すぐに我が身に起こったことを悟られてしまうに違いない。

（こうとなれば、やむを得ぬ）

やがて空舟は、心を決めた。

（このまま何事もなく過ごし、いざ産む時が来たら、配女だけを連れて、どことも知れぬような山深くに入って、そこで産んでしまうしかない……それならば、たとえ我が命が尽きてしまったとしても、誰にも知られずに済むであろう。もし幸いにも死なずにいたなら、何も知らぬような顔で戻ってくればよいのだ）

情けなきことに、赤子の行く末などには、まったく考えが及ばなかった。

口に出せば鬼の吐くような言葉やも知れぬが——誰にも望まれずに孕んだ子など、ただの障りでしかない。たとえ生まれたところで、どのみち二つ三つまで育つ子の方が少ないのだ。今生《こんじょう》はそういうものであったと弁《わきま》えて、野の露となって貰うしかなかろう。

こんな人に非《あら》ざるような物言いは、何も空舟が愚かであるから出てくるものではない。この世が、そういう世だったのだ。身分のない者、財のない者の命など枯葉の如くに軽く、顧みられることのない世なのだ。

むしろ空舟が案じなければならぬのは、己の命である。

子を産むということは、まさに命を賭した行いであり、これればかりは身一つで挑まねばならぬ。如何に尊い方であろうと、あるいは地下《じげ》の薄汚れた女であろうと、自らの力でしかやり遂げられぬものだ。しかも子と引き換えに命を落とす母や、あるいは共に身罷《みまか》る親子など、珍しくもない。

（もはや……腹を据えるしかあるまい）

空舟はそう心に決め、その考えを配女に話した。事ここに至っては、知らせぬわけにはいかなかった。思えば、その女童こそが、今の自分が唯一頼れる身内なのだ。

「やはり、孕まれておいでででしたか」

配女は、まったく驚いた様子を見せなかった。元より、あまり心を顔に出さぬ女である。

「それで、如何様《いかよう》になさるおつもりでございます？」

「どこか山深いところで、産んでしまおうと思う。そのための用意を、人に知られぬよう、整えて貰えまいか」

「かしこまりました」

すべてを心得ているのか、生まれた赤子の処遇については、配女も尋ねなかった。

その後、焦《じ》れるほどに時の流れは遅かったが――幸いにして、空舟の身に目に見えるような変化は、ほとんどなかった。

前より食べるようにはなったものの、顔に肉が付かずに済んだのは、亡き親たちから受け継いだ体の質のおかげであろう。むろん腹は日々膨らんではいるものの、元より衣が体の線を隠していたので、誤魔化すのにも労はなかった。

また主から命ぜられる仕事も、でき得る限り平静にこなした。

時には配女の力を借りることもあったが、表向きだけは十分に繕えていた。うまくやろうという心が働いていたせいか、時には常より早く仕事を終わらせてしまうことさえあって、それを褒められたりすると、何とも面映《おもは》ゆい心持ちになったものだ。

それらの苦労の甲斐あって、子を孕んだことを、どうにか人に知られぬままに時を過ごせたのである。

やがて春と夏が過ぎ――風に秋の気配を感じる頃合いの明け方、空舟はその時が来たことを悟った。

(この痛みは、間違いあるまい)

俄《にわ》かに腰の裏を捩《ね》じられるような痛みが来たかと思うと、やがて潮のように去っていき、時を置いて再びやって来る。

「配女や……目を覚ましてたも」

万一に備えて同じ局に寝かせていた配女は、その囁くような一言で目を開いた。

「先ほどから、腰回りが痛くてならぬのじゃ」

「さようでございますか」

さっと起き上がり、少しの間も置かずに腰を摩《さす》ってくれる配女を、さすがに有難いと思う。

「聞いた話では、この痛みの間が近くなった時に、赤子が出《い》で来るそうでございます。おそらくは、今日か明日ではありませぬか」

「その話は、我も聞いた覚えがある……では、支度をするか」

局と言っても、広い板の間を几帳《きちょう》と屏風で仕切っているだけであるので、声高《こわだか》に語るのは禁物である。隣の局との間には少しばかりの距離を取ってはあるが、いくら念を入れても過ぎるということはない。

かねて整えておいた荷物を持ち、やがて二人は静かに屋敷を出た。

「空舟様、どちらの山に向かいましょうや」

屋敷から離れたところで配女が尋ねてきたが、空舟はすぐに答えることができなかった。不安ばかりが先立って、はっきりとした道のりを十分に考えていなかったのだ。

「東の山の方が近かろうや」

「さようでございますね」

二人は東に向かって歩き始めたが、日頃から外に出ないうえに身重とあっては、空舟の足はなかなか思うように進まなかった。どうにか賀茂川《かもがわ》に着いた辺りで、夜が明ける。

「ここから、どちらに向かいまするか」

「はて……どこに行くのがよいか」

「ここからならば、粟田山《あわたやま》が近《ちこ》うございまする」

そこがどのような場所か、空舟には思い描くことだにできなかったが、こうなってしまっては人目を避けられる山ならば、どこでもよい。

「ならば、そこに参ろうぞ」

「心得ました。そうと決まれば空舟様、今一度、お力を絞ってくださいますよう」

そう言って配女は空舟の手を引いて歩き、道が緩やかな上り坂になってきたところでは、そっと後ろに回って背を押した。

そんな具合に歩き通し、やがて小さいながらも、清げな川が流れているのを見つけた。川からほど近いところに粗末な家が、いくつか寄り集まっている。

そこで再び痛みがやって来たので、空舟は近くの木の根元に身を横たえた。

「すまぬな、配女……こんな風に休んでばかりいては、山に入るのがいつになることやら」

「いえ、ちょうどよいと申すのも憚《はばか》られまするが、すでに小筒《ささえ》が空になっておりましたので、私めも助かりまする」

そう言って配女は、かすかに笑みを浮かべたが――心なしか子を孕む前より、この女童は接しやすく、また話しやすくもなったように思える。おそらく秘密を二人だけで分かち合ったことで、それまで少なからずあった心の垣のようなものが、ずっと減ったのであろう。

配女がせせらぎの水で小筒を満たしている間、空舟は横になったまま痛みに耐えていた。

（この痛みの間が、どれだけ近くなれば産まれるのだろう）

そっと腹を摩ると、中で子が動いているのが判る。早く世に出たくて足踏みでもしているのか、あるいは出たくなくて尻込みしているのか――いずれにしても、あまり長くは生きない相《さだめ》の子である。さすがに哀れに思えて、空舟は自分の腹を摩った。

「空舟様……あそこの小屋に牛がおりますするのが、お見えになりますか」

やがて小筒に水を満たした配女が戻ってきて、近くの粗末な小屋を指さして言った。そこには屋根と板壁だけで戸がなく、丸太で作った柵の向こうに、痩せた牛が二頭並んでいた。見た通りに牛小屋なのだろう。

「うむ、見える。二頭も牛を持っているとは、鄙住《ひなず》まいながらも、なかなかの家よの」

「かなり老いた牛ですが……それはさておき、小屋の隅に一本の縄がぶら下がっておりまするな」

初めは縄など見つけられなかったが、目を凝らしているうちに、ようやく気付く。おそらく屋根の下に横木でも渡してあって、それに括り付けられているに違いない。

「あの家にも、近く産ずるか、あるいは産じたばかりの女性がおるようです」

なるほど、あれは子を産む時、息み易くするために縋《すが》る紐《ひも》なのだろう。あの家では、牛小屋で産むことを選んだようだ。

実は子を孕む前から、空舟が理不尽に感じていたことなのであるが――この世においては、子を産むという行為が、あまりに軽く見られているような気がしてならなかった。いや、むしろ蔑《さげす》まれ、恥ずかしいことのように隠され、疎《うと》まれていると言った方が正しいだろうか。

実は流れる血を忌《い》み嫌うあまりに、〝産む女〟を少しでも遠ざけようとする習いがあるのだ。生まれた赤子は慈しみ可愛がるのに、それが出てくる過程は不浄……というわけだ。

だから身分の別なく、まず屋敷の中で女性が子を産むことは少ない。

多くの場合は山や森の中、川辺などで、一人で産むのである。あの家のように牛小屋の隅で産むことも、何ら珍しくもない。むしろ屋根があるだけ、森の中で産むよりは、遥かによいであろう。

ついでながら、故あって屋敷の中で産んだ場合は、大仰な清めの儀式と、長い物忌《ものいみ》が必要となる。とかく面倒な世だ。

「これから産ずるか、産じたばかりの女性があの家におったとしても、それが我らに何の関わりがあると？」

配女の言葉に、空舟は尋ね返す。

「そのような女性がいるということは、それなりの支度も整えてあるはず……如何でございましょう、いっそ空舟様も、あの場を借りて産ませていただくというのは」

「それはならぬ」

配女の考えは悪くないとも思えるが、こんなにも里に近いところでは、やはり自分がどこの誰であるか、それとなく知れてしまいそうな気がしてならなかった。それだけは、どうあっても避けねばならない。

空舟がそう答えると、配女は肩透かしに感じるほど簡単に、自らの思い付きを取り下げた。

「なるほど、あの家の者が性悪《しようわる》で、秘密を広めるやも知れませぬし、あるいは詰まらぬ脅しをかけてくる恐れもありますまするな。あまりに空舟様がお辛そうであったので、つい安易な手立てを考えてしまったのですが、実に浅はかでありました」

「いや、こちらの身を思うて言うてくれたこと……有難く思う」

そう言いながら、空舟は立ち上がった。痛みは遠ざかっていたので、こうなれば、しばらくは動くこともできる。

「これからは山道になります故、足元にはご注意してくださいまし」

さまざまな道具や布などを収めた衣包みを担ぎ上げながら、配女は言った。

三

やがて二人は山の中に足を踏み入れ、具合のよい場所を求めて歩いた。

しかし、ここぞという地には、なかなか巡り合えなかった。欲をかくつもりはないが、どこも都合のよいところがあれば悪いところもあり、なかなかに決めることができなかったのである。

特に空舟は、できるだけ人が足を踏み入れぬような地を選びたいと思っていた。そこが己の最期の場所となるやも知れぬからだ。

子を産むのは、まさに命がけの行いである。

特に初めての場合は、思ってもみなかった難儀が起こることも多いと聞く。無事に子を産んだ後、いきなり脚の間から夥《おびただ》しく血を流し、そのまま儚くなってしまった知り合いが空舟にもいたし、あるいは産んでいる最中に頓死することも珍しくないらしい。

それならば、初めから死ぬる場所を探す気でかかった方がよいのではないかと思う。たとえ命を落とすことになっても、できれば後に亡骸《なきがら》を獣に食われぬような場所が望ましい。それでいて自分を知っている者が、偶然にも亡骸を見つけてしまうようなことが避けられる土地ならば、言うことはない。

そんな風に探し回りながら森の中を歩いているうちに、北山科《きたやましな》に着いた。

よい形の山が並んでいる地ではあるが、人の姿を見かけることは稀で、荒れ果てた鄙と考えている都人も多い土地である。

(この辺りならば、よいやも知れぬな)

よろけるように歩きながら空舟が思った時、配女が不意に、山の上の方を指さして言った。

「空舟様……あそこに屋敷らしきものがございまするぞ」

その指し示す先を見ると、山の斜面に沿って小さな屋敷が建っているのが見えた。かなり古びたものらしく、すでに屋根や壁だのが木々の肌と同じような色に変じて、周囲に溶け込んでしまっているようだ。

「こんなところに屋敷があるとは……もしや昔の山庄《さんしょう》などではないか」

山庄とは、荘園を管理する者のために建てられたものであるが、この土地の荒れ方を見れば、今もそれらの人々が残っているのかどうか、怪しいものであった。

「もしかすると、打ち捨てられた屋敷やもしれません。あそこならば、雨風が凌げまするぞ」

配女に励まされつつ山道を登っていくと、さして時もかからずに、屋敷の前に着いた。

「やはり……人は住んでおらぬようでございますな」

近くで見ると、すでに屋敷は半分ほど崩れかけていた。屋根にも草が生え、壁のあちらこちらには穴が開いている。

「無事に産ずることができれば、何日かは身を休めねばなりません。そうとなれば、このようなものでも屋根と壁があるのは、大きな利でございましょう」

「確かに……その通りじゃ」

さらに言えば、命を落とすようなことになっても崖から投じて貰えればよいので、たとえ配女一人であっても、亡骸《くぐ》の始末を付けてもらえよう。

恐る恐る屋敷の入口を潜ると、中の荒れ方もかなりのものであった。

接客などに用いていたと思われる放出間《はなちいでのま》に上がってみると、床の板敷がところどころ剝がれていたものの、空舟が身を横たえるのには十分な広さがあった。

「うむ、なかなか具合がよい」

「そうとなれば、後で床なども拭いておきましょう」

小さな撥ね上《あ》げ窓を押し上げ、転がっていた適当な木を噛ませながら配女が答えた時――どこか遠いところで、人の足音のようなものが聞こえた。響き方から察するに、それほど大きくもない何者かが、ゆっくりとこちらに近付いてきているようだ。

（これは困った……どうやら、人が住んでいたらしい）

こんな破れ屋に人がいるとは思わなかったが、勝手に入ったことを咎められるのは間違いなかろう。もし追い出されれば、再び産ずる場所を求めて彷徨《さまよ》わなければならないが、もはや多くの時は残されてはいまい。

言葉を発せぬまま配女と顔を見合わせていると、近くの遣戸《やりど》が静かに開いた。

気が張るあまりに、空舟は思わず配女の手を握ったが――顔を出したのは、白髪頭の小さな老婆であった。口を真一文字に結び、眉根を寄せた顔は恐ろしげにも見えたが、次の刹那、その顔に何とも人懐っこい笑みが浮かぶ。

「おぉ、思いがけず客人がいらしておる……はて、どちら様ですかな」

どうやら眉根を寄せていたのは、弱った目で空舟たちの様子を見定めていたかららしい。

「断りもなしに上がり込んだ御無礼、なにとぞお許しくださいまし」

空舟は座り直して頭を下げようとしたが、老婆は慌てた声で押し留《とど》めた。

「そのまま、そのまま……見たところ、子を孕んでおられるようじゃな。それも、すぐにでも出てきそうな頃合いじゃ」

その声と口ぶりは、疲れていた空舟の心を撫でるように優しいものであった。それに安堵した途端、なぜか目に涙が滲《にじ》み、ほろりと零《こぼ》れて頬を滑る。

「故あって、身元を詳《つまび》らかにはできませぬが、実は……」

その老婆には、なぜか自分が置かれている苦境をすべて話してもいいような気がした。それこそが年を重ねた者の持つ、人を安らがせる力なのやも知れぬ。

そうは言っても、誰が父とも判らぬままに子を孕んだと正直に語るのは憚られたので、父は急な病で身罷ったことにした。その形見の子を安心して産める場所を求めて夜明けから彷徨い続け、ここに辿り着いた……と答える。

「それは難儀なことでしたな。しかし安心なさるがよい。この破れ屋には、この婆《ばば》の他には誰もおりませぬ。粗末なところでございまするが、よろしければ、ここで赤子をお産みになればよい」

老婆は変わらず笑みを浮かべながら、なぜか揉み手しながら言った。

「赤子が生まれるのは、何より嬉しいことじゃのう。私は見ての通りに年老いて、こんな片田舎の破れ屋に一人暮らす身じゃ。産の穢《けが》れなど爪の先ほどにも気になりませぬ故、産じた後も留まって、しばらく体を休められるがよい……むろん婆も、かように干からびた手でよろしければ、お貸しいたしますぞ」

その言葉を聞いた時、まさしく仏の加護に相違ないと、空舟は思った。もともと己の運命を甘く考えない性分であるが、この時ばかりはそうとしか考えられなかった。

「産ずるは、初めてでございまするか？　なれば心許《こころもと》なく思っていることも、数多《あまた》ありましょう。ですが、この婆がおれば、憂いはございませぬぞ。生業《なりわい》としていたわけではございませぬが、この年になるまでに赤子の四人や五人は、取り上げておりまする故」

そう言うと老婆は、粗末なものとは言え、薄縁《うすべり》（ござ）を板の間に敷いてくれた。

「あぁ、まことに有難い」

再び痛みが始まっていたので、空舟はそこに横たわり、腹を摩った。明け方に感じて以来、痛みの間は、かなり狭くなっている。もしや、そろそろ産気が来るのやも知れぬ。

「ちょっと、失礼いたしますぞ」

老婆は足元に控え、いきなり空舟の衣の裾を開いたかと思うと、有無を言わせぬ勢いで、両脚までも開く。

「婆様、何を」

恥ずかしさに閉じようとすると、さもおかしそうに老婆は笑った。

「開かねば、赤子は産めませぬぞ。いったい、どこから出てくるとお思いか」

なるほど、老婆の言う通りだが――こちらにも心の支度というものがある。

（これも、やむないこと）

仕方なく脚を広げると、老婆はあからさまになったそこを覗き込んだ。

「すでに戸口が開きかけておりまするな……そのうちに腹の中の水が出て参りますので、そうなれば程なく赤子も降りて参ります」

やはり覚えのある者が傍《そば》に控えていてくれるだけで、何と心強いものであろう。空舟は、この名も知らぬ老婆に、万事を任せようと思った。

「ならば、私は湯を沸かしましょう……厨《くりや》は、こちらでございまするか」

それまで成り行きを見守っていた配女は、まるで猫のように音もなく立ち上がり、老婆が入って来た遣戸の方に向かおうとした。

「そちらに行ってはならぬ！」

いきなり老婆が声を荒らげ、思わず空舟は身を固くした。むろん怒鳴られた当の配女も、まるで石にでもなったかのように、歩きかけた姿勢のまま止まっている。

「大きな声など出して、申し訳ありませぬ……実は、すでに御覧の通り、この屋敷の床は所々割れておりましてな。見かけこそ大丈夫なように見えても、あちこちが落とし穴のようになっておりまする。特に遣戸の向こうには、床板が腐ったところがいくつもあって、何も知らずに足を踏み入れるのは危のうございまする……この婆めは、もう慣れておりまするが」

なるほど、荒い声を出してまで配女を引き留めたのは、そのような理由であったか。

「湯は、私めが沸かして参りましょう。その間に、衣を改めておくのがよいのですが……

白衣《びゃくえ》はお持ちかな?」

「はい、持参しております」

産ずる時は、悪いものに入られぬように、白い衣を纏うことが習わしになっている。

「では、湯を沸かしてまいります故……おそらくは、間もなく赤子が降りてきましょう」

そう言って老婆は、巧みに割れた板敷を避けて歩き、再び遣戸を開けて部屋を出て行った。

その間に、言われた通りに衣を改める。

「あの大きな声には、さすがに肝が冷えました」

薄縁の上で空舟の衣を着替えさせながら、配女がぼやくように言った。

「まさか遣戸の向こうに、我らに見られては困るものでも、あるのでございましょうか」

「何を莫迦なことを……配女が床を踏み抜いて怪我をせぬように婆様は申してくれたのだから、そのような物言いをしてはならぬ」

「それはその通りでございましょうが……何も見知ったばかりの者に、あんな言い方をせずとも」

何のことはない、配女は初めて会った老婆に、強く諌《いさ》められたのが気に入らないらしい。

そんなことで口を尖らせているのを見ると、やはり、まだ童《わらわ》であると思える。

思わず笑いが唇から漏れた時、まったく別のことが空舟の頭の中に閃《ひらめ》いた。

(何となく似ておるな……あの話に)

むろん口には出さないが、改めて考えてみると、今の自分の置かれた立場は、ある話に出て来た子を孕んだ女に似ているように思えた。

ある話とは——奥州《おうしゅう》の安達ケ原《あだちがはら》という土地で起こったという出来事である。いつの頃と記された書などがあるわけではないが、今から百年以上も昔の話と伝えられているらしい。

その頃、ある女が貴族の屋敷に乳母として仕えていたが、面倒を見ていた姫は生まれながらに不治の病に冒されており、五つの年を迎えても口もきけない有様であった。姫を深く愛していた女は、如何にすれば姫を救えるかと占い師に問うと、「まだ女の腹の中にいる赤子の生き胆《いぎも》が、この病に効く」と教えられた。

おそらくは逡巡もあったに違いないが、やがて女は、生まれたばかりの自分の娘を捨ててまでも、その生き胆を求める旅に出た。あるいは姫の為に己の手を血に染めると決めた時、その姿を娘に見せるわけには行かぬ……と思い至ったのやも知れぬ。

やがて女は奥州の安達ケ原という野に辿り着き、そこの洞穴を岩屋として住まい、ひたすらに子を孕んだ女が来るのを待った。しかし、そう都合よく現れるはずもなく、五年十年と時は容易《たやす》く流れ、ついには二十年もの歳月を数えるまでとなった。

やがて女の邪《よこしま》な願いが、やはり邪な魔にでも聞き入れられたのか、ある日、若い夫婦がその岩屋に宿を求めてやってくる。妻の方は子を孕んでおり、俄かに産気づいてしまったのだ。

夫は女に妻の面倒を頼み、自らは薬を買い求めに出て行った。

むろん女は、この機会を逃すまいと妻に襲い掛かった。無残にも腹を裂いて赤子を取り出し、さらにそれを裂いて生き胆を抜き取るという鬼の所業である。

ようやく積年の願いを果たしたと女は狂喜したが――しかし妻が身に着けていたお守りを見て、驚愕《きょうがく》した。それこそ旅に出る際に、己自身が娘に残してきたものであったからだ。

つまり孕んでいた妻は、成長した己の娘だったのである。

あまりのことに女は狂れ、それ以来、旅人を襲っては殺し、その肉を喰らう鬼婆となり果てたのだという。

（まさか、あの婆様が、鬼婆なる者ではあるまいな）

その話を思い出した空舟は、そんなことを考えもしたが、それはあり得ぬことだとすぐに気付いた。鬼婆の話には、もう一つ、ちょうど続きのような話があるのだ。

どうも聖武帝《しょうむてい》の御代《みよ》とされているらしいが――一人の僧侶が、やはり安達ケ原を旅していた。その野の半ばほどのところにまで来た時、折悪《あ》しくも日が暮れてしまう。近くに人家らしいものも見つからず、困り果てているところに、洞穴を住まいとして用いている岩屋を見つけた。訪れてみると老婆が一人で住んでおり、一夜の宿を求めた僧侶を快く迎え入れてくれる。どうにか野宿をせずに済んだ僧侶は、その老婆と語り合って時を過ごした。

やがて薪《たきぎ》が足りなくなったので取りに行く……と老婆は外に出て行ったが、その際に奥の部屋を絶対に見てはならぬと、強く言い置いてゆく。

僧侶は初めのうちこそ言い付けを守っていたが、やがて頭を擡《もた》げて来た好奇心にどうしても勝てなくなり、禁じられた部屋の中を覗いてしまった。すると、そこには——夥しい数の人の白骨が、山のように積み上げられていたのだ。

僧侶は旅の途中に聞いた、旅人を殺して食うという鬼婆の噂を思い出し、あの老婆こそ鬼婆であったことを悟って、慌てて逃げ出した。やがて戻って来た老婆は、世にも恐ろしげな鬼婆の姿に変じると、人とも思えぬ速さで僧侶の後を追った。

すぐに追いつかれた僧侶は、あわや捕らえられそうになるが、荷物の中に如意輪観音菩薩《にょいりんかんのんぼさつ》の小さな仏像があったのを思い出し、それを取り出して助けを求めた。すると仏像はまばゆい光を放って宙に浮き上がり、破魔の矢を放って鬼婆を射貫《いぬ》いたのだ。

そうして鬼婆は退治されたものの、観音の導きによって成仏を遂げ、僧侶は大きな川のほとりに塚を作って亡骸を葬ったという。

（つまり……鬼婆は、すでにいないのだ）

押し寄せて来る腹の痛みに堪えながら、空舟はそう思ったが——己が子を孕んだ女性であることと、別の部屋を見せまいとするような老婆の行いが、伝えられている二つの話と、奇妙に合うようにも思われた。

（しかし、あの優しげな婆様が、本当は鬼婆だとしたら……）

そう考えた時、腹の奥で何かが弾けるような心地がして、いきなり脚の間から生ぬるい水が流れ出た。尿かとも思ったが、妙に粘りがある。

次の刹那、これまで感じたことのないような痛みが、下腹に走った。

四

一刻にも届きそうなほどの苦悶の末、ついに空舟は子を産んだ。玉のような男子である。

（これが……我が子）

まだ誰に似ているとも判じかねるが、その新しい肌、新しい体を見ているだけで、何とも喩《たと》えようもない嬉しさが込み上げてくる。

「ご苦労でございましたな……けれど、取り立てて重いわけでもありませなんだ。世の母なる人は、誰もが同じような辛さ苦しさを耐え忍んだのでございまするぞ」

生まれたばかりの赤子を手際よく湯浴《あ》みさせながら、老婆は言った。それを横から覗き込んでいる配女も、老婆の目を盗んで赤子の小さな手に触れたり、顔に飛んだ湯の雫《しずく》を柔らかな布で押さえたりしている。

「やはり……赤子は可愛らしいものでございますね」

そう語る目は輝いていて、どうやら配女も、己の中の母心《ははごころ》のようなものが震えているのを感じているらしい。

「ささ、乳を飲ませておあげなされ」

「乳など、出るのでしょうか」

老婆から赤子を受け取り、慣れぬ手つきで乳首を含ませてやろうとすると、思いもよらなかった勢いで乳が出てくる。それが顔にかかり、赤子は釣り上げられた魚のように唇を動かした。

「おぉ、すまぬ、すまぬ……我も母となるのは初めて故に、少しばかりの不調法は許せよ」

そう言いながら乳首を含ませてやると、赤子は飢え切っていたかのように、勢いよく吸い始めた。我が身から出たものを、こんな可愛いものが飲んでいるのかと思うと、何とも不思議な心持ちになる。

(この子を野に置いて行こうなどと……何と恐ろしいことを考えていたものか)

さっきまでの己は、まさしく狂れていたとしか思えない。我が身の保身ばかりを考えて、こんなにも清げで可愛らしいものを、捨てる気でいたとは。

(いっそ主の屋敷を出て、このような鄙の地で母子二人、生きて行くのも悪くないやも知れぬな)

どのみち才も財も後ろ盾もない己は、いわゆる貴族の世では、幸いを掴めないであろうことは判り切っている。父の判らぬ子がいるとなれば、尚のことだ。ならば長い髪を切って、畑を耕すなり、土を捏《こ》ねるなりして、生きて行く方がよいのではなかろうか。

できるものなら、それも悪くないとは思うものの――この年になって今さら、別の職で日々の糧を得ることなどできるのだろうか。考えようによっては、己が今日まで生きて来られたのは、端くれとは言え〝貴族の女性〟だったからなのではないか。

「さぁ、こうして無事に生まれたからには、とにかく身を休めることが肝要でございまする。しばらくの間は赤子の腹も小さく、夜でも乳を欲しがって泣くもの……寝られる時に寝ておかなくては、身が持ちませぬぞ」

さすがに老婆は、細やかなことを存じているものである。なるほど、赤子の腹が小さいうちは、それだけ早く腹が減るということだ。

「先ほど申し上げましたように、七日ほどは休んで行かれるとよいでしょう。無理に動くのは、体を壊す元でございまするからな」

まるで本当の祖母のように、老婆は優しく言った。その言葉に感涙しながら、空舟は甘えさせて貰おうと決めていたのだが――その三日後に、渾身《こんしん》の力を振り絞って山道を逃げることになるとは、その時には夢にも思わなかったのだった。

夢。

そう、思えば、あれは夢だったのやも知れぬ。あるいは、ただの聞き間違いか、己が寝呆《ねぼ》けていただけなのやもしれぬ。

しかし、老婆の口から出て来た言葉の意味を知った刹那に、空舟の身を貫いて行った怖気《おぞけ》は、夢でも幻でもなかった。このままでは、必ずや赤子が老婆に食われてしまうと、心の底から思ったのだ。

赤子を産んで三度の夜を過ごして、空舟は少しばかり疲れを覚えていた。

老婆が言っていた通り、赤子は夜中であろうと乳を欲しがり、そのたびに泣いて母を起こす。もちろん乳が出るのは空舟だけなので、老婆や配女に代わって貰うこともできなかった。

そんな暮らしを三日続けただけで、空舟の身は悲鳴を上げそうであった。

元より貴族の屋敷に住まう女性は、端女《はしため》などを除けば、まったくと言っていいほど外に出ず、歩くことも身を動かすことも少なかった。そうあるのが、品のある女性である……という風潮が、貴族の世では当り前になっていたからである。だからこそ空舟も然《しか》りで、動かぬ故に体力もなく、少し長く歩いただけでも辛くなるのが常であった。

そんな頼りない身で、都から山道を歩き通して北山科に至り、赤子を産んで、さらには眠りを妨げられながら乳を与えているのだ。疲れが溜まらぬはずがない。

だから空舟は、いつか老婆に言われた通り、寸暇を惜しんで眠った。朝でも昼でも、隙あらば眠っていたのである。

だから、赤子を産んでから四日目の昼——その言葉を耳にした時も、半分は夢の中に落ち込んでいるようなものではあった。

赤子を隣に寝かせ、己も眠っていた時、ふと枕元に誰かの気配を感じた。やがて遠慮がちの衣擦《きぬず》れの音も耳に届く。おそらくは老婆か配女かが、そこで何かしているのだろう。

その気配で眠りが浅くなったのを、空舟は忌々《いまいま》しく感じた。何の用かは知らぬが、わざわざ自分と赤子が寝ている枕元に来ることもなかろうに。

配女ならば苦言を呈してやろうと、重い瞼《まぶた》をゆっくりと開き、そこにいる者の姿を見ようとした。

（あぁ、婆様か）

枕元にいたのは老婆の方で、大きく腰を曲げて赤子の顔を覗き込んでいる。

さすがに恩ある老婆を叱り付けるわけにもいかなかったが、ここで赤子を起こされてはたまらぬと思い、別の部屋に行ってくれるように小声で頼もうとした。

その時、赤子の寝顔を眺めながら、老婆がはっきりと言ったのだ。

「あぁ、何と美味そうな……ただ一口じゃ」

赤子ならば、一口で食えるという意味だろうが——その言葉を発した時、老婆の口元から牙のように尖った歯が見えた気がした。

（やはり……鬼婆）

そう思った刹那、体中に粟《あわ》が生じ、それまで自分を引きずっていた眠気が消し飛んだ。しかし、目覚めたのを老婆に気付かれまいと、身を震わせながら寝たふりを続ける。

やがて老婆が離れていき、遣戸の向こうに姿を消してから、空舟は身を起こした。

（このままでは、この子が食われてしまう）

ようやく、判った。大きな腹を抱えていた自分に優しくしてくれたのは、甘く柔らかな赤子の肉にありつくためだったのだ。むろん自分も配女も危ういが、今は兎《と》にも角《かく》にも、赤子を守らなくては。

（早く逃げないと）

ちょうどそこに、部屋を離れていた配女が戻ってくる。

「空舟様、目を覚まされましたか」

「それどころではない」

空舟は隣の赤子を起こさぬよう、今しがた自分の見たものを配女に語った。

はは ぁ、変な夢を見たのでございますね——必ずや、そういう言葉が返ってくるであろうと思っていたのに、配女が返してきたのは、思いがけない一言である。

「実は私も、婆様の口から鋭い歯が覗いているのを、一度だけ見たことがございます。てっきり何かの見間違いであろうと思っていたのですが、空舟様まで御覧になったとあれば、あれはやはり本当のことであったのでございますね」

「配女も見たのか……ならば、間違いのない話よの。あの方は、まごうかたなく鬼婆じゃ。そうとなれば、一刻も早く逃げようぞ」

しかし、赤子は未《いま》だ首も据わっておらぬうえに、空舟は体に力が入らぬままだ。どれだけ懸命に逃げたところで、とても逃げ通すことなどできぬように思われた。

「こうなっては、やむを得ぬ……配女が赤子を抱いて逃げておくれ。我は我で、どうにかして逃げてみせる。命あらば、再び粟田口《あわたぐち》で落ち合おうではないか」

赤子の命を守るためには、それが最善のように思えた。

「心得ました……もう少しすれば、必ずや婆様は昼寝をなさいます。その時を見計らって、ここを離れるのがよいでしょう」

共に暮らして知れたことだが、まだ残る暑さを避けるためか、老婆は日が最も高くなる頃合いに、決まって昼寝をするのだ。

「うむ……荷はすべて、ここに捨てて行くがよい。とにかく身を軽くして行こうぞ」

二人は老婆に気付かれぬよう、声も出さずに身支度を整えた。

やがて老婆が昼寝をしたのを確かめてから、二人は静かに破れ屋を離れた。やはり空舟の腰から下には力が入らず、どんなに急ごうが、いつも歩くよりも遅かった。

「では、粟田口でお待ちしておりまする……空舟様も、お気を付けてくださいまし」

かねて決めておいた通り、途中で配女と別れた。むろん配女とて首の据わらぬ赤子を抱いて走ることなどできぬが、それでも空舟と一緒にいるよりは速い。

森の中に配女と赤子の姿が消えていくのを確かめ、空舟は早速の休みを少し取った後、落ちていた木の枝を杖代わりにして、ゆっくりと歩き始めた。

(これから我と赤子は、どうなるのだろう)

先のことは判らぬ。ただ今は、あの鬼婆から逃げ通し、再び相まみえることが何よりも大切だ。

空舟は杖代わりの枝に縋るように、渾身の力を込めて歩いた。

五

ここよりは、空舟の知らぬ話。

秋が深まり、山の葉が鮮やかな朱や黄に変わる頃——配女は一人で、いつぞやの山の破れ屋を訪れた。

「婆様、婆様……起きておるかや」

前に来た時よりも図々しく、まるで自分の家であるかのように、屋敷の中に足を踏み入れる。

「おぉ、配女かい。久しいの。今日はどうしたのじゃ」

「日暮れまで暇がもらえたので、婆様の顔を見に来ての。うむ、変わりはないようじゃな。善《よ》き哉《かな》善き哉」

配女は勝手に放出間に入り込み、かつて空舟親子が身を横たえていた場所に腰を下ろすと、堂々と胡坐《あぐら》をかいた。

「相変わらずじゃの。あの……空舟という方を連れてきた時は、なかなかに女らしくもあったのに」

「あれは、曲がりなりにも主人の前だったからじゃ。まぁ、本当を言えば、あの方も主人というわけではない。たまたま、女童として世話をしろと言われたから、言うことを聞いていただけのこと」

いつもは解《ほど》いている髪を山吹《やまぶき》色の紐で一本にまとめているので、どことなく寺の稚児《ちご》のようにも見える。

「あの方が挨拶もなしに出て行ってから、そろそろ一月《ひとつき》あまりにもなるが……あの後は、どうしていたのじゃ」

老婆が尋ねると、配女は胡坐をかいた腿《もも》に肘をついて頬杖にし、つまらなそうに答えた。

「何のことはない、真っすぐ山を降りて、粟田口というところで落ち合った。それから賀茂河原に向かって、そこにある小さな家で衣を改めて、元の屋敷に戻っただけじゃ。そうするために、わざわざ金を払って、衣一式を預かって貰っていたのだ。あの方は、そんなところばかりに気が回るからの」

「何故に、そんな手間を？」

「何食わぬ顔で、元の屋敷に戻るために決まっておる。あの方も、その家に着くまでは、どこかで赤子と二人で暮らすだの、田を耕すだのと言っておったのだが、そんなことは己にはできぬということも骨身に染みて知っていたのだろうて……しょせんは貧乏貴族の娘御《むすめご》よ」

「赤子は……？」

「まさか連れ帰るわけにも参らぬからな。しばらくはその家に預かって貰っていたが、つい四日ほど前、どこぞの、やはり貧乏貴族の家に預け直されたわ。これから空舟様は、赤子の食い扶持《ぶち》を月々に払わねばならぬらしいが」

「それは、子をやったということではないのかえ？」

「いや、あくまでも預けているという体裁らしいが、先のことは判らぬ。あの方が心の広い殿方とでも添い遂げることが出来れば、親子水入らずで暮らすようになるやも知れぬが……逆に、あの子を手放すようなことになるやも知れぬ。さてさて、どちらに転ぶことやら」

配女が吐き捨てるように言った時、近くの撥ね上げ窓から、白い羽の小さな蝶が迷い込んでくる。

「ふん、死にそびれたか……これから寒くなるばかりだというのに」

配女が哀れげな目で見ていると、蝶はさんざんに放出間の中を飛び回り、やがて何もない壁板に留まった。きっと入って来た窓が見つけられなくなったのであろう。

「まったく……莫迦には付き合っておられぬ」

配女は面倒そうに立ち上がると、入口の戸をあけ放ち、手で追い払うようにして蝶をそこに導いた。やがて入口に気付いて、蝶は外へと出て行く。

「もしや、あの方が屋敷に戻って、少し気落ちしたかえ？」

板敷の割れたところを避けて座していた老婆が尋ねると、配女は首を傾げた。

「何故に、そう思われる？」

「配女は、あの方に、これまでと違った暮らしを選んで欲しかったのじゃろう？　そうでもなければ、こんな山暮らしの大叔母など、今さら頼りにもすまい。この婆に鬼の振りをさせたのも、赤子への思いを強く心に刻ませるためじゃろうと、婆は気付いておるぞ」

「それは婆様の考え過ぎじゃ……そんなことは、少しも考えたこともない。ただ、あの方が野辺で死ぬようなことになれば、こちらが食い扶持に困るからの。まぁ、つつがなく赤子を産めるように、気を配りはしたが」

「やはり、おまえは優しい子じゃの」

「いやいや、それはどうか」

大叔母である老婆の言葉に、配女はどこか冷たげな笑みを浮かべた。

「婆様は知らぬやもしれぬが、貧乏貴族の娘ほど厄介なものもない。あの連中は、自分より上の人間にしか目が行かないのじゃ。下の者は、それこそ風と同じよ。目の前にいても、連中には見えぬのだ。さもなければ自分の尻《いさらい》の後始末まで、させられるはずもなかろうて」

そう言いながら配女は、目に見えぬ籌木を使う手付きをして見せた。

「配女、おまえ、まさか……また何か、よからぬことを仕出かしたのではあるまいな？」

老婆はわずかに気色《けしき》ばんで尋ねる。

「騒がれるほどのことは、しておりませぬ」

戯れなのか、配女は空舟と話す時のような口調になって答えた。

「ただ……この山の麓《ふもと》に、同じ時期に赤子の生まれた家がありましてな。老いた牛を二頭も持っている、牛飼いの家でございまするが……あの日、粟田口に向かう前に忍び入って、ちょっと赤子を取り替えてみただけのこと」

「取り替えた？　あの赤子を、よその家の赤子とか」

老婆は皺《しわ》の中に埋もれていたような目を、大きく見開いた。

「どちらも男子だったのは、願ってもない好都合。ちょっと目を盗んだだけで、大した苦労もありませなんだ」

「母ならば、赤子が変われば、すぐに気付こうものよ」

「いやいや、さすがに生まれて間もないと、母とても区別がつけられぬもの……牛飼いの家の母の方は知りませぬが、ただ服を着せ替えただけなのに、あの方は、少しも気付いておらなんだ。どこまで行っても、節穴同然の目よ」

そう言って配女は、さもおかしそうに肩を揺らして笑った。

「配女……何故に、そのようなことを」

「申し訳ないが、特に語るようなわけもありませぬ……あえて言えば、面白いからかの」

「それだけで、あの赤子の生きて行く道を変えたのか」

「婆様、面白くはございませぬか？　あの方から見れば、いないも同然の一層身分の低い我らが、あの方の子の人生を、簡単に変えてしまったのですから……こんなに面白いことは、然《そ》う然《そ》うありますまい」

配女は、さもおかしそうに、さらに高く笑った。

「おまえは、鬼じゃのう」

やがて老婆が、押し殺した声で言う。

「鬼は婆様でしょう。この家の元の主《あるじ》が、裏の谷底で今も恨んでおりまするぞ」

「しっ」

老婆は慌てたように、配女の言葉を制した。

「あの方は、今も婆様は鬼婆だと信じておりまするが……あの方を目敏《めざと》いと思ったのは、初めてでございまする」

どこか剽《ひょう》げた配女の口ぶりに老婆は小さく噴き出し、やがて声を出して笑い始めた。

「どいつもこいつも、みな鬼じゃの。なぁ、配女や」

やがて二人の笑い声は、静かな山の中に響き、長いこと止《や》むことはなかった。

鬼哭啾々《きこくしゅうしゅう》。

第七話　血舐《な》め茨《いばら》木《き》

摂陽群談《せつようぐんだん》　巻第十「古地旧屋ノ部」より

一

遠い古《いにしえ》――摂津国《せっつのくに》の嶋下《しましも》郡茨木村に一人の女童《めのわらわ》がいた。名を早陀女《さだめ》という。

早陀女は村はずれにある髪結い屋に住み、年端《としは》もいかぬ頃から、店の手伝いをしていた。けれど、髪結い屋の娘というわけではない。生まれて間もなく、その家の前に捨てられていたのである。

その頃、髪結いは新しい商売であった。

それというのも農民をはじめとする庶民には、普段から髪を美しく整えたり、忠実忠実《まめまめ》しく髭《ひげ》を当るような習慣がなく、必要に迫られた時にだけ、自らの手か家族の手を借りて整えれば間に合ったからである。

けれど諸国で群盗が横行する世となってから、武を以て生業《なりわい》とする者が増えて行き、それに伴って髪結いは商売として成立するようになった。

武人たちの多くは兜《かぶと》を被るのが常であるが、長い髪のままであると鉢の中に熱が籠ってしまう。そのせいで頭が朦朧《もうろう》としてくるばかりか、流れる汗も夥《おびただ》しく、ついには目を開けていることさえ難しくなるものだ。

それらを避けるために、額から頭の天辺《てっぺん》にかけてを剃《そ》り上げる月代《さかやき》という髪型が発明され、すぐさま武人たちの間に広まったのだが——時が経つにつれ、常にその頭でいる者が多くなっていった。本来ならば何か事が起こり、兜を頭に載せる段になってから剃れば済むのだが、如何なる時でも迅速に戦装束《いくさしょうぞく》を纏って駆け付けてみせる……という気概を周囲に示すためだ。おかげで新しい商売である髪結いも、十分に店を構え続けることができるようになったのである。

特に茨木村は西国《さいごく》街道沿いにあり、近隣では随一の大きさを誇る村である。他国の護《まも》りを任じられて行き過ぎる武人も多く、髪結いはなかなかに盛況であった。

その様を見て、繁盛している店ならば食わせて貰えるに違いない……とでも親は思ったのか、ある春の夜に戸板の前に赤子を捨てたのだ。

朝、その赤子を見た髪結いの夫婦は、思わず首を捻った。まだ臍《へそ》の緒の痕も乾いておらぬのに、歯が生え揃い、目も開《あ》いていたからだ。しかも人を睨み付けるかのような三白眼であるうえに、眉骨全体がせり出した厳《いか》つい顔で、ふっくらとした赤子らしい可愛げがなかった。

「なるほど、これは当り前の赤子ではないやもしれぬ……親はそれを不吉に感じて、捨てたのだろう」

髪結いの夫婦は合点したものの、赤子を如何にするかには悩んだ。

郡司に届け出たところで、すぐさま然《しか》るべき手を打ってくれるわけでもない。かと言って、どこの誰の赤子とも知れぬのを、自らの子として育てる気にもならない。

「だからといって、このままにはしておけますまい。いっそ子としてではなく、奴婢《ぬひ》として育てては如何でしょう。それなりの年になれば小間使いなどもできましょうし、育てた恩を言い含めておけば、一生我らの言うがままではありませぬか」

その妻の提案に、主人は大いに感心した。

「なるほど、今でこそ赤子だが、何年か育てれば、思う通りに使えるようになるというわけか。これは得な話やもしれぬな」

そうして髪結いの夫婦は、捨てられていた赤子を早陀女《さだめ》と名付けて育てた。むろん物心が付くや否や、こう言い含めるのを忘れはしなかった。

「よいか、早陀女……おまえは実の親に捨てられたのだ。我らが育ててやらなければ、そこいらで野垂れ死んでいたことであろうよ。あるいは早々に野犬の腹にでも収まっていたやもしれぬ。その命を繫げた恩を、決して忘れてはならぬぞ」

その言葉を素直に聞き入れた早陀女は、四つになるかならぬかの頃から、夫婦の手伝いを始めた。初めは家の仕事をし、夫婦の間に子供が生まれてからは子守をし、七つになる頃には髪結い屋の手伝いもするようになった。

その間、当の早陀女は寂しいとも辛いとも思わなかった。いや、むしろ何の感情も持たなかったと言ってもいい。

なるほど、自分と同じ年頃の子供には、親というものがいるらしい。それは自分にもいたらしいが、こんな赤子は要らぬと捨てられてしまった以上、それを恋うることに何の意味もない――誰に教えられたわけでもないのに、早陀女はそう思っていた。そんな哀れな子供には、嬉しいも楽しいもないものだ。そして同じように、寂しいも辛いもなかったのであろう。

ただ早陀女の頭の中に、いつからか奇妙な光景があった。

いったいどこなのか、一面に白くなった雪の野原に、自分と同じ姿の女童が一人で佇んでいる。それをなぜか、少し高いところから別の自分が見下ろしているのだ。

不思議なことに、立っている自分の周りには誰の足跡もなかった。その場所に辿り着くために歩いてきたはずの足跡さえない。その風景の中の自分は、まるで空から降ってきたか、地から生えて来たかのように、一つの足跡も雪の上に残さないまま、そこに立っている。

もしかすると、それを見ていた自分は鳥だったのかもしれない。どこか高い空から雪の上に立つ自分を見つけたのだろうか。

やがて見下ろしている自分は、雪の上の自分に向かって、静かに少しずつ降りていく。雪の上に立っている自分もそれに気付いていて、顔を上げてこちらを見ている。その顔には恐れもなく喜びもなく、ただ頭上から近付いてくるものを、じっと眺めているだけだ。

やがて女童の顔が目の中一杯に広がったかと思うと、不意に見下ろしている視線と見上げている視線が混ざり合った。

その刹那、早陀女は自分というものの存在を知った。それまで心を持っていなかった自分の中に、いきなりにそれが生じたようだった。

きっと、あの時に自分は自分になったのだろうが——むろん、それが本当にあったことなのか否かは判らない。いや、実際に起きたことなら、鏡もないのに自らの姿を見られるはずがないので、ただの夢に違いない。けれど、不思議と生々しさがあった。

(もしかすると自分は、空から降りてきた何かが、今の体に入ったものなのかもしれない)

幼い頭で、早陀女は考えた。

その空から降りてきたものとは、何なのか……と問われれば困るが、早陀女の中では、その光景は半ば現実であった。おそらく自分は、たまたま今の体に入り込んでしまっただけの別の何かなのだ——そんな風に言葉で表すことはできなかったが、きっとそうなのだと信じていた。

その奇妙な心持ちのせいか、自分の身に降り懸かることが妙に間遠く感じられることが、早陀女にはあった。

たとえば怪我をしたり、病を得て熱を出した時など、それが我が身ではなく、別の誰かに起こっているように思えるのだ。むろん痛みや苦しさは感じるものの、心のどこかで他人事《ひとごと》なのだ。さながら早陀女と名付けられた女童が苦しんでいる様を、体から抜け出した本当の自分が、ぼんやりと眺めているかのように。

そんな風に感じることが、いいことなのか悪いことなのかは判らない。けれど、まったく役に立たないということもなかった。

たとえば冬にたくさんの洗濯を命じられた時、初めは足の指がちぎれそうになるほどに感じる盥《たらい》の水の冷たささえも、ひたすらに洗濯物を踏み続けていると、不意に体から心が抜けていくような心地がして、辛さがふっと軽くなる。皹《ひび》で血が滲《にじ》んでいるのは自分の足ではないのだから、自分の知ったことではない……と思えるからだ。

そう、本当の自分は親なし子の早陀女ではなく、高い空から降りてきた、何か別のものなのだ。だから早陀女がどうなろうと、自分には関係がない──そう感じていることを人に語れば奇妙にも思われるだろうが、早陀女自身には少しもおかしなことではなかった。しょせん心の在り様は人それぞれで、皆が皆、己の心のすべてを察することなどできはしない。

この奇妙な感覚は、あらゆるところで早陀女を助けた。

たとえば、妻の目を盗んで主人が自分にやらせている行為も、初めのうちこそ薄気味悪く感じたものの、時が過ぎれば何とも思わなくなった。おかげで主人が男のものの先から吐き出す洟《はな》のようなものの匂いにも、すっかり慣れてしまったほどだ。

それを初めてやらされたのは、早陀女が七つに成ったか成らぬかの時だ。

その頃、主人の妻は三人目の子を孕《はら》んでおり、髪結いの仕事と幼い子供の世話、細々《こまごま》とした家事に追われて、夜はそれこそ泥のように眠るのが常だった。その深い眠りを妨げられるのは、不意の夜泣きくらいのもので、子らが大人しく眠っている時は、主人の妻も死んだようにに眠っていた。むろん早陀女も子守の手伝いはしていたが、しょせんは幼い女童に過ぎぬので、大した助けにもなっていなかったのであろう。

ある夜、早陀女が土間で薄い布を引き被って寝ていると、主人に揺り起こされた。

「何か、御用でございましょうか」

目を覚ました早陀女は、すぐさま正座して頭を下げた。夫婦のどちらかにでも呼ばれれば、必ずそうするようにと躾《しつ》けられていたからだ。

「おまえに面白いものを見せてやる……こちらに来い」

押し殺した小さな声で言うと、主人は自分の手を引き、どういうわけか細く戸を開けて外に出た。確か梅雨の頃で、その日は雨こそ降ってはいなかったものの、わずかに欠けた月が湿り気の多い風の中で、ぼんやり霞《かす》んで見えたのを覚えている。

「おまえは、こんなものを見たことがあるか」

家の外に出た主人は、家の陰の人目に付かぬところに立って、いきなり褌《ふんどし》の隙間から、奇妙な木の枝のようなものを苦心して取り出した。

「いえ、ありません」

そう答えながら、それが何であるか、早陀女は考えていた。

男のそこにあるものと言えば、考えずとも答えは明らかだが――自分の知っているものとは、その形は大きく違っていた。尤《もつと》も自分が知っているのは、それこそ子守している主人の子らか、近所を走り回っている童《わらわ》のものばかりなのだが。

「大人になると、こんな風になるんだ……よく見てみろ」

家の中の気配に絶えず気を向けながら、主人は妙に湿った声で言った。早陀女は少し恐ろしくも感じたが、仕方なく眺める。

(これは……気味が悪い)

見れば見るほど、そんな風にしか思えなかった。

そもそも自分の知っている力の抜けた指先のようなものが、どうすれば、こんな木の枝のような姿になるのだろう。先端に熟《う》れ過ぎた梅の実のようなものまでくっ付けて、何とも莫《ば》迦《か》げた姿をしているが――時々、息継ぎするように何度となく上を向いているのが、やけに生き物じみている。

「少し持ってみろ」

そう言いながら主人は早陀女の手を取り、それに導いて摑ませた。その熱さと脈打ちに驚いたが、主人の命と思えば、勝手に手を放すわけにはいかなかった。

「大人になったら、おまえにもこれをやるからな」

主人はやはり湿った声で言ったが、その意味がまったく判らなかった。大人になったら、自分にもこれを付けてくれるという意味だろうか？　そんな風に、これは取って他人に与えられるようなものなのだろうか？

そう思っていた時、主人は不意に早陀女の手を解《ほど》き、その掌《てのひら》に唾を吐いた。思わず手を引っ込めようとすると、主人に手首を強く摑まれる。

「こう持って……こう動かしてみろ」

その声はどこか恐ろしげで、いつも客と調子よく話す主人のものとは思われなかった。何だか怖くなってくるのを堪《こら》えて、教えられた通りに手を動かすと、主人は空いた手を早陀女の衣の隙から差し入れてくる。

「そうだ、うまいぞ……ちゃんと言う通りにしたら、褒美《ほうび》をやるからな」

その主人の言葉が耳に届いた刹那、早陀女の心は体から離れた。

（あぁ、またただ）

自分の肌に主人のがさついた手が滑っていくのが、とても遠く感じる。主人の荒い鼻息が、どこか彼方《かなた》の山の上で鳴っているように聞こえる。

その時の早陀女は、家の屋根の上ほどの高さのところに浮かんで、主人のそれを擦《さす》り続けている自分を見ていた。それを可哀そうとも気味悪いとも思わず、何の感慨もないままに見ていたのだ。

やがて主人は、やにわに腹の痛みでも覚えたかのように体を引きつらせ、男のものの先から涙のようなものを散らした。まるでそれを止めようとするように、もう片方の掌《てのひら》でそれを受けている自分の懸命さがおかしくて、浮かんでいる自分は苦笑する。

「ようし、でかした……人に言うんじゃねぇぞ」

憑《つ》き物が落ちたように柔らかな物腰になった主人は、顔を近付けて言った。その時、不意に生臭い息が顔にかかるのを感じる。心が体に戻ったのだろう。

「褒美は、明日やろう。手を洗って、寝るがいい」

それだけ言うと、主人はどこか意気揚々と家の中に戻って行った。早陀女は両方の掌を地面に擦《こす》り付け、土と砂で汚れを落とした。しかし、指の間についた魚の腸《はらわた》のような匂いは、なかなか取れなかった。

あくる日、主人は約束の褒美をくれはしなかったが――言葉と物腰が、妙に優しくなっていた。それればかりか、妻が声を荒らげて早陀女を叱るのを、止めてくれたりもしたものだ。

よくは判らぬが、あれに付き合ってやると主人は優しくなるらしい。

その時の早陀女に、事の是非はなかった。ただ、主人の機嫌を取る方法を知れたことが、大きな得のように思えた。

ただし主人の妻に知れることだけは、絶対に避けなければならないのだと、主人の言葉と振る舞いで理解できた。妻に悟られない限り、あんなことに付き合いさえすれば、主人に優しくしてもらえるのだ。

つまり、それは——自分の性が男にとって価値を持っていることに、早陀女が幼くして気付いたということであった。自分の肌や体は、主人のような男にとっては宝のようなものなのだ。

それからも早陀女は、妻の目を盗んで主人を手助けしてやった。そのたびに主人は優しくなり、こちらの願いを聞き入れてくれるようになった。

たとえば、店の手伝いをするようになった早陀女は、少しでも早く剃刀《かみそり》が使えるようになりたいと思っていた。

やはり髪結いで肝心なのは、如何に上手に剃刀が使えるかだ。その使い方さえ覚えれば、どこの髪結い屋で働くことになっても、食うに困ることはないはずだ。

むろん、それを覚えたからと言って村を出て行くことなど叶わぬに違いないが、早陀女は朧気《おぼろげ》に、自分の力で生きて行く術《すべ》を身に付けたいと考えていた。

「あんたに剃刀なんか、まだまだ早いよ。あれは童なんかの持つものじゃないんだからね」

そう言って主人の妻は渋っていたが、主人の口添えで、早陀女は九つの頃に剃刀を持つことを許されたのだ。

二

やがて五年ばかりの時が流れた頃、早陀女は主人たちと共に髪結いの仕事に励む日々を送っていた。

三人がかりにならなければ客を捌《さば》き切れぬほどに店が繁盛したからだが、それだけ武を生業《なりわい》とする者が増えたということでもある。

むろん早陀女もまた、それなりの変化を遂げた。

「大きくなったら、おまえにもこれをやるからな」という、幼い日に聞いた主人の言葉の意味を早々に理解したし、まだ十分に体が成熟していないのに、その野卑な言葉が実行に移されてもいた。

その初めての痛みにも、幼かった早陀女は耐えた。いつものように心が勝手に体から離れ、すべてが他人事のまま通り過ぎて行ったので、思えば楽なものだったが——その一時の苦痛に耐えれば、多くのものが容易に得られるのだということが、早陀女の中では当り前のことになっていた。

(男というのは……莫迦なものだ)

いつしか、そんな風に思うようになったのは、何も自身ばかりのせいではない。

育ててくれた主人を筆頭に、どんなに立派な男だろうと下種《げす》な男だろうと、女の肌を好まぬ者はなかった。髪結いしながら少し素肌を触れさせてやるだけで、たいていの男は優しくなるのだ。こちらが実は気味悪く感じているのを知りもせず、妙に親し気な口ぶりになったり、自分からも肌を触れさせようとしてくる。まして胸のふくらみを腕だの背なんぞに押し付けてやった日には、帰り際に主人たちの目に触れぬように、何枚かの銭を握らせてくれたりもするのだ。

さらには、やはり主人と同じように、一応は人目を忍びはするけれど、あからさまに体を求めて来る者もあった。

まだ自分の価値を計れなかった頃は、ただ優しくされることだけが嬉しくて、簡単に許したりもした。後から思えば愚かしかったとも思うが、初めからうまくやれる者などない。

（なるほど……焦《じ》らすくらいが、ちょうどいいのだ）

経験を重ねて悟ったのは、十五の頃である。

すべてを男の思うままにさせるのではなく、少しずつ切り売りするように与える方が、男の下心と、そこから滲んで来る優しさは長続きするものだ。しかし男は勝手なものだから、すべてを与えてしまうと、途端に寄り付かなくなってしまう。少しでも長く自分の体に執着させなければ、損をするのは、やはり自分なのだ。

早陀女は、自分が美しい女ではないことも悟っていた。

主人夫婦の話によると、拾われた時の自分は、生まれたての赤子だというのに歯が生え揃い、目も開いていたという。せり出した眉骨が作り出す薄い影の中で、睨み付けるように目を輝かせていたらしい。それが実の親には不吉なものに思われたのかもしれぬが、今もそれは変わらず――いや、年を経て、さらに眉骨は目立つようになり、それが庇の役をして作り出す影も濃くなっていた。その中で三白眼が光っているとなれば、艶《つや》というより禍々《まがまが》しさの方が勝るのではないかと思う。

しかも十歳を過ぎた辺りから、両方の糸切り歯が妙に大きくなってきて、さながら牙のようになっていた。その様を見た海辺育ちらしい客に、「女ながら、鮫《さめ》のような面構《つらがま》えだな」と言われたことがあるほどだ。決して褒め言葉ではあるまい。

村の中には、人目を集めるほどに美しい娘たちが、それこそ余るほどにいる。その娘たちの多くは、自分の方が強いとでも思っているのか、見かけや懐具合で男を選《え》り好みしているものだ。そうすることが当り前だと思っているようだし、それにいちいち不平を言う者もいない。

けれど、見た目に劣る自分が男からの優しさを受けるためには、その下心に付け入るしかないのだということも、早陀女は悟っていた。

だからこそ、こちらから男を選《よ》り分けるような真似をしてはならぬし、時には施すような気持ちで相手をすることも必要なのだ。親もなく美しくもない自分が生きて行くために、寄りかかれる木は多いに越したことはない。

それが幼いながらに早陀女自身が探し当てた、世を渡るための術だった。

この世に鬼と呼ばれる、恐ろしげな生き物がいると教えられたのは、客の男からである。

確か日暮れの遅い夏の頃だったが——店も忙しい盛りを過ぎ、主人夫婦は裏の部屋に下がって休んでおり、店にいたのは早陀女だけだった。

「月代を頼めるかな」

そう言いながら入って来たのは、四十くらいの貧相な男だ。

腰に太刀を提げているので、一目で武を生業としている者と判るが、身に着けている衣や烏帽子《えぼし》の粗末さや、髭の伸びた顔が垢《あか》じみているのを見る限り、どこかの家人《けにん》というわけではなさそうだった。おそらくは何か事が起こった際に、銭で雇われて太刀を振るう兵者《つわもの》であろう。多くの旅人が行き交う茨木村では、特に珍しくもない手合いだった。

「私めでよろしければ、すぐにできまするが」

若い女の腕を信じない客もいるので、早陀女が髪結いをする時には、そう断りを入れるのが習いである。

「おう、是非頼む」

貧相な男は事もなげに言ったが、その時に見せた笑みが、思いのほか感じのよいものだった。元の育ちはいいのかもしれない。

早速に板の間に男を座らせ、早陀女は仕事を始めたが——やがて男の右腕の動きが不自然であることに気が付いた。ある程度の高さ以上には上がらず、前に出すのにも限度があるようなのだ。

「実は前に矢を受けてな。筋が切れて、思い通りにならぬのよ」

「しかし、腕《かいな》がご不自由ともなれば、太刀を振るうにもご不便でしょうに」

「大丈夫だ。いざとなれば腕に太刀を縛り付けて、暴れるまでのこと」

男は何でもないことのように言った。そんな有様では命を落とすのも必定だが、おそらくは武の他に生きて行く術《すべ》がないのだろう。

その言葉に切羽詰まった心根のようなものを感じて、早陀女も心の中で、できるだけ男を喜ばせてやろうと思った。お互いに身一つしか持たぬ似た者同士と思えば、不思議と情が湧くものだ。

「それにしても、このところは物騒でございますね……あちこちで争いごとが起こって」

崩れかけていた髻《もとどり》をほぐしながら言うと、男は小さく笑った。

「ふふ、幼い女が、一端《いっぱし》なことを言うものよ」

「太刀を佩《は》いて薙刀《なぎなた》なんぞ手にした方々が、毎日のように街道を通って行くのです。そんな景色を飽きるほどに見ていれば、私のような者でも、それくらいのことは思いまする」

鹿爪《しかつめ》らしく答えたものの、実は主人が客と交わしている会話を、そのまま真似ただけのことだ。

「あちらこちらで小さな乱が続いておるからな……世が落ち着かぬのも無理からぬことだ。近頃では丹波国《たんばのくに》で鬼が暴れまわっておるという話だから、物騒な日々は、まだ続こうよ」

「おに……でございますか」

早陀女は、その言葉を聞いたこともなかった。

「何なのです、それは」

「おいおい、鬼を知らぬのか……そこいらの童でも知っておろうに」

おそらく、〝そこいらの童〟には、親や兄弟から、世の出来事や古くから伝わる物語などを聞く機会もあるのだろう。けれど早陀女には、そんな話をする相手はなかった。自分の女を高く売るための知恵は身に付けていても、多くの人が当り前と思っているものを知らずにいることなど、いくらでもあった。

「まぁ、鬼と一口に言っても、元は地獄の羅刹《らせつ》だっただの、死んだ者の魂だのと、いろいろあるようだが……言ってみれば、この世の者ならぬ魔物だな。人よりも遥かに大きな体軀《たいく》をしていて、頭に角が生えているのだ。体の色も赤だの青だの、いろいろいるらしい。しかも、そいつらは人を取って食うそうだぞ」

「人を取って食う？」

「そこが魔物である所以《ゆえん》よ……だから、ここのところ、丹波国では貴人《あてびと》の姫御《ひめご》が何人も拐《かどわ》かされておるとか」

その挙句に、鬼とかいう魔物に食われているということだろうか——そう思うと、背筋に冷たい汗が流れるような心地がする。

「暴れまわっているのは、酒呑童子《しゅてんどうじ》と呼ばれておる鬼でな。何でも大江山を根城にして、気の向くままに都近くに現れては、暴虐の限りを尽くしているそうだ」

「それは、野盗の類《たぐい》ではないのですか」

「いや、聞くところによると……その酒呑童子という鬼は、もともとは比良山《ひらのやま》に棲んでいたのだが、伝教大師《でんぎょうだいし》が延暦寺《えんりやくじ》を建てたのでいられなくなり、大江山に移ったのだそうだ。しかし、次には弘法《こうぼう》大師に追われて行き場をなくしていたらしいが、大師が高野《こうや》で亡くなられたので、舞い戻って来たというからな……どう考えても、当り前の生き物ではあるまい」

「その何とか大師というのは、どういう人たちなのです？」

もしかすると〝そこいらの童〟は知っているのかもしれないが、やはり早陀女には耳新しい言葉だ。

「伝教大師や弘法大師も知らぬのか……簡単に言えば、比叡山《ひえいざん》や高野山《こうやさん》に寺を開いた徳の高いお坊様だ。まぁ、どちらも、百年以上も前に亡くなられた方々ではあるが」

「えっ……それならば、その酒呑童子というのは、何年生きているのですか」

その徳の高い僧と関わっていたというのなら、すでに百年以上の齢《よわい》を重ねていることになる。いや、関わりを持つに至るまでの時を考えに入れれば、それ以上か。

「この世のものではない者を、この世の道理で測るのは意味のないことだ。さらに聞くところによれば、その酒呑童子という奴は、昼の間こそ当り前に人の姿をしておるが、夜ともなれば体中が赤くなり、身の丈八尺にもなるともいうぞ。つまり、姿が変ずるのだ」

そんな生き物が本当にいるとは、俄《にわ》かには信じられなかったが――その話を聞いて、不思議と心が騒いだ。何故なのかは判らぬが、その鬼というものに惹かれる気持ちがある。

（人を喰らい、姿が変ずる魔物など……本当にいるものなのだろうか）

そう思いながら、男の伸び放題になっていた髯《ひげ》を当っていると、剃刀の先端がわずかに滑った。

「痛っ」

「これは……申し訳ありませぬ！」

見ると男の耳の下辺りが切れて、血が滲んでいた。こんな素人《しろうと》めいた不手際をするのは、久しぶりのことだ。

思いがけぬ不始末に頭に血が上り、咄嗟《とっさ》に早陀女は自分の指先で男の傷を拭った。が、同じくらいの血が、ゆっくり滲むように湧き出てくる。その速さから察して深くは切れていないようだが、髪結いを生業としている者にとっては、十分に恥だ。

「おいおい、大丈夫か。まさか耳まで削《そ》いでおらぬだろうな」

心根が優しいのか、男は戯言《ざれごと》めいた口ぶりで早陀女の失敗を茶化した。

「本当に、相すみませぬ」

早陀女は、男が怒っていないことに安堵したが——その拍子に心が緩んだのか、男の血を拭った自分の指先を、深い考えのないままに舐めていた。

(これは……)

その血の味が舌先に広がり、さらに鼻から吐いた息に鉄臭さを感じた刹那、早陀女は自分の両腕に粟《あわ》が生ずるのを見た。

その味に、心を深く摑まれたような心地がしたのだ。

(そんな莫迦な)

これまでにも、自分の血を舐めたことは何度もある。童の頃などは転んで膝や肘を擦り剝くことなど珍しくもなかったし、剃刀を使う修業をしていた時には、己の指先を切ってしまうのも、よくあることだった。そのたびに、その血や傷を舐めたものだが、こんな気持ちになったことなど一度もなかった。

血には甘いも苦いもなく、ただ鉄臭いだけのものであるはずなのに——何故に他人の血には、こんなにも不可思議な味わいがあるのか。

(そんなはずはない)

その味に己が惹かれていることを認めたくなくて、小さく頭《かぶり》を振った。

「おい、どうかしたのか」

早陀女の手が止まっているのを不審に思ったのか、男が声をかけてくる。

「いえ、別に」

そう答えはするものの、血が滲み出てくる男の傷から、目を離すことができなかった。見ているだけで体が温まって、指先までがかすかに震えてくる。

（もう、堪《た》えられぬ）

気づけば早陀女は、男の背に覆い被さり、耳の下に引いた線のような傷に舌先を伸ばしていた。

「何をするのだ」

男は驚いた様子だったが、早陀女を突き放すようなことはしなかった。

「すみませぬ……少しの間だけ」

そんな短い返事をするのも面倒な気持ちだった。ただ、ゆっくりと滲み出て来る男の血を、舌先で舐めとることで、頭がいっぱいになったのだ。きっと花の蜜を舐める蜂や蝶も、こんな気持ちであるのかもしれない。

何度か舐めているうちに、傷から滲んでくる血が少なくなった。もとから深く切れてはいないのだから、当り前のことだ。

(血が止まってしまう)

そう思うと同時に、早陀女は剃刀を手にしていた——もう少し、ほんのもう少しだけ、傷を広げなければ。

「よせ」

その刃を耳の下の傷に持って行こうとした早陀女の手首を、男は左手で摑んだ。

「それは、さすがに戯事《ざれごと》では済まぬぞ」

まるですべてを見通してでもいるかのように男は鋭い声で言い、早陀女の手首を捻って剃刀を落とさせる。

それと同時に——臍《へそ》の下辺りから熱い気のようなものが迸《ほとばし》り出て、凄まじい勢いで体中を駆け巡るのを感じた。その勢いは早陀女を、まだ辿り着いたことのない高みに押し上げていく。

(このままでは……死んでしまう)

本当に危ないと思えたが、そうならずに済んだのは、男が咄嗟《とっさ》に横面を張り飛ばしてくれたからだ。痛みよりも、その勢いが自分を正気に戻した。

「いったい、どうしたというのだ」

髯の一部だけが剃られている顔で、男は不思議そうに尋ねてくる。

しかし、今の自分の心持ちを説明することが、早陀女にはできなかった。もとより何が起こったのか、自分でも理解していないのだから詮ないことだ。

「すみませぬ……剃刀を替えて参ります」

そう言って立ち上がった時、なぜか脚の間が、垂れるほどに潤っているのに気が付いた。

三

いったい、どうしたことなのか——その一件以来、早陀女は血が舐めたくてならなくなった。その鉄臭い味と、それがもたらす快感が絶えず頭の隅にちらついて、どうにもならないのだ。

けれど血など、容易に手に入るものではない。

やむを得ず剃刀で自分の腕を傷付け、流れ出て来る血を舐めてみたが、やはり自分の血では、喜びが得られなかった。付けた傷がひりひり痛むだけで、心がまったく動かない。

ならば……と、苦心して土竜《もぐら》や鼠《ねずみ》を捕らえ、その体を傷付けて血を舐めてみたが、むしろ不快な味しかしなかった。何かよくないものが混じり込んでいるようにも思えて、試すたびにすぐに吐き出し、入念に口を漱《すす》ぐのを繰り返す様《ざま》だ。

(やはり……人の血でなければ)

どのような違いがあるのかは判らないが、きっと自分には人の、それも他人の血でなければば、合わないのだろう。

むろん、そう思うことに抗《あらが》いたい気持ちもあった。

他人の血を舐めるのを好むとは——それこそ、人を取って食らうという鬼と同じではないか。自分は親に捨てられた哀れな醜女《しこめ》やも知れぬが、それでも人ではあるはずだ。人は決して、人を食わぬ。人を食う者は、すべて鬼だ。

そう信じたくとも、もしや……と、心を揺さぶる事実が、もう一つあった。

それまで辛い目に遭うたびに、何度ともなく体から心が離れていくのを感じて来たのだが、血の味を覚えてから、それがまったく起こらなくなったのだ。

（もしかすると、自分は本当に鬼なのだろうか）

そう考えれば、幼い頃から心の中にあった奇妙な光景にも、説明が付けられる気がする。

たとえば自分の正体は、どこかからやってきた鬼で、何かの拍子に雪の野原で佇んでいた幼い頃の〝早陀女〟を見つけ、その体に入り込んだのではないか。そして、いつしか自分の正体を忘れ、人の子の早陀女として、今日まで生きて来たのではないか。

だからこそ辛い思いや厭な思いをしている時に、そっと体から抜け出していくのだ。きっと自分の正体も、そんな思いをするのが厭なのだろう。

つまり自分は一つの身に、人の心と鬼の心を、一緒に住まわせているのやもしれぬ。

果たして鬼に、そんな力があるのかどうかは知らないが——昼と夜とで姿を変えられるような力を持っているというのなら、それくらいのことができても不思議はないように思えた。

(我ながら、何を莫迦なことを……自分が魔物の類なんぞであるはずがない)

そう思うたびに、早陀女は血への欲を絶とうとした。

しかし膨れ上がる欲は、少しずつでも逃さなければ、心の中に溜まっていく一方だ。たとえば欲が器に滴《したた》る水のようなものだとすれば、たまに器から掻き出さなければ、そのうちに溢れてしまうだろう。

そこで早陀女が考え付いたのは、仕事の最中にわざとしくじり、いつかの男のような傷を客に負わせることだった。そこに滲んだ血を指先で拭い、人目に付かぬように舐めるのだ。

むろん主人夫婦に気取《けど》られぬように、十分に心を砕く必要がある。また、あくまでも血は指につけることにして、決して舌で直《じか》に舐めとらぬようにせねばならない。

そうしていれば、いつか血の味に馴れて、やがては飽きが来るはずだ。

自分には覚えがないものの、どんな美味な食べ物でも、飽きてしまえば食べたくなくなるという。きっと自分も、血の味に馴れてしまえば、それを有難く思うようなこともなくなるに違いない。

そんな理《ことわり》を自分なりに考えた早陀女は、その考えを早速に試みてみることにしたが――

やってみれば、思いがけず容易だった。

もとより店で使っている剃刀は鈍《なまく》らで、十分に研いだつもりでも、ある程度以上には切れ味がよくなることはなかった。もとより用いられている鉄が、あまり質のいいものではないのだろう。

そんな粗末な道具に頼っているから、主人夫婦でさえも、時には客の肌を傷付けてしまう。客の方もそれが判っていて、少しくらいの傷を負わされても、いちいち騒ぎ立てないのだ。

その鈍ら加減も頭に入れて剃刀を使うと、客の肌に傷を付けるのは容易《たやす》かった。月代を剃り上げる時にしくじった振りをするのが、最も自然ではあったが、やはり頭はどこもかしこも丈夫なものなのか、わずかに刃を滑らせるくらいでは傷も小さく、血もあまり流れなかった。うまい具合に血を滲ませられるのは、やはり柔らかな首筋――しかも、あまり痛みを与えずに済むのが、いつかの男と同じ耳の下辺りの肌だ。

「あっ、申し訳ありませぬ！」

普通に剃っている途中に、剃刀を心持ち立てて動かせば、いい具合の傷ができる。血止めが必要になるほどでもなく、客を怒らせずに済むくらいの傷だ。むろん毎度同じ加減で傷ができるのは、培ってきた早陀女の腕のなせる技に他ならない。

「頼むから、耳まで落とさんでくれよ」

そこを傷付けられれば、必ず言うのが決まりにでもなっているのか、どの客も同じような戯言を口にした。それは、早陀女の思惑通りに事が進んだという何よりの証左だ。

「本当に、すみませせぬな」

そう言いながら指先で傷を撫で、その指を口に運ぶ。途端に鉄臭さが口の中に広がり、早陀女は得も言われぬ気持ちになった。ついでながら、そのまま息を止めて歯を食いしばっていると、いつかのように我を忘れてしまうのを避けられるらしいことも悟った。

（これで、もう大丈夫だ）

そんな風に少しずつ欲を馴らすのを覚えると、何も怖いものはなくなった。

心置きなく……というわけにはいかなかったが、早陀女はそうして客の血を舐め、自らの欲を薄めていたのだった。

そんな努力が水泡に帰したのは、三月《みつき》ほど後のことである。

己ではうまくやれていると思っていたものの——やはり思い通りに欲を御《ぎょ》するのは、なかなかに難行であるようだ。あるいは、わずかでも血を舐め続けていたのがよくなかったのやもしれぬ。血の味を欲するのを止《や》めたいなら、そんなものは二度と口に入れぬと心を決めるべきであった。

一度客の血を舐めたなら、次まで七日は日を置くと、早陀女は自らを律していた。むろん主人夫婦に怪しく思われぬための用心だったが、七日が五日に、五日が三日に、三日が二日になるまでに、大した時はかからなかった。待つことが、日を追って苦しくなったのだ。

「おまえは近頃、しくじりばかりしているようだな。たとえ小さな剃刀でも、下手をすれば取り返しの付かぬことにもなるのだ。もう少し、気を引き締めてかかれ」

今も妻の目を盗んで早陀女に手を出している主人は、こちらが笑いたくなるような生真面目な顔で言ったものだ。

「申し訳ありませぬ……十分に気を付けまする」

そんな風に殊勝な返事をしたものの――その頃の早陀女の中には、別の欲が生じていた。

わずかな血を後生大事に味わうのではなくて、男らが粕酒《かすざけ》を啜《すす》る時のように、口の中を血で満たし、喉を鳴らして飲み込みたい……という欲だ。

しかし、そうするためには、せめて杯《さかずき》が満たせるくらいの量が要るだろう。まともに手に入れる術があるとは、とても思えない。

そう考えることで、その欲を抑え続けたが――やがて、それも儘《まま》ならぬ時が来た。一度でも〝したい〟と思ったことが、やがて〝どうしても、したい〟に育ってしまうのは、珍しくもない。

（こうなれば、やむを得ぬ）

財の類を一切持たぬ早陀女には、己の肌と体だけが頼りだった。

幸いというべきか、街道に面した村には、いつも多くの旅人が行き来している。そのほとんどが男で、かつ豊かではなかった。女の肌を恋しく思っても、怪しげな場所に足を向けるのも儘ならぬ者など、掃いて捨てるほどにいる。そんな男に声をかけ、肌を合わせるのと引き換えに、少しばかりの血を分けてくれるように頼めば、応ずる者もいるのではないか。

その考えは、面白いほどに当った。

日が落ちてから家を抜け出し、近くの安宿の周りや河原などを探せば、誘いに応ずる男は簡単に見付かった。しかも旅人ともなれば、自分のその性癖が他人に広まる恐れも少ない。

「銭など要りませぬ……ただ少しばかり、血を分けて貰えませぬか」

若い早陀女がそう言ってくるのを訝《いぶか》しむ男は多かったが、それでも遂には応じるのだから、欲の力は空恐ろしい。

「先に血を頂きまするが、よろしゅうございますか」

それは事を済ませた後に逃げられてしまうのを避けるためだが、大方の男はそれにも応じた。ならば気が変わらぬうちに……と、早陀女は剃刀で男の耳の下に傷を作り、そこから血を搾って小さな瓶子《へいし》で受ける。できることなら、その場で呷《あお》りたいところだが、さすがにそれはできなかった。ただ時が過ぎて血の味が変わらぬように瓶子の口を粘土で厳重に封じておき、男と別れた後で、ゆっくりと味わうのだ。

ある程度の量の血を一度に呷ると、不思議と体が熱くなった。酔うとはこういうことか……とも思えたが、酒より先に血の味を覚えたのは、世は広しと言えど、おそらく自分くらいのものだろう。

これで、もう髪結いの客に傷を付ける必要もない――そう安堵していたところで、奇妙な男に出会った。

河原の石を枕に、一人で寝ていた三十を少し過ぎたくらいの男だ。

少しばかり拵《こしら》えのよい太刀を佩《は》いているものの、粗末で汚れた衣に身を包んでいるところを見ると、前に髪結いに来た貧相な男と同じように、銭で太刀を振るうのを生業にしているのではないかと思える。しかし、そのわりに体軀は細く貧弱で、さして腕に覚えがあるようにも見えなかった。また髪も月代にしておらず、適当に結い上げた頭に草臥《くたび》れた平礼烏帽《ひれえぼ》子《し》を載せているだけで、その風貌からは何を世過ぎにしているのか、容易く断ずることができない男だった。

辺りに人がいないのを幸いに声をかけたのだが、早陀女が銭ではなく血が欲しい……と言ったのを聞いて、男はひどく面白がった。

「そんなものを、どうするのだ」

要らぬ問答をする気もなかったので、ろくに答えもせずに早陀女は場を離れようとした。

しかし男は早陀女の腕を摑み、放そうとはしなかった。

(えい、面倒な)

男の強引さを疎《うと》ましく思った早陀女は、少しばかり脅かすような気持ちで、自分が舐めるのだと教えた。思えば、自分が血を舐めているのを初めて人に打ち明けたことにもなるのだが——当り前の人間なら、それで気味悪がって腕を放すはずだ。

けれど男は、まるで童のように目を輝かせて言った。

「おまえは血を舐めるのを好むか。風変わりだな」

男は妙に馴れ馴れしく、どうして血を舐めるのかを聞きたがった。

「それは、美味《おい》しいからに決まっているでしょう」

「そんなものが、美味いとは……俺には、よう判らんな」

「判らぬ方には、何をどう申し上げても、判りますまい。あれやこれやと問いかけるのは、おやめくださいまし」

「いや、ここで少し舐めて見せい」

男の口ぶりは明るく軽妙で、何故か早陀女は、いつも通りにやってみせたくなった。血を舐める時に感じている後ろめたさから、わずかながらにも救われているような心地がしたからだ。

早陀女は男の首に傷を付け、いつものように瓶子に血を搾った。それをすぐさま飲んでみせると、男は恐ろしいものを見るように眉を顰《ひそ》めた。

「若い女が、そんなものを有難がって舐めるのは感心せぬな……そのうち、ろくでもないことになりそうだ。早々に控えるのがよいぞ」

そんな偉そうな説教をした手前、血の代価として早陀女を抱くことに体裁の悪さを感じたのか、その男は何もしなかった。無理をしているのだと悟った早陀女が科《しな》を作って誘ってやっても、調子が悪いの何のと言葉を並べて応じなかったので、適当なところでやめておいた。たまには、そんな楽な話があっても悪くなかろう。

その男は確か名も名乗ったはずだが、早陀女はすぐに忘れた。再び会うこともない男の名を覚えておく意味など、あろうはずもないからだ。

しかし、そのうち、ろくでもないことになりそうだ……という言葉は、思いがけず本当のこととなった。それが自分にどれほどの非があることなのか、早陀女には判らなかったが——とにかく他人の血を飲みたいという欲に振り回されさえしなければ、決して起こらなかったことである。

その奇妙な男の血を舐めてから、一月《ひとつき》ほどが過ぎた頃だ。

再び血が欲しくなった早陀女は、やはり河原で一人の男に声をかけた。見るからに剛腕を誇っているような、屈強な体軀をした男だった。

その男は思いがけぬ僥倖とばかりに、早陀女の申し出に飛び付いてきた。

「血など、いくらでもくれてやるから、早《はよ》うせい」

どうやら女に触れるのは、かなり久しいらしい。男は童のように落ち着きをなくし、やたらと気が急《せ》いている様子を見せた。

それに釣られたように、早陀女も慌ただしく男の首筋に剃刀を当てたが——いったい何に気を取られたのか、男が突然に大きく首を捻ったのだ。

「あっ、動いては」

なりませぬ……と続けようとした言葉は、最後まで発することが叶わなかった。

その刹那、鈍らなはずの剃刀は、まるで笹《ささ》の葉を縦に裂くように男の首筋を滑った。切れ目からは小さな滝のように血が噴き出し、早陀女の顔にまともに降り懸かる。

望んでいたよりも遥かに多い血が口や鼻に飛び込んで来て、あわや溺れてしまうところだったが、その味を確かめる余裕などなかった。ただ、起こった出来事を判ろうとするのだけで精一杯だ。

（しまった！）

手で顔を拭って目をやると、男は釣り上げられた魚のように口を何度も動かしていた。しかし、それもすぐに止まり、男の体は支えを失ったように後ろに倒れた。そのまま河原の石に頭を打ち付けたが、痛がる様子もない。

すべては、ほんの刹那の出来事であった。

ほんの刹那に小さな剃刀が男の首を裂き、ほんの刹那に男は命を失い、ほんの刹那に早陀女は人殺しとなったのだ。

昔ならば、体から心が離れていくところであろう。しかし今の早陀女には、その感覚は訪れない。

（早く……逃げなくては）

かなりの時が過ぎてから、ようやく頭が働くようになる。

自分が殺したわけではないと言ったところで、きっと誰も信じてはくれぬだろう。そもそも舐めるための血を貰っていたというところから、当り前の人間には嘘のように聞こえるに違いない。

早陀女は血まみれの衣のまま川に飛び込み、そのまま泳いで、その場を離れた。

けれど口には、なぜか剃刀を咥《くわ》えたままだった。

四

それからの早陀女の日々は、野良犬と変わらなかった。

むろん茨木村には戻れず、人目を避けつつ彷徨《さまよ》って暮らしたが、決して一つところに落ち着くことはなかった。役人の目に触れることを恐れたからだ。

しかし、若い女である早陀女が命を繋げるのは、やはり集落の近くに限られた。

初めのうちは山の中で何日か過ごしたが、絶えず獣の声の聞こえてくる場所で寝ることなど、とてもできなかった。また山で暮らせるのは山を知っている人間のみで、幼い頃から村で育った早陀女には、何が食べられて何が食べられないのか、その区別さえも怪しかった。

けれど集落の――しかも、それなりに大きな村の近くならば、どうにか生きて行くことが

の目が厳しい。身を売ることができるからだ。小さな村は逆に目立つうえに、そこで暮らす女たち
　早陀女は身と引き換えにわずかな銭を得ながら、あちらこちらを転々とした。その間、血を舐めたいという欲は、不思議と湧かなかった。やはり初めに考えた通り、溺れるほどに飲んだので飽きがきたのかもしれない。

（これから、どうなるのだろう）

　乞食同然の姿となった早陀女は、時折先のことを思いやってみるものの、何の考えも浮かばなかった。未《いま》だ十六年も生きていないはずなのに、こんなことになろうとは。

（いっそ、死んでしまおうか）

　そう思いながら剃刀の刃を眺めたことも、一度や二度ではない。

　思えば自分は、何故にこれを捨てずに持っているのだろう。ただ一つの財と言えば言えるが、売れるほどのものでもない。あるいは、いつか髪結いの仕事ができるのを、心のどこかで望んでいるのだろうか。

　自分の気持ちさえ確《しか》と判らなくなっていたが、そう望んでいるのだとしたら、愚かだと思った。もともと実の親に捨てられるような自分が――友もなく、男からは体以外に求められるものを持っていない自分が、まだ、そんな甘いことを考えているなんて。

（そうだ……もう終わりにしよう）

早陀女はぼんやりと決めたが、すぐに剃刀を首筋に滑らせることもできなかった。人一人を亡き者にした自分が言えることではないやも知れぬが、やはり自ら命を絶つのは恐ろしい。

（誰か……殺してくれないだろうか）

そんなことを考えていた時――ずっと前に聞いた鬼の名を、ふと思い出した。

酒呑童子。

丹波国の大江山に棲むという鬼だ。昼間は当り前の人の形《なり》をしているが、夜ともなれば身の丈八尺の赤い体に変ずるという。もう百年以上も前から生き続け、今でも貴人の姫御などを拐《かどわ》かしているらしい。

そんな姫御と自分の間には天と地ほどに開きがあるが、その鬼に会うことができれば――殺して貰えるのではないか。何せ鬼は人を喰らうのだ。自分は見かけこそよくないかもしれないが、若いという取り柄がある。食い物としては、悪くないはずだ。

そう考えた時、早陀女の中に奇妙な望みが湧いた。

丹波国は遠いが、ひたすらに歩けば、いつかは辿り着く。大江山に行けば酒呑童子がいて、必ずや自分を食ってくれるだろう。そして、その鬼が半日でも満たされた気持ちになれるのなら、こんな自分が生まれて来た意味も、ほんの少しはあるのではないか。

（行こう……大江山に）

ようやく早陀女は、それまでは生きていたいと思った。

あくる日、夜明けと共に早陀女は、丹波国を目指して歩き始めた。

どこを目指すともなく歩いていた昨日に比べれば、脚にも腕にも力が入る。殺して貰うために歩いている道なのに、途中の山々や空が美しく思えた。

（しかし、このままでは……食って貰えぬやも知れぬな）

歩きながら、自分の衣や体から厭な臭《にお》いが立ち上っているのに気付いた。返り血を浴びた衣はすでに始末し、その後に手に入れた粗末な衣に着替えてはいるが、もう何日も洗っていない。

（どこかで清めなくては）

そう思いながら歩いていると、やがて小さなせせらぎの音が聞こえてきた。

その音を頼りに山の中に入ると、清らかな流れに出る。河原には大きな岩がいくつも並んで見通しはよくないが、今はその方が都合がいい。

早陀女はその川で、髪と体、ついでに衣を洗った。むろん人目に触れぬよう岩陰に隠れて用心していたのだが——突然に現れた男が声をかけてきた時には、息が詰まるほどに驚いた。

「もしやと思うが、茨木村の血を舐める娘じゃないかね」

顔を上げると、いつか血を分けて貰ったことのある、三十過ぎくらいの男が、少し離れたところに立っていた。裸同然だった早陀女は思わずしゃがみ込み、交差させた腕で胸を隠す。

「あなたは……」

確か名前も聞いたはずだが、とうに忘れている。

「覚えておるか？　外道丸《げどうまる》だ」

そうだ……確か、そんな名だった。

「なかなか、よい眺めだな。そう言えば前は、せっかくの馳走《ちそう》を目の前にして遠慮したんだったな。今からでも、馳走になってよいか？」

外道丸と名乗った男は、ずいぶん調子のいいことを言った。その言葉を耳にして早陀女は、さらに身を固く守る。

「ふふふ、安心せい、戯言だ。俺は、その気のない女に手は出さんのだ……面白くもないからな」

年上と思えない砕けた口ぶりで男は言う。

「どうやら着ていた衣を洗ったようだが、少し思い切りがよ過ぎるぞ。晴れてはいるが、乾くには時が掛かる時節だ」

その言葉に早陀女は、思わず空を見上げる――確かに今が秋だということを、すっかり忘れていた。

「火を熾《おこ》してやるから、それで乾かすがよかろう……そちらに行ってよいか？」

わざわざ断ったうえで近付いてきたかと思うと、早陀女が身を寄せている岩陰近くに木屑《きくず》を集め、腰に下げた袋から火打石を取り出して、手際よく火を熾した。その手並は大したものだったが、高価な火打石を当り前に持っていることにも驚く。

「思いがけぬところで会ったな。どこに行くのだ？」

「……丹波国の大江山に」

「そりゃ驚いた」

小さく頷くと、男は目を丸くした。

「あの辺りは、今は野盗の巣のようになっておるのだぞ。それを知ったうえで行くのか」

そう言いながら外道丸は、裸の早陀女と距離を取った。一応は気を使っているらしい。

「野盗がおるのは知りませなんだが、確か鬼がいるとか」

男に合わせるような気持ちで、早陀女は言った。あわよくば、何か知っているのではないかと思ったのだ。

「もしや酒吞童子のことか？　うむ、あいつは恐ろしい鬼だ。それに、あいつの手下も荒っぽい奴ばかり……星熊《ほしくま》だの虎熊《とらくま》だの、名からして恐ろしげだ」

なるほど、今の今まで酒吞童子という一匹の鬼がいるのかと思っていたが、何人もの手下を従えているらしい。確かに百年以上も生きている鬼ならば、それが当り前やもしれぬ。

早陀女がそう言うと、男は小さく笑った。

「何がおかしいのです？」

「いや、まぁな……時におまえは、名は何と申す？　女だの娘だのと言うのは、どうも人を呼んでいるような気がしなくて困る。それでは仲良くなれぬだろう」

今度は早陀女が笑う番だ。この奇妙な男は、自分と仲良くなろうと思っているらしい。

「私は……」

名乗りかけて、ふと口を噤《つぐ》む。髪結いの夫婦に付けられた早陀女という名は、もう使いたくないような気がしたからだ。

「故あって、今までの名は捨てました。どうぞ、お好きに呼んでくだすって構いませぬ」

「何だ、面倒な事情でもあるのか……では、そうだな、茨木村で会《お》うたから、茨木と呼ぶか。血舐め茨木だ」

「血舐めも要りませぬ。もう舐めておりませぬ故」

そう言うと、外道丸は大きな笑顔になった。

「それはいい。ちゃんと俺の言うことを聞き入れてくれたのだな」

そういうわけではないが、わざわざ知らせることもなかろう。

「ならば茨木、近付きの印に、面白いことを教えてやろう……酒呑童子は鬼などではなく、ただの人だぞ」

「えっ、確か、百年以上も生きていると聞きましたが」

「今の酒呑童子は、六代目だ。最初にその名を名乗った奴がいて、それを受け継いでいるのよ……せっかく轟いた名なのだ、使わぬのは損だろうが」

　あんまりなことに、すぐには言葉が出てこなかったが——つまり酒呑童子は何人もいるということなのだろうか。

「名乗れるのは、正しく跡を継いだ者一人だ。時々、勝手に名乗っている困り者もいるようだが」

「ですが、人を食ったりはするのでしょう？」

「莫迦か。人が人を食うはずもなかろう。さすがに奴らも、そこまでの下種《げす》ではないわ。それは物好きが勝手にほざいているだけだ。まぁ、そのくらいの噂があった方が、連中も仕事がしやすくなるだろうがな」

「そんな……」

　早陀女は失望を禁じえなかった。せっかく食ってもらえると思ったのに——酒呑童子は鬼でないとは。

「おい、いきなり、どうした」

　ぽろぽろと大粒の涙を零《こぼ》し始めた早陀女を見て、外道丸は慌てた。

「実は……」

　これまでのことを、早陀女は包み隠さず話した。この男には頼っていいような気がしたからだ。

「なるほどなぁ」

相変わらずに距離を置いたまま、男は頷いて言った。

「まさか食って貰うつもりだったとは……やはり若いのは思い切ったことを考えるものだ。しかし人を殺したというのは、違うのではないか？　そのつもりで剃刀を動かしたわけでもあるまい」

「しかし、そう申し開きしたところで、誰が信じてくれるというのです？　私には何もないのですよ……そのうえ、血を舐めて喜んでいるような女だったのですから」

「それだがなぁ」

外道丸は、そこまで言って言葉を切り、長い間考えてから、再び口を開く。

「茨木は、自分には何もないと思っておる。実際にはどうなのかは知らぬが、自分がそう思い込んでいるのなら、そうなのやもしれぬな。だから……鬼になりたかったのだろう、おまえ自身が」

「私自身が……？」

「そうだ。辛い目に遭った時に、心が体を抜け出すという奴もな、きっとおまえ自身の心が、おまえを守っていたのだろう。その辛さが、おまえを壊さぬように」

まるで瞞《まやか》しのようなことを言うと思ったが——どこか得心が行くような気もした。

「それと同じように、おまえも自身の心を守るために、鬼になろうとしたのだろう。そうすれば、何もないと信じているおまえにも、鬼が残る。鬼は人でないから、人の世の面倒にも関わらなくても済む」

そう言いながら男は、どこかのんびりとした風情で、周囲を見回している。

「俺の知っている年寄りが、前に言っておったよ。人が考えるべきは、鬼が本当に在るか在らぬかではなく、鬼に成るか成らぬか、だと……成らずに済むなら、それに越したことはなかろう」

あたかも心と体が完全に分かれているかのように、男は優しい声で言いながら、ゆっくりと腰の太刀を抜いた。

「どうされたのです？」

おずおずと尋ねると、男は笑って答える。

「おまえがいつまでも裸でいるから、それを目当てによくないものが集まってきたようだぞ、茨木」

その言葉に、慌てて周りを見回すと、あちらこちらの岩陰に、野盗らしき男の影が見えた。

「おい、いつまでも、俺の女の肌を盗み見ているんじゃないぜ。さっさと出て来い……二度と見られぬようにしてやるから」

「おいおい、ずいぶん威勢がいいなぁ」

思いがけず近い岩陰から、身の丈六尺ほどの大男が身を現した。やはり野盗だ。

妙に長い太刀を手に、薄ら笑いを浮かべている。着ている衣は、薄汚れてはいるが上等だった。おそらくは誰かから剝いだものに違いないが、左肩や胸元に飛び散った血しぶきが、気味の悪い模様になっている。

「おまえ一人で、何ができるって言うんだ？　大人しく女と荷物を全部、置いて行きな」

その言葉が合図だったように、岩陰から何人もの男が出てくる。ざっと数えただけでも、七人。

「特に、その太刀だ……結構値が張るもんじゃねぇか？」

数で勝っているのを頼みにしてか、七人の野盗は身を隠そうともせずに早陀女と外道丸を取り囲んだ。やがて誰もが不敵な笑いを浮かべつつ、ゆっくりと輪を狭《せば》めてくる。

「裸の女を前にして、長々と話していたのが不味《まず》かったな。こうなったら、どうにもできゃしねぇよ。面倒だから、手向かいしようなんて思うんじゃねぇぜ……まぁ、どのみち首は刎《は》ねるけどな」

さらに最後の一押しのつもりか、大男が暢気《のんき》そうな口ぶりで言う。

「その太刀と女を手土産にすれば、御頭《おかしら》も喜ばれるだろうよ。何せ俺たちの頭は、あの酒呑童子様だからなぁ。やっぱり鬼は、気難しくていけねぇよ」

それを聞いた外道丸は、底抜けに明るい声で答える。

「俺は、おまえらなんざ見たことねぇぞ」

その言葉が終わるか終わらぬかのうちに勢いよく地を蹴って、一気に大男との間合いを詰めた。虚《つ》を衝かれた大男は驚きの表情を浮かべたが、次の刹那には、その表情のままの首が飛ぶ。

「茨木、少し目を瞑《つむ》っておけ」

特に慌ててもいない外道丸の声が耳に届いて、早陀女は両掌で顔を隠した。その間にも野太い男の悲鳴が、いくつも聞こえたが――恐怖で体が震えてくる前に、すべて片付いてしまったらしい。

「もういいぞ」

やがて肩を叩かれて目を開けると、きっちり七つの男の亡骸《なきがら》が河原に転がっていた。

「やっぱり女が裸でいるのはよくないな……こういう莫迦が集まってくる」

そう言った後、外道丸は顔に飛び散った血を、川の水で洗った。その間に早陀女は、まだ湿りの残る衣を慌てて着こんだ。

「あの……もしや、外道丸さまは」

「その名も実は、初代のものでなぁ。いいも悪いも全部を受け継ぐのが決まりだから、もう自分の本当の名は名乗れぬのだ。案外に不便なものだろう？」

この人懐こい笑みを浮かべている男が、悪名轟く鬼だとは、とても思えなかった。たとえば夜になると、体が赤く大きくなるのだろうか。

「身支度はできたか？　せっかく俺を訪ねて来てくれたのだ、屋敷で飯でも食わせてやろう……気に入ったら、何日でも居ていいぞ。行くのは難儀だが、なかなかに住みよいところだからな」

外道丸に手を引かれて、そこを離れようとした時、野盗の亡骸の中に、奇妙なものが一つ、交ざっているのに気が付いた。どういうわけか、太刀を手ぬぐいのようなもので右手に縛り付けてあるのだ。

（この人は……）

顔に見覚えがあるような気もするが、かなりの時が流れているので、間違いないと断ずることもできなかった。

「そいつは、どうも右手が動かないようだったな」

外道丸は、初めて申し訳なさそうに言った。

「気付いた時、見逃してやろうかとも思ったんだが……そいつの方から切りかかって来たんで、どうにもできなかった」

つまり、あの日から早陀女にも、この男にも、いろいろあったというわけか。そして、それぞれの運命の中を沈み込んで行ったのだ。

「さて、ここから大江山までは、まだ遠いぞ。歩けるか」

「はい、大丈夫でございます」

そう答える早陀女、いや、茨木は、嬉しいような悲しいような心持ちであった。ただ、思いがけず酒呑童子その人と縁を結べたことだけは、喜ぶべきことやも知れぬ。

「そう言えば外道丸様は、どちらに行かれるところだったのでございますか」

「軽い清めの旅を終えて、俺も屋敷に戻るところだったのだ」

「清めの旅……でございますか」

「あぁ。少し気を許すと、さっきのような騙《かた》りばかりが増えてな。時々出かけて行って、そいつらを掃除してくるのだ。放っておくと余計な罪まで被せられるばかりか、名前そのものを取られかねぬからな……おまえと初めて会《お》うた時も、その帰りだったのだ」

「なるほど、鬼にも、いろいろご苦労がおありになるんですね」

「うむ。鬼であり続けるのは、なかなかに骨が折れるぞ」

秋の緩い日差しの中を、二人は肩を並べて野の道を歩き続けた。

その様は仲睦まじくも見えたが――しょせんは鬼である以上、やがては別の鬼に食われる運命を背負っていることを、少なくとも茨木は知らずにいた。

鬼哭啾々《きこくしゅうしゅう》。

第八話　蓬萊《ほうらい》の黄昏《たそがれ》

御伽草子《おとぎぞうし》「酒呑童子」より

一

遠い古《いにしえ》の、哀れな女の物語は続く。

伝えによると、酒呑童子と呼ばれていた鬼が棲まっていたのは、丹後国《たんごのくに》の大江山だったとも、山城国《やましろのくに》と丹波国《たんばのくに》の境にあった大枝山《おおえやま》だったとも言われている。また近江国《おうみのくに》の伊吹山《いぶきやま》とする伝えもあり、正しい場所は杳《よう》として知れない。

しかし、早陀女《さだめ》について語るには、それがどこであるかは重要ではない。ただ摂津国《せっつのくに》の茨木村から出奔した早陀女が、偶《たま》さかに酒呑童子を名乗る者と知り合い、茨木と名を変えて共に暮らすようになった縁《えにし》にこそ、世の不可思議を感ずるばかりである。

いずれの山であったにせよ――酒呑童子の住処《すみか》は山深く険しい道の果て、切り立った崖をいくつも越えた土地にあった。

むろん平らな場所は少なく、首魁《しゅかい》である酒呑童子の屋敷を中央に据えて、それを取り巻くように小さな屋敷が作られていた。崖の途中の棚のようになった土地に強引に作られたものや、洞穴をそのまま住まいとして使っているものもあり、処々方々に作られた丸太の高塀や、岩肌に固定された梯子《はしご》などを見る限り、山の中に作られた砦《とりで》と表する方が正しいように思える。けれど、どこか人が住まうための集落の趣きもあった。

それもそのはずで、世に非情な悪鬼として名を轟かせている酒呑童子だが、その実は生身の人なのだ。その名を以て暴虐を働いた者が百何十年も前にいて、以後、何代にも亘《わた》って名を受け継いできたのである。

それ故に酒呑童子は人の寿命を超えて生きているとされ、さらに蒙昧《もうまい》な者たちによって、人外の存在と語られることとなった。

山に来る前は、自身も酒呑童子は鬼であると信じていた茨木であるが——この地で四度めの春を過ごす頃には、その風説に苛立ちのようなものを覚えるようになっていた。

それと言うのも酒呑童子をはじめ、その取り巻きも気のいい連中揃《ぞろ》いだったからだ。星熊童子、虎熊童子、石熊《いしくま》童子、熊童子、金《かね》童子と、名を聞けば恐ろしげで、確かに粗暴な面があることも否めないものの、どこか子供じみた可愛さがあるようにさえ思えるのだ。

むろん官吏に追われるようなことをしているのだから、悪《あ》しざまに語られるのはやむを得ぬかもしれぬが、やはり人外扱いは承服しかねる。

「まったく……ここには頭に角の生えた者など一人もいないというのに、乱暴なものだね。鬼か人か、自分の目で見てみれば、すぐに判ろうものなのに」

長徳《ちょうとく》元年の弥生の頃——茨木は屋敷の縁《えん》で取り巻きの一人の髭《ひげ》を剃《そ》ってやりながら、いつものように零《こぼ》していた。

「そりゃあ俺などは、この面《つら》だもの……真っ当な者から見れば、鬼と呼びたくなるのも判るぞえ」

そう答えたのは、まだ若い星熊童子である。二十歳になった茨木よりも三つ四つ年を重ねているくらいだが、自らの正しい年を知らぬらしいので、確かなところは判らない。

「何せ親とて、この顔には怯えたのだからなぁ……まったく、馬に蹴られさえしなければ」

そう言いながら星熊は笑ったが、そのたびに細かく涎《よだれ》を吸い込むような湿った音がする。上顎と下顎が正しく噛み合わないので、当り前に息をしても、こんな音が漏れるのだ。

「まぁ、命を落とさずに済んだだけ、有難いものだが」

星熊童子の顔は、本来は出ているはずの左側の頬と鼻筋が逆に窪《くぼ》み、そこを中心にして大きく歪んでいた。そのために左目は、いつも零れんばかりに大きく見開かれている。

本人は幼い頃に馬に蹴られたために、こうなってしまったのだ……と言っているが、顔が歪むほどの強さで幼子が馬に蹴られたのなら、とても命が助かるとも思えない。おそらくは何かの病に違いないが、治す術《すべ》もないとなれば、自身が好きな方を信ずればよい。

「顔のことは、お互い様だよ」

星熊童子の顎に剃刀《かみそり》を滑らせながら、茨木は答えた。茨木もまた、凶相故に親に捨てられた赤子の成れの果てだ。

「何を言う、茨木は美しいではないか。御頭《おかしら》に連れられてきた時も驚いたが、今は前よりも、ずっと美しゅうなった。御頭が嫉《ねた》ましいほどだ」

そう言って身を揺すって笑ったので、茨木は危うく剃刀の刃を滑らせてしまうところだった。昔は血を舐めたいばかりに人肌に傷を付けたこともあったが、その欲も今はきれいになくなっている。

「ちょっと……動かないでおくれ。剃刀で傷を作ってしまうのは、髪結いの恥なんだからね」

「すまん、すまん」

そう言って再び笑った星熊の口元から、やはり涎を引きずる音が漏れる。

「ついでに髪も、少し詰めておこうか」

「そうさなぁ……じゃあ、頼むよ」

そうは言っても星熊童子は垂髪《すいはつ》で、梳《くしけず》った後、少し削げば済む。月代《さかやき》のように剃り上げる必要もないから、楽なものだ。

星熊に限らず、この地で〝童子〟という呼び名を持っている者たちは、石熊童子を除いて、皆が垂髪であった。つまり元服前の童《わらわ》と同じで、結うことも烏帽子《えぼし》を被ることもなく、ただ伸ばした髪を、見苦しくないように切り揃えてあるだけだ。

「それにしても……ここは本当に、よいところだ。事あるごとに御頭が話す〝蓬莱《ほうらい》〟という国は、本当にこういうところなのかもしれんな」

縁に座して髪を梳られながら、右目だけを気持ちよさそうに細めて星熊は言った。その言葉につられて、茨木も目前に広がる浅い春の光景を眺める。

山の頂《いただき》近くにある屋敷からは、周囲に連なる山々が美しく見えた。

遠くでは霞《かす》んで見える緑が近付くほどに色濃くなり、冬の間は冷たげにしか見えなかった剝き出しの岩場でさえ、心なしか温《ぬく》もりを持っているように見える。また近くの山肌で枝を伸ばしている梅には白雪のような花が付いていて、間もなく訪れる美しい季節の前触れをしているかのようであった。

ここでよく耳にする〝蓬莱〟が如何なる土地であるのか、茨木はついぞ知らなかったが、ここは自分のような者が安らかに生きていける、たった一つの場所であるには違いないと思った。

自分のような者とは――つまりは頼りになる身寄りもなく、人に嫌われた挙句に捨てられ、どこにも身を置くことが叶わなくなった者たちである。

「まぁ、世から弾《はじ》かれる端緒と言えば、たいていは親族に疎まれるか、何か悪事を為したかというところだろうが……初代もまた、そういう身の上だったらしいのだ」

ここに来たばかりの頃、初代なる人の来し方を、酒呑童子から教えられたことがある。

「越後《えちご》の生まれだと聞いているが、どうやら母君は初代を産む時に亡くなってしまったらしい。それ故に父君に疎まれ、どこかの寺に入れられてしまったそうだ……そこで坊主どもの慰み者になっていたとか」

遥か大昔の人の身の上話と思っていた茨木だったが、その一言で他人事《ひとごと》ではないように感じた。いつの時代も、弱い者、守ってくれる手のない者は、自らの身さえ、力を持つ者の恣《ほしいまま》にされてしまうものなのか——我が身もそうであったことを思うと、おろそかな気持ちで聞くことはできなかった。

「その寺を十五の時に逃げ出し、さまざまな回り道を経て都に出、やがてある貴人《あてびと》に拾われて、その館の牛飼い童などを務めていたらしい。しかし、そこの姫御《ひめご》と恋仲になって、共に逃げだしてしまったのだそうだ……思えば、無体な方ではあるよ」

そのくだりを初めて耳にした時は、茨木もそう思ったものだが、今となっては、その気持ちも判る。その初代と呼ばれる方は、その姫御のことが片時も手放せぬほどに、思いを燃やしてしまったのであろう。自分がすでに、酒呑童子から離れられなくなってしまったのと同じように。

「しかし道中で、その姫御は突然に身罷《みまか》られてしまってな……それから初代は、荒れ果ててしまわれたのだ。ついには盗賊に身を落とし、あちこちの土地を荒らしまわった後、この地に隠れ住むことにしたのだが……初めのうちは自ら〝捨て童子〟と名乗っていたらしい」

「捨て童子……でございますか」

「そうだ。それが訛《なま》って〝酒呑童子〟というわけだ」

噂によれば、何よりも酒を好むところからついた名だと茨木は聞いていたが、どうやら、それは違うようだ。

「実は、これには別の謂《いわ》れがあってな。ここは、もともと捨て童子どもが人目を逃れて群れ住んでいた地で、そこに初代が偶さかに立ち寄り、連中の面倒を見るようになった……というものだ。そこから自らも〝捨て童子〟と名乗るようになったという話だが、遠い古のこと故、どちらが本当なのかは確かめる術もない。しかし俺は、初代が哀れな者たちに情けをかけたという方が好きだ」

捨て童子とは多くの場合、童形《どうぎょう》のままで雑役を専《もっぱ》らとしていた者たちが、何らかの理由で主人から放逐《ほうちく》されたり、あるいは自ら逃亡したりした者たちのことを言う。

しかし同時に、そのままの意味で、親に捨てられた童を指すこともある。多くは口減らしのためだが、不幸にして病を得たり、あるいは何らかの障《さわ》りを持って生まれて来た童の中には、ひっそりと捨てられる者もあったのである。

この地に住む者のほとんどが、何らかの事情があって、世から捨てられた者である。中には自ら求めてやって来た者もいるが、世に馴染《なじ》めない〝捨て童子〟であることには違いない。

従って、この地で名に童子を冠している者のほとんどは、物心ついた時より、この地にいる者である……と、やはり酒呑童子から聞いたことがある。赤子のうちに捨てられたのを、ここに住む先達に運よく拾われて、育てられたのである。

それを思うと、星熊の語る「親とて、この顔には怯えた」という言葉は、明らかに嘘だ。哀れな星熊は、きっと親の顔さえ覚えていないに違いない。しかし自分にも親がいたことを、そう話すことで信じ込もうとしているのだろう。

けれど知ってはいても、あえて暴くようなことは誰もしない。星熊が逃げ込んでいる、温《ぬる》いとも冷たいとも知れぬ夢の中から、わざわざ引っ張り出す必要など、爪の先ほどにもないのだから。

「つまり初代は、力のない捨て童子たちのために、このような安住の地を作ったのだ。それこそ、どこかにある蓬萊という国のように、捨てられる者など、ただの一人もいない地としてな。むろん、容易《たやす》くできることではない。また、何も持たぬ者が、手を汚さずにできることでもなかろう……初代は〝捨て童子〟を名乗り、方々を荒らしまわった。そうして時を経るうちに、〝酒呑童子〟へと変わってしまったに相違ない」

その後、初代はかなりの高齢まで生きたらしいが、やがて亡くなると、その名を別の者が継いだ。その頃には、まだ初代の志までも継ごうとする意気もあったのやもしれぬが――やがて時を経て代を重ねるうちに、それは変貌した。世から弾き出された者たちは、自身の復《ふく》讐《しゅう》だと言わんばかりに、それまで以上に暴れまわったのだ。やがて酒呑童子の名は、天下無双の悪鬼として、世に知れ渡ることとなった……というわけだ。

「正直なところ、そういうのは、もういいのではないかと俺は思っている。むしろ、ある程度の財を得た今こそ、初代の志を受け継ぐべきだと思うのだ。そのためには、静かに暮らすのがよい」

それが、今の六代目酒呑童子の考えである。

現に先代から名を継いでからは、貴族の邸宅に押し入って財を奪うことはあっても、できる限り殺生は避けていた。十分な下調べをし、それなりに腕の立つ者を揃えておけば、刃《やいば》を交えて斬り合うような真似はせずとも、目的は容易く果たせるのだ。

「その過程の良し悪しは別として、この地は先代たちの工夫と造作《ぞうさ》のおかげで、隠れ住むのに相応《ふさわ》しい地になっている。できることなら、このまま人に知れぬよう、我らだけで密《ひそ》やかに生きて行くのだ。さすがに田や畑には向かぬ土地ではあるが、皆で狩りをするなり布を織るなりすれば、暮らしを立てることもできよう」

確かにこの地に至るためには、麓から険しい山道を登り下りし、岩の割れ目のような狭い洞穴を潜《くぐ》り、浅くはあるが流れの速い川を越えねばならない。そこからさらに崖と変わらぬような斜面を這い上って、ようやく門に辿り着く。

そんな山深くに門があるというのは尋常ではないが、歴代の酒呑童子たちが、長い時間と労力を傾けて作った大門である。

おそらくは途方もない労苦があったに違いないが、細い道を塞ぐように作られたそれは、一度閉じてしまえば何者をも侵入させぬ堅牢《けんろう》さがあった。仮に誰かが迷い込んできたとしても、そこで道が終わっているも同然であるから、その門を前にして引き返す以外にない。

しかも門の裏には、絶えず見張りの者が控えている。四天王の異名をとった配下たちが、他の部下と一緒に、回り持ちで番をしているのだ。

「とにかく今はここに隠れ住んで、暮らしていくための力を蓄えることだ。できれば酒呑童子の名が世から忘れられる日まで、大人しくしているのがよいが……そのためには、その名を勝手に名乗って暴虐を働いている者どもを、始末しておかなくてはならぬ」

そうするために酒呑童子は、時には単身か、あるいは配下を二人ほど連れて、その名を騙《かた》る者を清める旅に出ている。茨木と初めて会った時も、その旅の途中であった。

「その名が忘れ去られる日が、早く来ればいいですね」

酒呑童子の夢のような話を聞くたびに、茨木は必ずそう答えるが――それは難しいであろうと思っていた。否、そんな虫のいい話は、絶対になかろうとさえ考えていたのだ。

今の酒呑童子は自分の一まわり以上も年上であるが、童子の名の通りに童のような甘さを持っている。自分が継いだ名が悪名であるということを、すっかり忘れてしまっているかのようだ。

この地に住む以上、その名を継ぐ必要があったのかもしれないが、それは先代たちが犯した罪も一緒に継ぐということでもある。

何代か前の酒呑童子に身内を殺された者は、今も恨みを込めて、その名を呟いていることであろう。その憎しみの太刀先《たちさき》が、いつか向かってくる日が来ないとも限らぬ。その時に「自分は名を継いだのみで、先代たちの悪行については与《あずか》り知らぬ」では通じまい。

一度、その不安を口にすると、酒呑童子は笑って答えた。

「そこが便利なものでな……世の人々が作り上げた酒呑童子は、人の肉を喰らう凄まじい悪鬼なのだ。刃向かって来る剛の者など、おいそれとは居まいよ。だからこそ、このまま静かにしているのだ。その名が、それこそ語り草の中に沈み込んでしまうまで」

その言葉の通りになれば、本当に素晴らしいことであるが——簡単に頷けないのが、茨木の性分である。

自らの命が懸かっているのに、その酒呑童子の考えは暢気《のんき》に過ぎるように思えた。たとえば何かのきっかけで、いきなりに悪鬼追討の命が出されないとも限らぬのだ。

（いや、もしかすると明日にでも、都から追討の者が攻め入って来るやも知れぬ）

茨木がそんなことを考えてしまうのには、それなりの理由がある。二十日ほど前から、この地に住まうようになった姫御のことが気になってならないのだ。

この土地のことを知る者は、ごく少ないはずだが——どうしたことか一部の者の間では、世の柵《しがらみ》から逃げ出せる場所として、密やかな噂になっているらしい。

たいていの場合は、根も葉もない戯言《ざれごと》としか思われておらぬだろうが、時には曖昧な噂を信じて命を懸けてしまう者がいる。何もかも振り捨てて山中の道なき道を突き進み、この土地に辿り着いてしまう者がいるのだ。また、さながら初代のように身分違いの恋に落ち、男と手を取り合って逃げて来る貴人の姫御までいるのだから始末が悪い。

酒呑童子は、そういう者たちを追い返すようなことはしない。

それまでの身分や安泰な暮らしを振り捨てた覚悟を、決して蔑《ないがし》ろにはしないのだ。また、屈強な男でさえ辛い道を抜けて来た姫御の気骨にも、敬意を表するのである。

「望むのなら我らと共に、この地で暮らせばよい。仮に追手が来たとしても、我らが知らぬ存ぜぬで押し切って、追い返してやろう」

そんなふうに宣《のたま》って、容易く門の内に引き入れてしまう。

それは酒呑童子の屈託のなさ、懐の広さであり、見方によっては美徳でもあるのだが――二十日ほど前に逃げ込んできた姫御は、事もあろうに中納言の一人娘なのだ。さすがに身分が高過ぎる。

父君は池田《いけだ》くにたか卿《きょう》で、有り余る財を持ち、宮中でも重鎮中の重鎮として知られていた。帝《みかど》の覚えもめでたく、まさしく今を時めく御方である。

むろん、当り前の女なら飛び付きたくなるような婚姻の話も、その一人娘の元には舞い込んでいたであろう。しかし姫御は、親の言うままに嫁がされることが厭でたまらなかったらしい。茨木からすれば傲慢にさえ感じるが、その気持ちも、少しばかりは判らないでもない。

その姫御が突然に姿を消したとなれば、騒ぎも一通りのものではあるまい。

すでに都中をくまなく探されているに違いないが、やがて密やかに広まっている噂を聞き付けられようものなら、ここにも探索の手が伸びて来る恐れは十分にある。

そう考えると池田中納言の姫御は、「ここは女人禁制の寺である」などと言葉巧みに追い返すか、せめて別の土地に追いやる方がよかったはずだが——酒呑童子は、どちらもしなかった。否、同じような身の上の者が他に何人もいる以上、その姫御だけを追い返すわけにはいかなかったのだろう。

（兎《と》にも角《かく》にも……あのお姫さんが、よからぬ事を連れて来なければよいのだけれど）

星熊童子の髪を揃えながら、茨木は思った。

「おう、桐王《きりおう》殿ではないか」

やがて頭の始末を終えたところで、星熊は声を上げた。茨木が同じ方向に顔を向けると、門に続く緩やかな坂を、小柄な男が上がって来るのが見えた。四天王の一人に数えられている桐王だ。

「もしかすると、石熊……いやさ、いくしまに会いに行かれるところですかな」

冷やかすような口ぶりの言葉を聞いて、桐王は苦笑した。

「おいおい、今のが耳に入ると、あれが怒るぞ。そうとなれば、いくら星熊と雖《いえど》も、ただでは済まぬ」

「それは確かに。おぉ、恐ろしい……あの太く逞《たくま》しい腕に掛かれば、俺など一捻《ひとひね》りだ」

剽《ひょう》げた仕草で首を窄《すぼ》めた星熊の後ろ頭を、茨木は勢いよく叩いた。

「あんたはどうして、いちいち余計なことを……いくしまと桐王さんは、恋仲であるのに」

「ははは、よいのだよ、茨木。あいつの力と激しい気性には、俺とて手を焼いておるのだ。だからこそ間違っても石熊と呼ばぬよう、肝に銘じてもいる」

「何です、桐王さんまで」

その場に笑いが起こり、和やかな気配が満ちたところで、桐王は不意に生真面目な顔になって言った。

「ところで二人は、堀江中務《ほりえのなかつかさ》の姫御の姿を見てはおらぬか」

「堀江のと言えば……空蟬《うつせみ》様のことですか」

「そうだ。実は朝から、姿が見えぬのだが」

堀江中務の娘は、二年ほど前に身一つでやって来た姫御である。すでに婿のいる身であったが、その婿と何か諍《いさか》いがあったらしく、ついにはすべてを投げ出して、この地にやって来たのだ。

ついでながら言うと、都から逃げて来た貴人の姫御たちは、自分の本当の名を絶対に口にしなかった。それが貴人の家の習わしらしいのだが、呼び名がなければ不便なので、貴人の間で流行っているらしい何とか言う物語から取ったものを、面白がって名乗り合っていた。曰《いわ》く〝若紫《わかむらさき》〟だの〝明石の君《あかしのきみ》〟だの〝空蟬〟だの〝花散里《はなちるさと》〟だの〝夕顔《ゆうがお》〟だの——覚える方は一苦労だ。

「さて……そういえば、私も見ておりませんな。姫御殿におられるのでは」

姫御たちは酒呑童子の屋敷に次いで大きい建物で、共に暮らしている。

「そこにおらぬから、探しているのだ。しかも他の姫御たちが何やら隠しているような風情で、どこか怪しげだ」

「もしかすると、逃げてしまったんじゃないのか」

笑っているとも不審を露わにしているとも判じかねる顔で、星熊が言った。

何かから逃げて来た者が、ここから再び逃げていく——多くはないが、まったくないことでもなかった。

二

空蟬こと堀江中務の娘の失踪を受けて、大門の番をしている者を除いて、酒呑童子の元に童子たちと四天王が集められた。広間の中に銘々が好きに座り、上座の酒呑童子に顔を向けている。

童子とつくのは、この地で生まれ育ったか、物心付く前にやって来た者——つまりは星熊童子、虎熊童子、石熊童子、熊童子、金童子の五人だ。

誰もが山育ち故に剛力で、身のこなしも猿と紛《まご》うほどに軽い。金童子のみは右足が付け根から欠けているので、他の者たちほどに速くはないが、その弱みを補おうと彼は弓の腕を磨きに磨いた。その甲斐あって、今では一矢で二人の胸板を容易く射貫くほどの腕前である。

四天王と称せられているのは、元服の後にやって来た者の中から、選りすぐられた四人である。

誰もが本来の名を捨て、御号《ごごう》、桐王、阿防《あほう》、羅刹《らせつ》と名乗っていた。どこぞの武家に奉公していた者や、あるいは幼い頃から一人で世を渡って来た者揃いで、偵察や交渉事などの役目も任せられる者たちである。むろん武の心得もあり、そんなことは起こり得ないが、もし童子たちと戦わば、おそらくは技に優れた四天王の方が勝つのではないかと思える。中でも御号の剣の腕は抜きんでており、酒呑童子と互角と言ってもいいほどだ。

しかし——揃いも揃った曰くありげな連中の中で、ひと際目立つのは〝いくしま〟こと石熊童子である。

女の身でありながら童子の名を持っているのだが、この門内で最も大きな体軀をしていた。手足も長く、並の男よりも強い力と俊敏な身のこなしを誇ったが、なぜか肌が焼米のように褐色で、髪も細かく縮れていた。そのような容貌の者を茨木は見た例《ためし》がなかったが、もしかすると異国の血でも入っているのやも知れぬ。

けれど、その自らの強さを石熊自身は疎んじていて、その名も好んではいなかった。

「童子を名乗るのは習いだからいいとして……何だい、石熊ってのは。あたしは石でもなければ熊でもないよ」

それを言い出せば星熊とて、星でもなければ熊でもないのだが——とにかく石熊の名を好まぬあまり、その字を並べ替えて、自ら〝いくしま〟と名乗った。確かに石熊に比べれば、はるかにたおやかで女らしい名である。

いくしまは精悍《せいかん》な見かけに反して、自分などより遥かに女らしい……と茨木は思っていた。飯の合わせ（おかず）をこしらえるのも上手だし、野辺の花を摘んで自分の閨《ねや》に飾る奥ゆかしさもある。近頃では、姫御たちから歌の詠み方まで習っているというのだから、本当に頭が下がる。

そのいくしまが、不安げに眉を顰《ひそ》めて言った。

「そう言えば近頃の空蟬様は、心ここにあらず……という風になっていることが多かった気がするよ。何か気を塞ぐことでもあったのかも」

「それは俺も、感ずることがあった。屋敷の縁に腰を下ろし、衣の袖で涙を拭っているのを見たのも、一度や二度ではない。そのたびに哀れとも、奇妙とも思うてはいたのだが」

桐王が言葉を継ぐと、当のいくしまが目を大きく見開き、何か言いたげな顔をした。二人は住まいこそ別にしているものの、その実、夫婦同然の暮らしを送っているのだ。いくしまとしては面白くない気分なのやも知れぬが、それを今言うのは、さすがに場の雰囲気が許さない。

「それを言えば、あの……何と言ったか、中御門花園《なかみかどのはなぞの》の姫御は」

「花散里様です」

首を傾げながら口を開いた御号に、茨木が助け舟を出す。

「そう、その花散里様も、何やら含むものがあるように思えてなりませぬ」

「た、た、たとえば、ど、ど、どの、どのように」

吃音《きつおん》のある羅刹が尋ねると、「気のせいやも知れぬが」と前置きして、御号は答えた。

「姫御たちが衣を洗われる際には、連れだって下の川まで行かれるものですが、ここのところ、花散里殿だけは、お一人で行かれるのです。危ないので供の者を付けようとしましても、頑《かたく》なに断られるばかりで……むろん今日も、お一人で行かれました。まぁ、無事に戻られておりますので、案ずることもないのですが」

「そ、そ、それは、ご、ご、御号殿の、思い過ごしでしょう。なに、何せ、にょ、女人《にょにん》の洗濯ですから、人に、み、見られたくないものも、あるのですよ」

実は花散里に思いを寄せているのではないか……と噂されている羅刹は、いつもの冷静さを忘れたように言った。吃音が多く出るのは、少しばかり落ち着きを失くしている証だ。

「ふむ……やはり川まで一人で行くのは、感心せぬな。今の季節は、穴倉から出て来た獣と顔を突き合わせてしまうこともあろうから」

そう言ったのは首魁たる酒呑童子だ。ちなみに獣の冬ごもりは、もう少し先まで続く。

「やはり多少疎まれようと、必ずや供を連れて行くように言うがよい。事が起こってからでは遅いからな」

あくまでも鷹揚《おうよう》な口ぶりであったが、それに茨木は苛立ちを覚えた。

おそらく酒呑童子は、実は自分たちが、今も〝鬼〟である一面を残していることを考えたくないのだろう。だからことさら、事もなげに語っているに違いない。

残念なことだが、世の柵から逃げて来た者が、ここから再び逃げようとするのは、まったくないことではなかった。山深い土地での暮らしの苦労を味わって、自分の置かれていた場所がどんなに恵まれていたかを思い知ったり、捨ててきたはずの親族への思慕が募ったり——早い話、完全に心を決めることのできぬまま、成り行きと勢いだけで逃げてきてしまった者の心は、容易く揺れるのだ。

しかし一たび門内に入った者を、そのまま何事もなく帰すわけにはいかない。

帰せば、この場所を知られるばかりか、必ずや追討の軍が攻め込んで来ることになろう。そうとなれば門内のすべての者の身が危うくなり、無事に志を果たした者たちも連れ帰されてしまう。

そうならぬようにするためには、二つに一つの道しかない。どれだけ泣き叫ぼうと門内に閉じ込めておくか、いっそ殺すかだ。

今の酒呑童子は無闇に命を奪うのを好まぬので、どうしても閉じ込めておく方を選ぶことになる。それで改めて、ここで暮らしていくと心を決め直してくれればいいが、中にはどうしても覚悟が固められぬ者もいる。

そういう者がどうなるかと言えば——神経を病むか、自ら命を絶つかのどちらかしかない。現に茨木がここで過ごした三年の間にでさえ、すでに三人が自ら命を絶っていた。そのうちの一人は、共に手を取り合って逃げて来た男を刺し殺し、返す刃で自らの首を刺し貫いた。その様を見た時、この地にいる者は、やはり鬼だ……と茨木は思った。その女に小刀を渡したのは、他ならぬ酒呑童子だったからだ。

しかし鬼とて、生きねばならぬ。同時に共に生きる者たちを、守らねばならぬ。

つまりは甘い決意のまま、人生を変えるような真似をする方が悪いのだ。ろくに苦労を舐めたこともないような貴人の娘などが、一時の気持ちの昂《たかぶ》りだけで動くから、そのような悲しい目に遭ってしまうのだ。

しかし人の世は往々にして、動いてみなければ判らぬことだらけである——誰もがそれに気付いていながらも、決して口には出さない。

「とりあえず何人かの者で、空蟬様を探しに参りましょう。あの方の脚では、仮に日の出と共に外に出たとしても、まだ洞にさえ至ってはおらぬでしょう」

「そうは言っても日の出の頃は、俺が三人の男と共に番をしていたぞ。むろん門を開けて通したりはしておらぬ」

　そう言ったのは、門内で最年長の虎熊童子だ。すっかり髪は白くなり、顔にも深い皺が刻まれているが、背丈は名の通りに童ほどしかない。

「ならば、まだ門内のどこかにおられるのだろうか」

　その御号の言葉に、皆が顔を見合わせた時——あたかも計ったかの如く、門番を受け持っていた四天王の一人、阿防が神妙な面持ちで部屋に入ってきた。

「御頭様、ただいま堀江中務の姫御様の捜索を命じていた矢車《やぐるま》と吉衛《きちえ》が、門の警護をしていた私の元に参りまして……裏の墓の森の奥にて、姫御様が儚くなられておるのを見つけたと」

「それは真《まこと》か」

　酒呑童子は目を見開いて尋ねる。

「おまえ自身が確かめたのか」

「はい、今しがた、確かめて参りました。御自身の守り刀で喉を突かれて……おそらくは刃先をあてがい、そのまま前に倒れられたのだろうと思われます。御自害であろうことは、疑いようもありませぬ」

　墓の森は、この地で亡くなった者の墓が集まっている場所だ。初代の墓も、そこにある。

「ならば俺も、この目で確かめなくてはなるまい」

そう言いながら酒呑童子が立ち上がると、他の童子たちや四天王たちも後に続いた。むろん茨木もそうしたが、部屋を出ようとしたところを制したのは、当の酒呑童子である。

「いつも言っておるように、おまえは惨《むご》たらしいものなど見なくてよい。部屋におれ」

「心得ました」

茨木は素直に控えたが、皆が出て行ってから、離れに作られた湯屋に行って身を清めた。まだ日は十分に高かったが、おそらくはこの後、閨《ねや》で時を過ごすことになろうからだ。

いつものことであるが――見知った者の亡骸を見ると、酒呑童子は必ず自分の体を求めてくる。何も、亡骸に情欲を掻き立てられる性癖を持っているわけではない。死ぬことが怖くて怖くて、怖くてならなくなるからだ。


思った通り、それから一刻も経たぬうちに、茨木は閨で酒呑童子と絡み合っていた。薄い戸を閉めてはあるものの、あちらこちらの隙間から外の光が差し込んできて、閨の中は光と闇の斑《まだら》になっている。

「どうだ、心地は」

茨木の身を揺すりながら、酒呑童子は尋ねてくる。いつもの閨の中では淡々としているのに、死骸を見た後の婚《くなが》いでは、しきりに茨木を辱《はずかし》めようとするのが常だった。

「……よいです」

「ならば、そう忍ばずに声を発すればよい」

そう言いながら口元を押さえていた茨木の手を、酒呑童子は無理やりに引き剝がした。

「外に聞こえまする」

「それでよいのだ。それで誰もが、俺たちが生きていることを知るだろう」

そう言いながら酒呑童子は、腰を強くぶつけて来た。堪《こら》えきれずに茨木は、ぬえ鳥のうら鳴く如くの声を出し、それはやがて長く呻くものとなり、ついには慄《おのの》きじみた悲鳴に変わる。

「そうだ、よいぞ、茨木……仏も鬼も聞くがよい。我らはここで、こうして生きておるぞ」

悪い酒に酔いでもしたかのように、誰にともなく酒呑童子は言った。

「空蟬は死んだが、我らはこうして生きておる」

まるで念仏の如くに唱えながら、茨木の小さな体を押さえ付けて身を揺する姿は、何かの行でもしているかのようだ。そのたびに腹の下から突き上げられて、茨木は腑《ふ》のすべてが飛び出してきそうな勢いを感じた。それと共に炎のように熱い甘さが、臍の下から脳天へと走り抜けていく。

（このままでは……死んでしまう）

そんな危機まで覚えながら、ひたすらに茨木は酒呑童子を受け止めた。ものを考えるゆとりはなかったが——そうすることが哀れな酒呑童子の救いになることを、ぼんやりと知っていたからだ。

思えば茨木と酒呑童子が閨を共にするまで、案外に時がかかった。

ここに来たばかりの頃は、茨木は客扱いされ、狭いながらも自分の閨を宛てがわれていた。それまでは野良犬と違わぬような暮らしをしていたので、周囲を気にせずに眠れるのは本当に有難いことであった。

しかし、何日か過ぎて気力を取り戻すと、逆に何の見返りも与えぬままに世話になっていることに、茨木は後ろめたさを覚えるようになった。

心ならずも人を殺《あや》めて逃げ出し、あちらこちらを流れていた茨木は、飢えを凌《しの》ぐために身を売る他にはなかった。その時の自分にあったのは鈍《なまく》らな剃刀一本と、この身一つであったからだ。

また、それまでの人生で、茨木は自分なりに悟っていたのだ——男が女に優しくするのは、すべて体を重ねたいという下心の為せることで、その喜びを与えようとしない女は、男にとっては何の価値もないのだと。

ましてや自分は美しくもなく、体も褒められたものではない。男が手を伸ばしたくなるような乳もなく、薄っぺらい腰をして、我ながら案山子《かかし》のようだ。

しかし、そんなものでも見返りとして与えなければ、優しくして貰うわけにはいかないような気がしていた。また河原で野盗の群れに囲まれた時、おそらくはただの勢いだったに違いないが、酒呑童子が自分のことを〝俺の女〟と言ってくれたことも、心の隅に引っかかっていた。

思い余って、茨木の方から酒呑童子の閨を訪れたのは、この地に来て六日ほどが過ぎてからのことだ。

「何と……おまえの方から来たのか」

忍んできた茨木を見て、酒呑童子は驚き、やがて苦笑した。

「そうすることが礼だと思っているのなら、それは間違いだ。おまえは何も気にせず、のんびりと身と心を休ませていればよい」

「そういうわけにもまいりませぬ……貰う以上は、どんなものであろうと、何かを払わなければ」

茨木が言うと、酒呑童子は声を出して笑った。

「見かけによらず、堅物なのだな。ならば判ってもらえると思うが、俺は好き合《お》うてもおらぬ女を抱く気はないのだ。そんなことは、面白くも何ともない」

しかし男というのは、たとえ心など伴わずとも、やれることはやれるようにできているのではないか――言葉を選んで茨木がそう言うと、酒呑童子は頭を掻きながら答えた。

「確かにできるがな……それがつまらぬと、俺は言うておるのだ。好き合うた同士でなければ、ただ婬《いん》をばら撒くだけのこと。己の手でもできるわ」

「それが味気なくてつまらぬから、生身の女を抱くのではないですか」

茨木が言うと、酒呑童子は破顔大笑した。

「茨木、あまり男を莫迦にするものでもないぞ。また己自身も、莫迦にせぬことだ」

そう言って酒呑童子は、やんわりと閨から茨木を押し出したのだった。

この時の茨木は幼く、酒呑童子の言葉を腑に落とすことができなかった。偉ぶって、恰好《かっこう》を付けているのだとさえ思った。

しかし、この地に住んで時を重ねるうちに、その意味が判るようになってきた。

否、酒呑童子を愛しく思う気持ちは、元より茨木の中にあったのだ。むろん初めは救われた恩義に近いものであったかもしれないが、己の心の成り立ちを正しく言葉にできる者など、そうはいないであろう。けれど、酒呑童子への思いは確かにあって、それは日を追うごとに大きくなっていたのである。

しかし茨木には、その思いを真っすぐに出すことが、なかなかできなかった。

欲ばかりが幅を利かせている世に生きて、お互いに思い合ったうえで肌を合わせている者たちが、いったいどれほどいるというのだろう。もしや自分の思いも、何か別の欲が形を変えたものなのではないかと思えて、それこそ覚悟が決められずにいたのである。

そうして初めに閨を訪れて十日後、再び茨木は酒呑童子の閨を訪ねた。

「あなた様の仰ることが、愚かな私には判りませぬ……けれど、あなた様の肌に触れたいという気持ちだけが森のように育って、日々苦しい思いをしております」

顔を朱に染めて茨木が言うと、頬を同じように染めた酒呑童子が、「そうか」とそっけなく答えた。それから一息おいて、「俺もだ」という言葉が続いた時の喜びは、今でも忘れはしない。

初めて酒呑童子と婚った時、前に聞かされた言葉の意味が簡単に理解できた。

自分の身を道具として世を渡って来た茨木は、それまで誰とどう繋がろうと、甘美を感じたことは、ほとんどと言っていいほどなかった。

ただ鼻先で手を叩かれたら思わず目を瞑《つむ》ってしまうように、あるいは渋いものを口に入れれば顔を顰《しか》めてしまうように、人の身の仕組みとして応えてしまうものはある。しかし、それは酒呑童子の言うように、ひどくつまらぬものであった――思い合う者と、思い合いながら肌を重ねることに比べれば。

（こんなにも嬉しく、こんなにも気持ちのよいものだったのか）

その後は、ほとんど毎日のように繋がり合ったが――酒呑童子の意外な面を知ったのは、やはり今日と同じように、ここを逃げ出そうとした姫御が命を落とした時である。

その姫御は洗濯のために川に行った時に、供の隙をついて山の中に逃げたまではよかったが、一刻も経たぬうちに崖から落ちて、身を儚くしてしまったのだ。

若く美しい姫御であったが、墜落した遺体は、相当に惨《むご》いものであったらしい。やはり茨木は酒呑童子に見るのを止められたが、亡骸を見た星熊童子などは、何日も眠れなくなったと聞く。

その日の夜の酒呑童子は、かつてないほどに激しかった。いつもは二度ほど果てれば気が済むのに、その日は四度も五度も果てた。その間、「俺はここで生きているぞ」と、奇妙な言葉を念仏のように呟き続けるのだ。

「いったい今日は……どうなさったのです?」

半ば無理やりに何度も上り詰めさせられた茨木が、ようやく自分を取り戻せてから尋ねると――あろうことか、酒呑童子の目から露のような涙の粒が、いくつも弾き出されていた。

「なぜに人の命は、こうも脆《もろ》いのであろうな」

酒呑童子は身を寄せている茨木の右手を取り、それに頬ずりしながら言った。

「前に野盗とはいえ七人もの命を奪った者が、言うことではないと思うかもしれぬが……俺は死ぬことが怖いのだ」

「それは私だって怖いです」

「そうだ、本当に死ぬことは怖い……しかし人は便利なものだから、いつもはそれを忘れていられるのだ。だから見ず知らずの者の亡骸を見ても、哀れとは思っても、案外に平気でいられるものだ。しかし、見知っている者が惨たらしい姿になっているのは、まともに見られたものではない。いきなりに死が生々しく、そして近くにあるものだと、厭でも悟らされる故にな」

　そして、その者を死に至らしめたものが、不意に自分の方に向かってくるのではないかと思えて、何とも恐ろしくなってしまうらしい。尤《もっと》も遅かれ早かれ、誰もがその手に捕らえられてはしまうのだが。

「何か目に見えぬ大きなものが、不意に人の命を奪ってゆく……ちょうど俺たちが山道を歩きながら、気まぐれに野辺の草や葉を引きちぎるように、そいつが容易く人の命を奪い去ってしまうのだ。残念ながら、それに抗《あらが》う術はない。もしかすると俺とて、明日にでも誰かに斬り殺されるやも知れぬ……それが、俺には怖くてならないのだ。そういう時は、どうするのがよいか、判るか？」

　そう言いながら酒呑童子は自分に半身だけ覆い被さっていた茨木の体を返し、露わになった乳首に吸い付いた。

「こうするに限るのだ……こうして互いに思い合っている女と肌を重ねることは、死ぬことと真逆だ。身も心もぶつけ合って、火花を散らしているのだからな。俺たちがここに生きていることを、こんなにも知らしめてくれる行いは他にない……だから俺は、見知った者の死骸を見ると、果てなく茨木を可愛がりたくなるのだ」

　そうして再び始めそうな勢いで茨木の乳を弄《もてあそ》んだ後、ふと思い出したように酒呑童子は言った。

「茨木……人が絶対に見てはならぬものとは何か、知っておるか？」

「絶対に見てはならぬもの……で、ございますか」

考えようにも、乳を弄《いじ》られていては気が散じて、それどころではない。

「それはな……愛する者の首だ。自分の命よりも大切に思っている者の首が胴から切り離され、地に転がっているさまだ。初代は自らの手でそれをやってしまったばかりに、どうしようもなく深い虚無を、心の中に持ち続けることになってしまったと聞く。なぜ思い人の首を刎《は》ねたのかは判らぬが……それを心に飼い始めると、世の幸いのすべてが意味のないものになる」

「判りません……難しくて」

茨木が正直に答えると、酒呑童子はようやく笑みを浮かべた。

「おまえは、判らなくてもよい……できることなら、いつまでも判らずにいてくれ」

思えば暴虐非道の悪鬼と知られる酒呑童子は、嗤いたくなるほどに優しく、気の弱い男なのであった。

三

久しぶりに、あの光景を見た。

どこかの広い雪野原に、幼い頃の自分が間抜けのように立っている。周りには足跡一つなく、決して可愛いとは言えないその女童《めのわらわ》は、まるで空から降ってきたか、地から生えてきたかのようだ。

その姿を少し高いところから見下ろしている自分は、いったい何なのであろう。鳥なのか、得体の知れぬ魔なのか――茨木は何も判らぬまま、ゆっくりと女童の方に向かって降りてゆく。

以前なら、そのまま女童の目前にまで近付き、二つの視線が混ざりあうのを感じるところだが、そこに辿り着く前に目が覚めた。

（今さら、こんな夢を……）

そう思った時、横たわっている自分の近くで、人が動く気配がした。顔を向けてみると薄暗い闇の中で、酒呑童子が衣を身に着けている。

「起きたか、茨木」

「すみませぬ……寝入っておりました」

いつも身づくろいに手を貸している茨木は身を起こそうとしたが、自分が何一つ身に着けていないのに気付き、慌てて落ちていた衣を引き寄せて胸を隠した。

「俺も今し方まで寝ていたのだが、戸の前に桐王が来てな……急いで来てくれというので、仕方なく起きたのだ」

配下の者が、酒呑童子と茨木が籠る閨の傍《そば》まで来て呼ばわるのは、普通にはないことであった。あるとすれば、何か思いがけないことが起こった時くらいのものだ。

「もう日暮れなのですね」

隙間から差し込んでくる光が、熟れ過ぎた柿のような色になっているのが判る。

「何かあったのですか」

「何でも門前に、道に迷った山伏どもが来ているらしい……できれば一夜の宿を貸して欲しいと言っているそうだ」

よくは知らぬが山伏というのは、山の中を走り回って修行する出家だと聞いたことがある。そういう者ならば、この地に迷い込んでくることも、まったくないとは言い切れないが——

妙に胸騒ぎがする。

「どうなさるおつもりです？」

「うまいことを言って追い返すことになるとは思うが、もし心根のよさそうな連中ならば、門番の詰所くらいにまでなら通してやってもよいかもしれぬな。そこで哀れな空蟬のために、経でもあげさせよう」

そう言えば、空蟬こと堀江中務の姫御は自害したのだったと、茨木は今さらながらに思い出した。激しい婚いに溺れたせいか、数刻前の出来事が遠くに感じる。

「しかし……よもや追討の者どもが、山伏に身を変えて来たのではありますまいな？　やはり池田中納言の姫御のこともありますゆえ」

「それは俺も考えている。だから念を入れて、周囲を物見してくるよう、阿防と羅刹に命じたところだ。もし追討の者なら、まさか六人だけで来るということはあるまい。尤もどれだけの人数で押しかけてこようと、途中の山道は一人ずつしか通れぬから、討ち果たすのも容易いがな」

それを聞いて、茨木も少しだけ眉を開いた。

仮に六人が相当な手練《てだ》れだとしても、こちらには童子たちと四天王の他にも、多くの配下がいる。もし万が一にでも分《ぶ》が悪くなったとしても、墓の森に隠してある抜け道を使えば、より深い山の中に逃げることもできる。

(本当に相手が六人だけなら、その心配もあるまい)

酒呑童子が閨を出て行った後、茨木もそう考えながら衣を着た。その山伏とやらを、遠目でもよいから自分の目で見てやろう……と屋敷を出ると、いきなり石熊童子、否、いくしまに出会った。どこからか摘んできたらしい花を、両手いっぱいに持っている。

「春とは言っても、まだ山にも花は少ないね。これだけ摘むのにも、時がかかったよ」

きっと、道具用の蔵に寝かせてある空蟬の亡骸に供えてやろうと思ったのだろう。やはりいくしまは優しい女だ。

それに比べ都から来た貴人の姫御たちは、今朝まで共に暮らしていた知り合いだろうに、亡骸が汚らわしいと言い張って、姫御殿の中に入れるのを頑なに反対したらしい。自分たちがどれほど清らかだと思っているのかと考えると、片腹痛くもある。

「そう言えば門の前に、道に迷った山伏が来ているとか……うまくすれば、経をあげてもらえるかもしれないよ」

「山伏?」

いくしまは大きな目を、刃物のように細めた。

「迷うにしても、こんなところまで上がって来るものかな……普通ならば川を見つけたところで、それに沿って下って行こうと考えるものだけれど」

そんなことを耳にすると、妙に不安になってくる。茨木はいくしまに別れを告げると、小走りで門に向かった。

辿り着くと未だ門は閉ざしたままで、酒呑童子と何人かの男たちが番人の詰所で何やら話し込んでいるのが見えた。輪の中に阿防と羅刹がいるので、すでに物見は終えたらしい。落ち着いた様子でいるのを見ると、特に伏兵などは認められなかったようだ。

「どうなすったのです? やはり怪しい者でしたか?」

腕を組んで考え込んでいる酒呑童子に尋ねると、返答をしたのは隣に立っていた御号だ。

「あの方たちを門の中に招き入れぬよう、今、私が申し上げているところです」

「御号殿が仰るからには、何か理由が?」

童子と四天王を合わせた中でも、最も当てになるのが、この御号だ。

「実は先ほど、わずかに門を開けて山伏どもの顔を見たのですが……最も先達《せんだつ》らしい男が、ある高名な武士に似ているように思えてならぬのです」

「ある武士というと……」

「清和帝《せいわてい》の後胤《こういん》にして、源氏の棟梁《とうりょう》である源《みなもとのよりみつ》頼光殿でございます。今は左馬権頭《さまのごんのかみ》を務められて正四位下《しょうしいのげ》となり、昇殿も許されたとか」

茨木にすれば、あまりに雲の上過ぎて、その影さえ見えない人である。しかし御号はかつて武家に奉公していたので、その武士の姿を目にする機会も、きっとあったのであろう。

「確かに、その方なのですか」

「いえ、私とて、御姿を拝見したのは二十年近くも昔のこと。確《しか》としたことは申せませぬが、おそらくは、あのような面差しをなさっていたのではないかと……」

どうやら御号にも、自信があるわけではないようだが――中納言の姫御を取り戻しに来たというのなら、そんな高名な武士が遣わされても、特に不思議はなかろう。

「さらに、もう一つ申し上げれば、頼光殿には四天王と称せられた郎党がおります。渡辺《わたなべの》綱《つな》殿、坂田金時《さかたのきんとき》殿、碓井貞光《うすいさだみつ》殿、卜部季武《うらべのすえたけ》殿の四方ですが、いずれも屈強剛腕で名を轟かせ、一人で十人分二十人分の働きを為される方々でございます。そして今、門の向こうに控えている山伏は六人。一人多いですが、案内人でも雇ったのだとすれば、数も合いましょう」

その御号の熱の籠った話を聞き終えた酒呑童子は、しばらく目を瞑って考え込んでいた。やがて深く息を吸い込み、目を見開いて言った。

「おそらく御号の言う通り、山伏どもは源氏の棟梁と、その四天王とやらに違いない。初めは信じ難かったが、今は腑に落ちた」

「では、どのようにして追い返すんで?」

そう口を挟んできたのは、虎熊童子だ。

「いや、追い返さぬ……あれらが間違いなく頼光一行ならば、もう我らに退く道は残されておるまい。たとえ奴らを打ち破ったとしても、この場所を知られてしまった以上、矢継ぎ早に次の追討の者が送り込まれてくるだけだ。そうとなれば住み慣れた地から離れてでも、初代の志だけは継がなくてはならぬ。その時を稼ぐためにも、あの連中を、ここで討ち取る他はない」

あまりに急な出来事に、茨木は言葉を失った。やはり中納言の姫御は、この地に多大な〝よからぬこと〟を運んできた。

「では……どのようにして」

すでに覚悟を決めたらしい御号は、鋭い目で尋ねた。

「そんなにも腕の立つ連中ならば、できるだけ一つところに集めて、散らさぬことだ。屋敷の中なら、尚よかろう……さすれば詰所に酒席を設け、できる限り歓迎してやろうではないか。もし万が一にも本物の山伏ならば、それでよし。だが、奴らは必ずや自ら正体を現すであろう。その時にこそ、隙を与えずに討つのだ」

　こんなにも短い時の間に、酒呑童子は覚悟も策も固めていた。

「なるほど……でも、どうやって正体を暴くんで？」

　虎熊童子の問いに、酒呑童子は涼やかに答える。

「奴らが探し求めている中納言の姫御を酒席に座らせれば、さすがに落ち着いてはいられまい。すぐにでも取り返したくなって、さぞや身悶《みもだ》えすることだろうよ。それでも動じないとすれば、次の揺さぶりをかけるまで」

「それは、どのような？」

「我らは鬼よ。鬼には、鬼の歓迎の仕方があるものだ」

　そう言った後、酒呑童子は小さな声で虎熊童子に、あることを命じた。

「御頭様、それは本気で仰ってるんで？」

　その言葉を聞いた虎熊童子は目を見開き、御号は見るからに忌まわしげな表情を浮かべた。

「みな今こそ、評判通りの鬼になれ。さもなければ、連中には勝てぬ……我らは鬼だ」

　酒呑童子は力強い声で言ったが――茨木はすでに、顔から血の気を失っていた。

四

こちらの手はずを整えてから、大門を片側だけ開ける。

そこから入ってきた山伏たちは、揃いも揃って燃えるような気迫を目から迸らせていた。詰所の前から見ているだけの茨木にも、どれもこれもが並の者でないと知れる。

ただ一人、一番の年長と思える男だけが、柔和な表情と物腰を保っていた。まったく力の抜けたような態度を示してはいるが、その所作には一分《いちぶ》の無駄も隙もない。

(あれは武士だ)

茨木村の髪結いにも、あんな達人のような者が、時折やって来ていたものだ。おそらく御号の判じた通り、あの初老の男が清和源氏棟梁の源頼光その人に違いない。

その初老の男は慇懃《いんぎん》な物腰で、出迎えている御号に礼を述べた。それが形式なのか、残りの男たちも一人一人、仏の言葉をちりばめた礼を申し述べる。

「では、こちらにどうぞ」

長い挨拶を終えた後、御号は山伏たちを門裏の詰所に案内した。

こちらで迎えているのは四天王だけで、童子たちは意図的に下がらせていた。尤も弓の達人の金童子は離れた小屋の中に身を潜め、すでに詰所の出入口に弓を向けているはずだ。むろん事が始まった時、飛び出してくる山伏を射るためにである。

御号が詰所の中に入った後、その後ろを追うように茨木も続いた。

詰所の広間に山伏を控えさせると、ほどなく酒呑童子が姿を現した。噂のような鬼ではないことに山伏姿の何人かは驚くかと思ったが、特にその様子もなかった。むしろ、酒呑童子が人であることを、疾《と》うに知っていたような風情さえ感じさせる。

酒呑童子は型通りの挨拶をした後、山伏の身の上と、迷い込んだ理由を早速に尋ねた。

「我らは出羽国羽黒《でわのくにはぐろ》の山伏でございますが、熊野《くまの》で年籠りをした後、そのまま都に上って時を過ごしました。今は故郷に戻るところでございましたが、慣れぬ土地でありますす故、誤った道に足を踏み入れ、そのまま山中を彷徨《さまよ》う身となりました。この軒先を一夜なりとも貸していただければ、感謝の念に堪《た》えませせぬ」

年長ではない別の山伏が言ったが、傍《はた》で見ているのみの茨木には、甚だ奇妙な光景に思えた。お互いの正体に気付きながら、あくまでも知らぬふりを続けているとは、何の茶番であろう。

「なるほど……ならば、ここが鬼の屋敷と知ったうえでいらしたか、知らずにいらしたか」

上座に腰を下ろしている酒呑童子が、いよいよ切り込む。

「いいえ、知らずにまいりました。されど、あなた様は、微塵も鬼のようには見えませぬ……もしや、我らを謀《たばか》って楽しんでおられるのでしょうか」

頼光と思しき初老の先達が、親しみの籠った口ぶりで言った。その後、楽しげな言葉を二三続けてから、不意に思い出したように、腰に下げていた竹の小筒《ささえ》を取り出した。

「実は我らのしきたりで、旅の途中に貴人や先達にお会いした際、敬意を示すために振る舞わせていただく酒を、こうして持っております。我らのような修験道を行ずる者には当り前の品なのですが、普通の方には少しばかり珍しい酒でございます。お泊めいただく礼というわけでもございませぬが、如何でございましょう」

そう言いながら先達は、小筒の栓を抜いた。すぐに香ばしい香りが漂ってくる。この山伏が追討の者なら、間違いなく毒だろうが――酒呑童子は誘いに乗らなかった。

「ほう、珍しい酒ですか……なるほど、有難く頂戴いたしましょう。しかし、その前にこちらから一献」

そう言って酒呑童子が手を叩くと、いつの間に呼んでおいたのか、奥の部屋から酒と杯《さかずき》を持った中納言の姫御が姿を現した。頼光らしき男は、あくまでも表情を崩さなかったが、最も若い山伏は露骨に驚きを示した。やはり山伏というのは、騙《かた》りのようだ。

しかし、そのすぐ後に茨木もまた驚いた。

（えっ、なぜ、あの姫御が）

中納言の姫御に続いて、花散里こと中御門花園の姫御まで酒を持って現れたからだ。あの姫御に手伝わせる話など、まったく聞いていなかったが。

中納言の姫御が山伏たちに酒を振る舞い、花園の姫御が四天王と酒呑童子の杯に酒を満たした。茨木にも勧めてきたが、まったく飲めないので断る。

各人に酒が渡った後、それぞれが目の高さに杯を捧げた後、一息に飲み干す。

「さぁ、さぁ、どうぞ……ただいま、この酒によく合う肴《さかな》も参りますので」

そんな恐ろしいことをさらりと言ってのける酒呑童子は、数刻前に熱の籠った腕で自分を抱いてくれた男と同じものとは思えなかった。できることなら、そんな言葉を聞きたくもなかったし、これから起こることも見たくなかったが――こうとなれば、言っても詮ないことだ。自分たちは、どうしても鬼にならなければならないのだから。

「お待たせいたしました……ただいま、切り分けますので」

そう言いながら虎熊童子が、大きな肉片が載った板を捧げ持つように運んでくる。それを酒呑童子の横に置いた途端、山伏たちの中からざわめきの声が聞こえた。

本当は山伏を騙っている武士なのだろうが、それでも肝を潰してしまうのは仕方なかろう――板の上に載っていた肉片とは、腿《もも》の付け根から切り落とした、女の右脚だったのだから。

「これは……」

頼光らしき男も、さすがに絶句した。

「今日の昼に死んだばかりの女の脚です。塩など塗《まぶ》して食べたあと、酒を流し込むと美味ですぞ」

酒呑童子は嬉しそうな顔を作って言ったが、どうしても表情に強張《こわば》りが見えた。無理もない、あの脚は堀江中務の姫御の脚なのである。

こんな無礼を働けば、山伏たちは正体を現すはずだった。この鬼どもめ、と頭に血を上らせ、おそらくは笈《おい》に忍ばせてある太刀を抜くに違いない。しかし、こちらはすでに、この詰所を童子たちと他の配下とで取り巻いているのだ。むろん席にいる四天王も、それぞれに太刀を持っている。

「ほう、確かにこれは、美味そうですな」

しかし切り分けた肉の皿を目の前に置かれた頼光は、あくまでも楽しげに言った。

「では、有難く頂戴いたしまする」

頼光は箸を手に取ると、それなりに厚みのある肉片を取り、小皿の塩をたっぷりとつけ、そのまま口に入れた。

(食べた……人の肉を)

凄まじい戦慄と共に、耐えがたい吐き気が込み上げてくる。思わず酒呑童子の方に目をやると、やはり蒼白《そうはく》の表情を浮かべていた。

(いけない!)

決してあってはならぬことだが——六代目酒呑童子は、その刹那、頼光に呑まれていた。老獪《ろうかい》な武士の持つ凄味《すごみ》に、なまじの優しさを持っている心が、気圧《けお》されているのだ。

「き、貴様……何を考えておるのだ」

やがて酒呑童子の口から発せられた言葉は、世にも莫迦げて響いた。

「それは紛《まご》うかたなく人の肉なのだぞ！　貴様が本当に食ってどうする！」

「だまらっしゃい！」

頼光は一喝し、背後に控えている若い山伏に手を伸ばす。若い山伏は心得たように笈から太刀を取り出し、その手に握らせた。

「すでに気付いておろうが、正四位下左馬権頭、源頼光とは我のことよ！　この人の顔をした鬼どもめ！　我が蜘蛛《くも》切《きり》の染みとなるがよい！」

そう言いながら頼光は太刀を正眼に構えた。むろん反撃に出ようと、酒呑童子も傍らに置いていた太刀を抜く。が、何故か、その重みに耐えられぬかのように、太刀が手から落ちた。

「どうしたことだ……体が」

見ると四天王たちも、体の自由を失ったように膝をついている。

「もしや酒に……毒が」

見ると屛風の陰に身を隠した花園の姫御の目が、三日月のように笑っていた。

「ようやく気付いたか。我らは川でそちらの姫御と落ち合い、門の中の詳細を聞き出していたのだ。さらに我らが渡した毒を酒に混ぜて、貴様らに供して貰ったというわけだ」

そういうことだったのか――おそらく花園の姫御は、自分のもと居た場所に戻るために、近くを探りまわっていた頼光の一味と通じていたに違いない。

やはり成り行きと勢いだけで逃げてきてしまった者の心は、容易く揺れる。そんな連中を信じて、仲間のように思っていた、こちらが莫迦だ。相手は、こちらより一枚上手《うわて》だった。

「茨木、早く逃げろ！」

思い通りに動かぬ体で、酒呑童子は茨木を詰所の外へと突き飛ばした。

（あぁ、この人は死ぬ）

その刹那、自分でも驚くほど冷静に、茨木は考えた。

「頼光！　鬼に横道はないぞ！」

意のままにならぬ身を力の限り動かして詰所の外へとまろび出てくると、酒呑童子は獣のように吠《ほ》えた。

「黙れ、若造が！　俺はおまえ如きが鬼になる前から、すでに鬼だったのだ。この争いの絶えぬ世で家の名を上げ、のし上がっていくために、人など疾《と》うの昔にやめているのだ！」

酒呑童子の言葉を弾き返すように頼光が叫んだかと思うと、蜘蛛切と名付けられた太刀が、横ざまに走る。

「やめて！　殺さないで！」

次の刹那、酒呑童子の首と、それを守ろうと伸ばした自分の右手が、詰所の屋根に届きそうなほど高く飛んだ。

「ぎゃあああっ！」

激しい炎の中に真っすぐに突き入れたような熱さが、右腕に走る。同時に頭の中が白くなり、意識が飛びそうになった。

（……逃げなくては）

激しい痛みの中で、茨木は考えた。同時に、酒吞童子が首を刎《は》ねられた刹那の風景が、頭の中に甦《よみがえ》る。

自分も一緒に、ここで死ぬべきではないか——そう思いながらも、足は門の方へと向いた。その間にも、背後からいくつもの叫び声が聞こえてくる。

「茨木……！」

やがて倒れそうになった自分の背中を抱いて受けとめてくれたのは、いくしまだった。

「羅刹が持って来てくれた酒を飲んだら、このざまさ。たぶん助からない」

苦し気に言った後のいくしまの口から、滝のような血が噴き出す。

「あいつ、莫迦だ。花散里に騙されて、みんなに酒を配ってんだもの。おまけに自分でも飲んで……ここは、もう終わりだよ」

その言葉に初めて周囲を見回すと、山伏に成りすました武士どもが、ろくに動けなくなった者たちを取り囲み、さんざんに太刀を振るっては、微塵の躊躇《ためら》いもなく首を刎ねていた。

その冷酷な所業を見れば、果たして鬼と人の境がどこにあるのか、如何なる賢人とて答えに窮するであろう。

御号、桐王、阿防、羅刹、星熊童子、虎熊童子、熊童子、金童子――それぞれに抵抗を試みはするものの、命を繋げた者はなかった。普通に考えれば、如何に腕の立つ武士とは言え、六人しかおらぬ敵に、後れを取るようなことはなかろうに。

「あんただけでも逃げろ……そうでなきゃ、みんなが死んで、みんなが忘れられちまう」

いくしまは茨木を殴るように突き飛ばし、門の外に弾き出した。地面を何度か転がった後に振り返ると、いくしまは二人の山伏に取り掛かられて地に伏せさせられ、何一つ抗うこともできないまま、その首を身から切り離されていた。

「うわぁぁぁぁぁあっ！」

茨木は右手から夥《おびただ》しい血を噴き出しながら、暗い山道を転げ落ちるように走った。あるいは出血次第では、助からぬかもしれぬ。

(厭だ！　私は死にたくない！)

今まで、そんなことを思ったこともないのに、その一事だけで茨木の頭は一杯になった。こんな死に方など、絶対にしてはならぬ……と、誰かが心の中で叫んでいるような気がする。

(私は、絶対に死なぬぞ！)

そう思う間にも血は流れ続けたが――茨木は力の続く限り、ひたすらに足を動かし続けた。

その後、茨木が生きたか死んだか、それを知る者はない。

同じ名の鬼が、奪われた手を取り返しに来たという話が伝えられてはいるが、しょせんは人に過ぎぬ茨木に、そのようなことができようはずもない。あるいは、その話を作り出し、恨みを籠めて語り伝えたのが当の茨木であるとも考えられるが、確かめる術も意味もないことであろう。

しょせん鬼が鬼を食い、また別の鬼に食われるのが、この世の姿である。

ならば少しでも人として生きる道を探し続けるのが、人として生まれた者の道であろう。

鬼に成った者は、鬼として死にゆく道しか許されておらぬであろうから。

鬼《き》哭《こく》啾《しゅう》々《しゅう》。

文庫版あとがき　鬼についての此彼《これかれ》

私が鬼というものの存在に初めて触れたのは、幼い頃に姉や兄に話してもらった昔話で、たぶん『桃太郎』あたりだったのではないかと思う。その時の私がどう理解したのかは記憶にないが、その頃は寝ても覚めても怪獣のことしか考えていなかったので、鬼もまたヒーローに倒されるべき悪者くらいに考えていたに違いない。

しかし、自分で本が読めるようになったり、NHKの教育テレビでやっていた人形劇などを見るようになったりすると、たちまち混乱してしまった。

『一寸法師』に出てくる鬼は、桃太郎の鬼と同じように悪いヤツと考えていい。けれど『こぶとり爺さん』に出てくる連中は、そんなに悪いわけではなさそうだ……と思っていると、鬼の職場は地獄であり、生前に悪事を為した亡者を罰するのが仕事であるという情報が入ってきたりする。どう考えても、人間より格上だ。そうかと思いきや、ひろすけ童話の『泣いた赤おに』などでは、むしろ気がよく、可哀想でもある。

やがて少し成長して、テレビで〝妖怪〟が注目されるようになると、鬼の情報量は跳ね上がった。妖怪図鑑や少年マンガ誌のグラビアなどで、『今昔物語』などの古典作品に登場した鬼についても解説され（昭和の娯楽の懐の深さは並じゃない）、その一つ一つを食い入るように見ていた私にとって、鬼は不可解極まりないものとなってしまった。

さらに、おなじみの〝鬼の正体は、実は漂着した西洋人〟という説を何かの本で読んだりすると、もういけない。こっちは「きっと昔の人が想像した妖怪なのだろう」と納得しようとしているのに、それでは〝鬼、あるいは鬼に似たもの〟が実在したことになってしまうではないか。

ならば『桃太郎』も、〝はるか昔に漂流してきた西洋人が、どこかの島を根城《ねじろ》にして略奪行為をしていたのを、攻め込んで殲滅《せんめつ》した〟という生々しい出来事を、毒と刺激を薄めて語り伝えたものなのかもしれない……などと想像すると、妙に座りの悪い気分になったものだ。教科書に載っている以上の、歴史の血《ち》腥《なまぐさ》さみたいなものを感じたからであろう。

その鬼についての認識を見事に整理し、わかりやすく解説してくれた名著が、馬場《ばば》あき子《こ》氏の『鬼の研究』（一九七一年　三一書房）である。

私が読んだのは大学一年の頃であったが、それこそ目から鱗《うろこ》がポロポロ落ちたものだ。たとえば陰陽道《おんみょうどう》では魔神が出入りするのは艮《うしとら》（北東）の隅と考えられており、だから彼らは牛の角《つの》を生やし、虎皮の褌《ふんどし》を身に着けた姿とされた……というシンプルな一事だけでも、私は心から感服した。すでに誰もが知っている鬼のスタイルに、そんな説得力に満ちた理由があるなどと一度も考えたことがなかったからだ。

それ以降、私の鬼に対する考え方は『鬼の研究』に大きく拠《よ》るところとなり、今回の『鬼棲むところ　知らぬ火文庫』にも、その影響が色濃く出ていると自覚している。鬼に興味があって、拙作に手を伸ばしてくださった皆さんにも、ぜひご一読されることをお勧めしたい。

『鬼の研究』の中では、〝鬼〟は大きく五つに分けて説明されている。

(一)　祝福にやってくる祖霊や地霊などの、いわゆる民俗学上の鬼。

(二)　山岳宗教上の鬼、山伏系の鬼。天狗なども含まれる。

(三)　仏教系の鬼、邪鬼、夜叉《やしゃ》、羅刹《らせつ》、地獄で働く獄卒など。

これらの三つは、神道系、修験道系、仏教系と分けられるように、いわば宗教の中で発生・発展したものである。正直なところ、細かく説明しようとすると別の本ができてしまいそうなので、深くお知りになりたい方は、やはり自ら『鬼の研究』をお手に取っていただきたい。

右の三点とは別に次の二つの流れがあるが、私の興味をくすぐるのは、やはりこちらの方である。

(四)　人鬼系の鬼。放逐者、盗賊や凶悪な無用者など。それぞれの人生経験を経た後、自ら鬼となった者。

(五)　変身譚系の鬼。強い怨みや憤怒によって鬼に変身した者。その情念をエネルギーとして復讐を遂げるために鬼となることを選んだ者。

ざっくりと言ってしまえば、(四)の鬼は当時の為政者に従わなかった者や、自らが是《ぜ》とする生き方を選んで、その道を突き進んでしまった者たちということにもなろう。また、最後の(五)の鬼は、(四)と被る部分も多いが、いわば超人的な力を持った復讐者で、それこそ私が親しんできたマンガや特撮系の番組に登場するヴィランの定番である。

こうして見ると、これだけ種類の異なるものを、ただ〝鬼〟という一言でまとめてしまうのは、さすがに無理がある。この国の歴史の長さが、それだけの分裂と変形・発展を求めたのだろうが、結果的に〝何でもアリ〟になってしまった感は否《いな》めない。いや、ハッキリ言うとその方が面白いのだが。


『鬼の研究』を初めて読んだ時、私が大きな衝撃を感じたのは、〝朝倉山《あさくらやま》の鬼〟についてだ。歴史書に登場する〝鬼〟の、もっとも古い事例の一つとして紹介されているものだが、『日本書紀』斉明《さいめい》天皇七年(六六一)に書かれている記事である。

百済《くだら》救援に向かっていた六十八歳の斉明帝は九州で崩御《ほうぎょ》し、その葬儀が行われたのだが、その宮殿の裏山に大きな笠を被った鬼が現れ、その葬列を見ていたというのだ。

秋七月《ふみづき》の甲午《きのえうま》の朔丁巳《ひのとのみのひ》に、天皇《すめらみこと》、朝倉宮《あさくらのみや》にて崩《かむあが》りましぬ。

八月《はつき》の甲子《きのえね》の朔《ついたちのひ》に、皇太子《ひつぎのみこ》、天皇の喪《みも》を奉徙《ゐまつ》りて、還《かへ》りて磐瀬宮《いはせのみや》に至る。是の夕《よひ》に、朝倉山《あさくらのやま》の上《うへ》に、鬼《おに》有《あ》りて、大笠《おほかさ》を着《き》て、喪の儀《よそほひ》を臨《のぞ》み視《み》る。衆《ひとびと》皆《みな》嗟怪《あやし》ぶ。

岩波書店の日本古典文学大系『日本書紀 下』の頭注によれば、朝倉山というのは固有名ではなく、一般に聚楽《じゆらく》（集落）の東方にあって目立つ山の呼び名のようなもので、〝神の朝の座〟とされているらしい。そして、この山上の鬼は、「そのような山に立ち易い雷雲か」と説明されている。つまり、山の上に立った雲が、笠を被った鬼の姿に見えた……という解釈だが、馬場あき子氏は雷雲などには触れもせず、この鬼は蝦夷《えみし》や粛慎《みしはせ》人のように、朝廷によって征服され、帰服した者であると考えている（『日本書紀』においては、そのような者たちを鬼、あるいは鬼魅《おに》と表わされていることが多い）。

「彼らがふたたび鬼と化すことをおそれる心は、帰服した鬼をもたえず苦しめ、孤立させておく必要を感じていたであろうし、かれらを、日常の団欒《だんらん》に近く置くことを拒んだにちがいない。」と、この鬼の置かれた立場に触れ、「不吉な不安が秋風とともに人びとの心をかすめるような夕ぐれ、遺骸をはこぶ喪の列を、深々とした大笠の下からじっと見ていた鬼がいたというのは、まことに深い、静かなおそろしさを感じさせる。」と情景まで含めて描写したのは、さすが歌人と言わざるを得ない。

「なるほど、ここに出てくる鬼は、いわば朝廷に帰服した人たちのことか……」と感じ入ったのはもちろんだが、それとは別に、ずっと心の中にあった蟠《わだかま》りを解くヒントになったことが私には大きかった。

それは、「ミノムシは鬼の子」問題である。

たぶん高校生の頃にやった古文の試験問題だったと思うが、そこに出されていた『枕草子』のある一文に、私は大きな疑問を投げかけられた。それは次のようなものである。

『蓑虫《みのむし》、いとあはれなり。鬼のうみたりければ、親に似てこれも恐しき心あらむとて、親のあやしき衣《きぬ》ひき着せて「今、秋風吹かむをりぞ、来《こ》むとする。待てよ」と言ひ置きて逃げて去《い》にけるも知らず、風の音を聞き知りて、八月ばかりになれば、「ちちよ、ちちよ」と、はかなげに鳴く、いみじうあはれなり』（『枕草子』第四十段）（『新版　枕草子』石田穣二《いしだじょうじ》訳注　角川ソフィア文庫）

古文を読むのは泣くほど面倒くさい……という方のために、現代語訳も併記すると——。

『蓑虫、あわれ深い虫だ。鬼のうませた子であるので、親に似てこの子にも、人を取って食うような恐ろしい本性があろうとこわがって、女親が、親鬼の粗末な着物を引き着せて、「そのうち、秋風の吹く時になったら、迎えに来ます。それまで待っていなさい」と言い含めてどこかへ逃げて行ったのも知らずに、秋風が吹くようになると、それを知って、八月のころになると、「ちちよ、ちちよ」と、か細い声で鳴くのが、たいそうあわれだ。』（石田穣二氏訳）

何より親に置きざりにされるミノムシが可哀想になるが、それはそれとして、ミノムシは鬼の子供であるという情報が衝撃的だった。

「そんな話、今まで聞いたことないッス。第一、ミノムシと鬼って似てないっしょ。ミノムシに角は生えてないしさぁ。あ、何よりミノムシって鳴かないジャン」

たぶん当時の私は、こんな風にアンポンタンな言い方で口を尖らせていたはずだが、それも無理からぬ話であろう。

しかし、この〝朝倉山の鬼〟を念頭に置けば、鬼とミノムシが繫がるのではないだろうか。

この鬼は笠を被っているが、秋という時期を考えると、日よけに被るとも思えない。あるいは、『日本書紀』には天候まで書いていないが、その日に多少の雨があったのかもしれない。そうとなれば、笠と蓑はワンセットであろう。

壬生《みぶ》狂言の『節分』では、異界から来た者は、笠と蓑を身につけているとされているそうだが(石垣島の来訪神マユンガナシも蓑笠ルックである)、もしかすると、この〝朝倉山の鬼〟の一説が、それらの源流になったのでは……と考えるのも、さして無理のないことではないかと思う。少なくとも『枕草子』が書かれた平安時代中期には、「ミノムシは鬼の子」という認識が、世人の間で定着していたのだから(少なくとも清少納言には)、考えてみる価値はあるはずだ。

何やら大風呂敷を広げてしまったが、鬼に関する古典は、読者をこんな妄想の世界に連れていく力を持っている。繰り返しになるが、馬場あき子氏の『鬼の研究』は、その羅針盤として優れた一冊なので、強力にお勧めしたい。

お読みいただければ、この言葉の意味も、より深く味わえるに違いない――鬼哭啾々《きこくしゅうしゅう》。

初出「小説宝石」（光文社）

第一話　鬼一口　二〇一八年八月号
第二話　鬼の乳房　二〇一八年十一月号
第三話　鬼、日輪《にちりん》を喰《く》らう（「日輪喰らい」改題）　二〇一九年十二月号
第四話　安義橋《あぎのはし》秘聞《ひぶん》　二〇一九年四月号
第五話　松原《まつばら》の鬼　二〇一九年二月号
第六話　鬼棲《す》むところ　二〇一九年十月号
第七話　血舐《な》め　茨木《いばらき》　二〇一九年六月号
第八話　蓬莱《ほうらい》の黄昏《たそがれ》（「童子無惨」改題）　二〇一九年八月号

二〇二〇年三月　光文社刊

光文社文庫

鬼《おに》棲《す》むところ　知《し》らぬ火《ひ》文《ぶん》庫《こ》

著　者　朱《しゆ》　川《かわ》　湊《みな》　人《と》

2023年9月20日　初版1刷発行

発行者　三　宅　貴　久
印　刷　萩　原　印　刷
製　本　榎　本　製　本

発行所　株式会社　光　文　社
〒112-8011　東京都文京区音羽1-16-6
電話（03）5395-8147　編　集　部
8116　書籍販売部
8125　業　務　部

© Minato Shukawa 2023
落丁本・乱丁本は業務部にご連絡くだされば、お取替えいたします。

ISBN978-4-334-10036-0　Printed in Japan

R <日本複製権センター委託出版物>

本書の無断複写複製（コピー）は著作権法上での例外を除き禁じられています。本書をコピーされる場合は、そのつど事前に、日本複製権センター（☎03-6809-1281、e-mail : jrrc_info@jrrc.or.jp）の許諾を得てください。

組版　萩原印刷

本書の電子化は私的使用に限り、著作権法上認められています。ただし代行業者等の第三者による電子データ化及び電子書籍化は、いかなる場合も認められておりません。

光文社文庫　好評既刊

猫は密室でジャンプする　柴田よしき
猫は毒殺に関与しない　柴田よしき
ゆきの山荘の惨劇　柴田よしき
流星さがし　柴田よしき
司馬遼太郎と城を歩く　司馬遼太郎
司馬遼太郎と寺社を歩く　司馬遼太郎
北の夕鶴2/3の殺人　島田荘司
奇想、天を動かす　島田荘司
龍臥亭事件(上・下)　島田荘司
龍臥亭幻想(上・下)　島田荘司
漱石と倫敦ミイラ殺人事件　完全改訂総ルビ版　島田荘司
本日、サービスデー　朱川湊人
狐と韃　朱川湊人
〈銀の鰊亭〉の御挨拶　小路幸也
少女を殺す100の方法　白井智之
絶滅のアンソロジー　真藤順丈 リクエスト!
神を喰らう者たち　新堂冬樹

シンポ教授の生活とミステリー　新保博久
くれなゐの紐　須賀しのぶ
ブレイン・ドレイン　関俊介
孤独を生きる　瀬戸内寂聴
生きることばあなたへ　瀬戸内寂聴
寂聴あおぞら説法　こころを贈る　瀬戸内寂聴
幸せは急がないで　瀬戸内寂聴 青山俊董 編
腸詰小僧　曽根圭介短編集　曽根圭介
正体　染井為人
成吉思汗の秘密　新装版　高木彬光
白昼の死角　新装版　高木彬光
人形はなぜ殺される　新装版　高木彬光
邪馬台国の秘密　新装版　高木彬光
「横浜」をつくった男　高木彬光
刺青殺人事件　新装版　高木彬光
呪縛の家　新装版　高木彬光
ちびねこ亭の思い出ごはん　黒猫と初恋サンドイッチ　高橋由太

光文社文庫最新刊

向日葵色《ひまわりいろ》のフリーウェイ　杉原爽香50歳の夏　赤川次郎

十津川警部　長野新幹線の奇妙な犯罪　西村京太郎

二十面相　暁に死す　辻　真先

もしかして　ひょっとして　大崎　梢

鬼棲《す》むところ　知らぬ火文庫　朱川湊人

葬る　上野　歩

女豹刑事《デカ》　雪爆《スノウボムズ》　沢里裕二

明治白椿女学館の花嫁　落ちぶれ婚とティーカップの付喪神　尾道理子

星降る宿の恵みごはん　山菜料理でデトックスを　小野はるか

祇園会《ぎおんえ》　決定版　吉原裏同心(35)　佐伯泰英

麻と鶴次郎　新川河岸ほろ酔いごよみ　五十嵐佳子

鷹の城　定廻り同心 新九郎、時を超える　山本巧次

乱《らん》鴉《あ》の空　あさのあつこ